SÉRGIO PEREIRA COUTO



# mentes criminosas

São Paulo
2010

UNIVERSO DOS LIVROS

Diretor-Editorial
**Luis Matos**

Assistente-Editorial
**Noele Rossi**
**Talita Gnidarchichi**

Preparação
**Cid Vale Ferreira**

Revisão
**Nathalia Ferrarezi**
**Sandra Cristina Ribeiro**

Arte
**Stephanie Lin**

Capa
**Zuleika Iamashita**

---

C871m Couto, Sérgio Pereira.

Mentes Criminosas / Sérgio Pereira Couto. – São Paulo: Universo dos Livros, 2010.
256 p.

ISBN 978-85-7930-162-9

1. Ficção. 2. Suspense.
3. Mistério. I. Título.

CDD 869.3

---

**Universo dos Livros Editora**
Rua Haddock Lobo, 347 • 12º Andar • Cerqueira César
CEP 01414-001 • São Paulo/SP
Telefone: (11) 3217-2603 • Fax (11)3217-2616
www.universodoslivros.com.br
editor@universodoslivros.com.br

***Agradecimentos***

*Ao pessoal do Instituto de Criminalística "Perito Criminal Dr. Octávio Eduardo de Brito Alvarenga" (IC), de São Paulo, que teve uma paciência de Jó ao me atender durante três semanas seguidas em seu turno de trabalho.*

*Ao diretor do Instituto de Criminalística do Estado de São Paulo, Oswaldo Negrini Neto, que me abriu as portas para entrevistar os peritos.*

*À Illana Casoy, por suas explicações, histórias de investigações e compartilhamento de histórias que me inspiraram a criar Tony Draschko.*

*Ao pessoal do Arkansas State Crime Laboratory, por suas longas explicações por e-mail sobre como funcionam as dependências de seu instituto.*

*A Elyse Dickenson, do site Elyse's Crime Scene Investigation, que me enviou um artigo esclarecedor sobre o modo como os CSAs da vida real trabalham.*

***Dedicatória***

*Dedico este livro com carinho a todo o pessoal da Universo dos Livros, sem o qual esta história não existiria, e a Anthony Zuiker, criador da franquia CSI, que me fez torcer todas as noites pelo sucesso de Gil Grissom e sua fantástica equipe de investigadores que tanto me inspiraram.*

# Capítulo 1
# Detetives e CSIs

*Robert Johnson é o músico de blues mais importante que já viveu. Nunca encontrei nada com uma alma mais profunda. Sua música permanece como o grito mais poderoso que você poderá encontrar na voz humana.*

Eric Clapton

A chuva caía torrencialmente na cidade de Little Rock, capital do estado norte-americano do Arkansas. O tempo fechado lembrava aquelas paisagens vistas nos filmes antigos, exibidos pelos canais a cabo e assistidos apenas pelos admiradores do gênero *film noir*. Apesar do tempo fechado, o clima na sala de onde Tony Draschko observava a chuva era sereno.

– Acho que você sabe por que está aqui – disse a voz que vinha por trás de seu ombro esquerdo. – Não adianta negar.

Tony não se deu ao trabalho de encarar seu interlocutor e preferiu continuar acompanhando a chuva que via escorrendo não só no vidro da janela à sua frente como também nos prédios vizinhos. O homem suspirou, consultou alguns papéis e tentou novamente:

– Tony, chegou a hora de sua avaliação. Você sabe que todos os que passam pela Academia de Polícia precisam fazer isso. Seu histórico mostra claramente que você não gosta de se abrir e tem sérias dificuldades em se adaptar a uma simples tarefa com um parceiro. Isso pode atrapalhar sua admissão no laboratório.

Tony fechou os olhos e desejou intimamente não ter de passar por uma situação dessas. De fato, nunca gostou, em toda sua vida, de se abrir com estranhos. Os poucos amigos que possuía achavam mais fácil que decifrasse os enigmas do Universo do que simplesmente admitir que sentia coisas comuns como medo, angústia, ansiedade ou depressão. Devagar, ele voltou-se para a parte de dentro da sala onde estava e avaliou o local.

Era uma sala simpática, em estilo vitoriano, com móveis de mogno e prateleiras e mais prateleiras repletas de livros de psiquiatria. Não havia divãs, somente duas poltronas de vime que convidavam os pacientes a sentir-se mais à vontade para serem pesquisados e observados como ratos de laboratório. Tony não gostava desse ritual, que achava extremamente idiota e incompatível com o rumo que queria impor à sua vida profissional. Mas esta era uma regra imposta a todos os alunos da Academia de Polícia: antes de concluírem seus estudos, deveriam passar pelo menos um ano em estágio nas mais diferentes seções da entidade e obter uma avaliação psicológica que os habilitasse a trabalhar em dupla. Qualquer desvio de comportamento ou constatação de que o candidato não conseguiria trabalhar da maneira imposta pelo governo do estado e, consequentemente, dos Estados Unidos, seria suficiente para que o aluno fosse recusado, não recebesse seu diploma e tivesse sua carreira barrada em qualquer outro órgão ou agência de serviço público.

Tony aproximou-se de uma das poltronas enquanto observava o psicólogo sentado na outra. Havia, entre os dois, uma pequena mesa de centro de mármore branco e, sobre ela, o dossiê de Tony, com o histórico escolar e as observações dos estágios realizados na NSA e no FBI. "Incrível como a vida de uma pessoa pode estar contida numa simples pasta de cartolina", pensou. Sentou-se e encarou o psiquiatra.

– Não leve isto para o lado pessoal – começou o dr. Carlos Mendes, um espanhol que havia se mudado para os Estados Unidos havia dez anos para trabalhar com psicologia forense. Mendes escrevera vários livros sobre o assunto e fora consultor em diversos casos policiais, nos quais sempre ajudou os policiais e investigadores de cena de crime ligados ao Laboratório Criminal do Estado do Arkansas a traçar os perfis psicológicos de estupradores, assassinos, terroristas e outras classes de criminosos. O pessoal do laboratório sempre o chamava de Hannibal, o Bom. Fisicamente, ele realmente lembrava o ator Anthony Hopkins, mas era cerca de quinze anos mais novo que sua contraparte famosa. Além disso, era respeitado por autoridades policiais do mundo todo, o que o colocava numa posição indiscutível de "dono da verdade", ou seja, poucos contestariam seu veredito. Isso irritava Tony, que não tinha muita simpatia por psicólogos, fossem forenses ou não.

– Doutor... – começou Tony, olhando fixamente nos olhos do psiquiatra – eu é que peço. Não leve nada para o lado pessoal. Nunca fui muito fã de psiquiatras e não me sinto à vontade com eles. Mas isso não me torna um policial inapto ou um mau profissional.

– De fato, não – respondeu o dr. Mendes, ajeitando os óculos e espiando as anotações – O que o trouxe aqui é simplesmente seu pedido para começar a trabalhar no laboratório, sendo que faz apenas dois meses que terminou seu último ano na academia. Você sabe que a norma, por aqui, é esperar pelo menos seis meses antes que alguém de lá possa chamá-lo para integrar uma equipe.

– Acho que me esqueci de dizer algo, – cortou Tony – também não me dou muito bem com esse tipo de norma. Passei seis meses em cada um dos dois estágios que a academia conseguiu para mim. Faz um bom tempo que não fico em Little Rock e minha família já acredita que devo ter entrado secretamente para algum programa como o de Proteção às Testemunhas ou algo assim, pois nunca mais consegui parar num canto e me organizar.

Dr. Mendes observava sem dizer uma palavra, apenas tomava nota nas folhas soltas do dossiê do paciente. Tony notou e mesmo assim continuou:

– Meus superiores me fizeram acreditar que, por serem realizados em agências governamentais, a experiência desses estágios poderia mesmo me fazer bem. Mas, mesmo como estagiário, consegui resultados mais rápidos e eficientes que os de muitos agentes especiais.

O psiquiatra examinou algumas folhas. Em algum lugar da sala ao lado, um relógio-cuco acusou que eram nove horas da noite. Tony olhou pela janela e notou que a chuva havia parado e que a cidade já estava, aos poucos, imergindo em escuridão.

– De fato, seus encarregados na NSA e no FBI escreveram excelentes cartas de recomendação para você, – observou o psiquiatra sem encarar Tony – mas isso não significa que você já esteja pronto para um trabalho de campo. Aqui diz que você foi um dos seis candidatos a uma vaga de CSA, analista de cena de crime. O que leva um rapaz como você a se candidatar a um cargo desses? Os encarregados dos turnos do laboratório são muito exigentes com os candidatos e, até onde eu saiba, antes que a TV começasse a exibir *CSI – Crime Scene Investigation* e o sucesso do seriado fizesse pipocar séries derivadas em Miami e Nova York, ninguém sequer se interessava por essa profissão. O glamour da TV é forte e os diretores querem evitar que alguém despreparado entre nesse campo e saia já no mês seguinte.

Tony sabia que isso logo chegaria aos ouvidos de seus superiores. "Devia ter ficado de bico fechado", pensou, lembrando das vezes em que havia discutido o assunto com professores e colegas de classe. É claro que o famoso seriado criado por Anthony E. Zuiker foi importante, mas eles se esqueciam de que Tony tinha 25 anos, era um adulto e não seria apenas um programa televisivo que definiria seu futuro. Além disso, eles não sabiam que foi aos sete anos, na época em que ainda estava no Brasil, que ganhou de seus pais um jogo Detetive e começou a interessar-se pelo trabalho. Sua infância foi inteiramente consumida por leituras das histórias de detetives famosos como Sherlock Holmes, Hercule Poirot, Miss Marple, Albert Campion, Inspetor Jules Maigret, Charlie Chan, Ellery Queen, entre outros. Até as histórias em quadrinhos de Dick Tracy e do Batman haviam exercido alguma influência. Apenas anos depois, quando se envolveu no estudo da ciência, é que encontrou uma maneira de unir as duas coisas. Antes de sair do Brasil e tentar a sorte nos Estados Unidos, com a ajuda de um irmão de sua mãe, que já trabalhava por lá, chegou a conhecer o trabalho dos peritos criminais do Instituto de Criminalística "Perito Criminal Dr. Octávio Eduardo de Brito Alvarenga", o I.C. de São Paulo, sua cidade natal. Porém, pouco depois começou a surgir outro interesse: tecnologia de ponta. Seu desejo de sair do país em busca de novidades nessa área levou-o até Little Rock, onde seu tio, que, após se casar com uma norte-americana, começava a galgar degraus dentro da polícia da cidade, recebeu-o e fez de tudo para que ele ingressasse na academia. "Já faz dez anos", pensou admirado. "Como o tempo passa!"

– Dr. Mendes, asseguro que não foi apenas por ser um fã de *CSI* que escolhi concorrer a esta vaga. Há interesses pessoais em jogo.

O psiquiatra levantou o olhar para encarar Tony por cima das hastes de seus óculos. Não fazia a mínima ideia de que tipo de interesse pessoal poderia levar alguém a escolher, entre todas as profissões dentro da Polícia, justamente a de CSA.

– Acho que seria melhor, então, que você me explicasse o que o levou a exigir uma vaga dessas. Importa-se se eu gravar nossa conversa para meus arquivos?

– De jeito nenhum.

Dr. Mendes acionou seu gravador digital e colocou-o em cima da mesa de mármore. Encostou-se na poltrona e prestou atenção. Tony odiou sentir-se vulnerável desse jeito, mas continuou:

– Em primeiro lugar, sei bem que a vida real é diferente do que mostra o seriado *CSI*. A começar pela designação: na TV, é Investigador da Cena do Crime, na vida real, Analista da Cena do Crime. Os CSAs podem ou não carregar armas de fogo, embora seja obrigatório. Para carregar uma, um CSA deve ser treinado, qualificado e preencher requerimentos impostos pela polícia do estado onde vai trabalhar. Os trabalhos em laboratório para resolver um crime variam muito de tempo e não são como na TV, resolvidos em apenas cinquenta minutos de programa. Conseguir um resultado de DNA em horas é possível, mas, no geral, demora dias ou até mesmo meses.

– Você parece conhecer bem as diferenças...

– Nunca disse que me candidataria para ser um Gil Grissom, um Horatio Crane ou um Mac Taylor. Quero ser um cientista que trabalhe oficialmente para o bem da comunidade. Aqui não é muito diferente das contrapartes apresentadas em Las Vegas, Miami ou Nova York, só que é real.

– Sabe, você acabou despertando minha curiosidade. Sempre quis saber mais sobre o assunto. O que mais você sabe?

Tony começava a ver o propósito do psiquiatra, mas não disse nem deixou transparecer nada. Resolveu seguir o roteiro para ver onde aquilo daria.

– Os requerimentos para o candidato a CSA são um diploma em justiça criminal ou em uma das ciências associadas. No meu caso, estou me especializando em química e análise de sangue, o que já me deixa um passo mais próximo de meu objetivo. Também estudei um pouco de psicologia forense, o suficiente para ver onde esta conversa pode chegar.

Dr. Mendes encarou Tony com olhos indagadores. "O rapaz tem mesmo futuro", admitiu para si mesmo. "Mas estaria preparado para o que viria pela frente?"

– Se você sabe, Tony, pode dizer. Sou todo ouvidos.

Tony inclinou-se para frente na poltrona. Sentia uma espécie de satisfação em estar um passo na frente do entrevistador. "Será que é assim que nos sentimos ao conduzir um interrogatório como CSAs?"

– O chefe Jeff Nelson deve achar que sou um trouxa ou algo assim. Este interrogatório serve para ele certificar-se de que não estará colocando um moleque no cargo. Aquele policial prepotente devia saber que não cheguei aqui para brincar de polícia e bandido com seu departamento, mas para me tornar um profissional a seu serviço.

– Não se preocupe com o chefe Nelson, Tony. Ele é o menor de seus problemas, isso posso garantir. Quem faz o julgamento sou eu. Ele acatará qualquer resultado que vier de minhas mãos. Por isso, continuemos.

Tony encostou-se de novo na poltrona, fechou os olhos e respirou fundo. Lá fora a chuva voltara e o clima estava prometendo uma noite com muita água pela frente. Quando abriu os olhos, sentia-se mais calmo e confiante. Sabia que o psiquiatra confirmara, de uma maneira ou de outra, o envolvimento do diretor superintendente do Laboratório de Criminalística nessa estranha entrevista. Mesmo assim continuou:

– O CSA tem de estar preparado para trabalhos muitas vezes pesados e tensos. As características que ele deve ter incluem perseverança, força, resistência, mente inquisitiva e solicitude frente a tudo que o trabalho possa exigir nas mesmas condições estranhas que o seriado mostra, de atravessar esgotos a lidar com corpos em decomposição. Na vida real, a polícia de Las Vegas possui geralmente 36 CSAs em campo, embora apenas um terço disso fique ativo durante um turno. A média de CSAs nos turnos durante uma tarefa de campo é de quatro a seis pessoas. A maioria dos casos que investigam é de roubos residenciais e levam, em média, doze horas para processar uma cena de crime dessas. Nos casos de homicídios, essa média sobe para quinze ou mais horas. Cada caso é atendido por um CSA. Em homicídios, entram em cena as duplas e, conforme a gravidade, podem-se chamar reforços.

– Há quanto tempo você vem estudando a esquemática de funcionamento dos CSAs e afins? – perguntou o dr. Mendes.

Tony parou um pouco e olhou para o vazio. Sentimentos muito pessoais misturavam-se em seu íntimo. Na verdade, foi um híbrido de insatisfação pessoal e vingança que o levou a sair do Brasil logo após o assalto que matou seus pais. Testemunhas afirmaram que eles estavam saindo do trabalho quando pararam num semáforo e dois assaltantes quiseram levar o colar que seu pai havia acabado de dar a sua mãe como presente de aniversário de casamento. Como não conseguiram e os carros que passavam gritavam pela polícia, os assaltantes atiraram e mataram ambos sem levar nada. Duas vidas perdidas de maneira estúpida.

Embora a polícia tenha feito o que pôde para identificar os autores do crime, nunca souberam suas identidades. A revolta de Tony foi tamanha que, quando seu tio se ofereceu para levá-lo a morar consigo em Little Rock, aceitou sem pestanejar. Uma vez adaptado (o que foi fácil, pois sua constituição física de descendente de poloneses o livrava do preconceito contra latinos), Tony aproximou-se do trabalho do tio e ofereceu-se para trabalhar com ele. Colin Wojak sempre teve muito orgulho de Tony e o tratava como um filho, mas preferiu que ele seguisse o caminho de todos os candidatos, que passavam pela faculdade normal e pela Academia de Polícia da cidade.

– Há muito tempo – respondeu Tony, depois de muito pensar. Ainda não se sentia à vontade com nenhum tipo de psiquiatra desde que os serviços sociais brasileiros insistiram para que ele passasse por pelo menos quatro especialistas nos seis meses que seguiram a morte dos pais. Para ele, deixar o Brasil era deixar também para trás a dor pela perda dos pais e de uma vida incauta do mal que se escondia no coração dos homens.

Dr. Mendes o examinava. A tristeza no olhar de Tony deixava claro que a decisão de se tornar um CSA, tinha cunho pessoal. Sua motivação podia ficar sob controle desde que Tony se esforçasse em controlar seus sentimentos. Nos registros dos estágios, nada havia que indicasse o contrário, mas o chefe Nelson queria ter certeza. Nelson gostava muito do Comissário Wojak desde seu casamento com Donna Carter, filha de um antigo amigo de infância, e simpatizava com o sentimento que ambos tinham por Tony. No fundo, torcia para que tudo desse certo para o rapaz.

– Vamos continuar. Você sabe algo sobre como eles trabalham?

Tony voltou de seus pensamentos.

– São 24 dias de trabalho e sete de descanso por mês, com escalas que podem ir dos *swing shifts* (plantões que começam num período do dia e avançam para o outro) aos *graveyard shifts* (plantões de noite que avançam pela madrugada). São quatro dias de trabalho por semana, com oito horas de trabalho e extensões de até duas horas. Por exemplo, se alguém trabalha das seis da manhã às duas da tarde pode fazer hora extra apenas por duas horas, ou seja, até quatro da tarde. No programa de TV *CSI*, há um pequeno grupo de pessoas que faz tudo que um grupo maior faz na vida real. Além disso, a vida real tem poucos mistérios baseados em "quem fez isso", a base das histórias da TV. Esse tipo de caso oferece poucos recursos para se agarrar o verdadeiro culpado. Li uma vez que os casos mais rápidos de serem resolvidos são os de código 426, ou seja, os ataques sexuais. Enquanto os CSAs geralmente não descobrem como um caso acaba, nesse tipo os resultados chegam antes e eles têm a gratificação de receberem agradecimentos pelo trabalho bem-feito.

– Eles conduzem experimentos de laboratórios, como na TV?

– Sim, mas mais intensos e com maior controle.

– E na hora dos interrogatórios?

– As vítimas e os suspeitos são interrogados, na maioria das vezes, na própria cena do crime. Um CSA não aparece na casa da testemunha no dia seguinte para mais perguntas nem leva suspeitos para o departamento policial para confrontá-los.

– CSAs param para o almoço?

– Raramente. Só quando o trabalho permite.

– Para você, como a popularidade do programa pode interferir em seu trabalho se você se tornar um CSA?

– Li também que um policial uniformizado saudou um carro com dois CSAs que chegaram na cena de um crime dizendo: "Ei, pessoal, o CSA chegou! O caso será resolvido em cinquenta minutos!" E todos levam numa boa. Afinal, quem não gosta de ser um pouco o centro das atenções?

– Talvez Gil Grissom?

– O personagem é meio arredio, mas totalmente consciente de seu papel. É o melhor deles, na minha opinião.

– Mas a vida real é diferente...

Tony inclinou-se novamente.

– Doutor, a vida real é o que fazemos que seja. Capturar bandidos é uma emoção para nós, que solucionamos o caso, para os policiais que se beneficiam de nosso trabalho e para os parentes das vítimas. Dormir em paz com a cabeça no travesseiro, sem problemas nos atormentando, é o que todos queremos à noite. Por que não tornar isso real?

O psiquiatra anotou mais algumas coisas nos papéis e levantou-se, caminhando em direção à sua mesa, que ficava no canto oposto da sala.

– Fique aqui e não vá embora. Já estamos no fim.

Tony acompanhou-o com os olhos e viu quando ele sentou-se em sua cadeira, pegou o telefone e discou um número. Começou a falar baixo demais para que acompanhasse a conversa e sua atenção voltou-se de novo para a janela, pois a chuva continuava a cair e a molhar os vidros. O ruído da chuva sempre havia exercido sobre ele um efeito calmante. Ficou assim por pelo menos cinco minutos e já estava quase fechando os olhos quando sentiu algo vibrando em seu cinto. Apalpou o suporte onde estava seu pager e leu a mensagem:

*10-24 Exceter Club. 10-12. Possível 01*

Tony franziu a testa. Não lembrava todos os códigos de cabeça e abriu a carteira, onde guardava uma tabela usada pela polícia do Arkansas, fornecida por seu tio Colin. Consultou-a rapidamente e viu as referências:

*10-24 Problemas em _____ todos para o local.*
*10-12 Policiais ou visitantes presentes.*
*01 Assassinato e homicídio não intencional.*

Estranhou esse tipo de mensagem, despachada assim apenas para os CSAs. O que estaria fazendo em seu pager?

Quando o dr. Mendes voltou, sentou-se na poltrona e falou com voz calma:

– Tony, sinto que estou a ponto de fazer algo que jamais havia feito e que pode comprometer minha carreira. Primeiro vamos esperar mais um pouco.

– Esperar? Esperar o quê?

De repente, o pager voltou a vibrar. Quando Tony o pegou, não acreditou no que estava lendo:

*Apresente-se imediatamente no meu gabinete. Levarei-o até o chefe Nelson Colin.*

Tony olhou para o dr. Mendes, sem entender:

– O que significa isso?

– Que você é um tipo bem interessante, Tony, e que pode ir mais longe do que pensa. Você inspira confiança e isso é muito importante. Mas não pense que isso o isentará de vir aqui regularmente.

– O senhor está me dizendo...

– ...que estou aprovando sua requisição para tornar-se um CSA. Seu tio e o chefe Nelson o encaminharão para sua primeira missão. As coisas já estão caminhando para você. Aproveite.

Tony levantou-se da poltrona e começou a caminhar lentamente para a porta. De repente, parou e virou-se para o psiquiatra:

– Então esta era apenas...

– ...uma entrevista para confirmar sua admissão. Aproveite. Mas você deverá voltar aqui quando for solicitado. Há muito em sua história pessoal que eu gostaria de discutir. Seus pais, por exemplo...

Tony espantou-se pelo fato de o dr. Mendes saber sobre seus pais. Mas sentia-se tão animado com o chamado do tio que nem mesmo cogitou perguntar algo sobre isso. Ele cumprimentou o médico e prometeu voltar em breve.

Quando saiu na noite já sem chuva, sentia como se finalmente tivesse realizado o grande propósito de sua vida.

# Capítulo 2
# Cena do crime

*É claro, há muitas maneiras pelas quais podemos abordar o blues, mas ainda será blues.*

Count Basie

Tony Draschko caminhava pelas ruas de Little Rock em alta velocidade. Atravessava-as sem nem mesmo prestar atenção aos carros que se aproximavam. Caminhava para uma estação de metrô para se dirigir até o Departamento de Polícia da cidade, onde se encontraria com seu tio e com seu destino. As ruas, ainda muito encharcadas pela chuva, continham inúmeras poças de água, que obrigavam os pedestres a se desviar para não molharem os pés nem dar encontrões uns nos outros. Pela primeira vez, Tony sentia-se contente e próximo de seu objetivo de vida. Para ele, viver começava agora.

Os trinta minutos que levou para se deslocar até a Central pareceram uma eternidade. Por mais extensas e complexas que fossem as linhas de metrô da cidade, sempre tinham aquele ar de "isso podia ser melhor". Isso, levando em consideração que o metrô americano sempre foi considerado um dos mais desleixados que se conhece. Mesmo assim, Tony sentou-se num banco afastado e começou a sonhar com sua vida de CSA-1. "Agora é que saberemos quem vai fazer a diferença", pensou, orgulhoso de seus conhecimentos.

A Central do Departamento de Polícia de Little Rock era um prédio de granito revestido de mármore com aquelas entradas típicas de chefatura de polícia, com enormes portões de bronze e fachada intimidadora. A entrada, com uma pequena janela de cada lado, parecia uma enorme boca contida num enorme rosto, pronta para devorar o mal que cruzasse suas portas.

Tony Draschko entrou confiante. Todos que o viram, do simples segurança até os escrivões e carcereiros, cumprimentaram-no. O sobrinho do comissário Wojak adorava parar para bater papo e já ficou tardes e noites por lá apenas observando o vai-e-vem de pessoas, detidos e policiais cumprindo seu dever. Caminhou por algum tempo por um corredor impecavelmente limpo até parar na porta de madeira maciça de um gabinete, na qual se via uma placa com os dizeres:

*Comissioner Colin Wojak*
*District of Little Rock*

Bateu na porta e esperou. Um "entre" veio abafado, mas ainda audível, apesar da grossura da porta. Tony abriu-a devagar e entrou numa sala imponente com móveis do mesmo material da porta, um carpete que exalava um cheiro mais intenso ainda de pinho e enormes prateleiras com livros de direito. Seu tio ainda era das antigas. O comissário tinha 47 anos e nunca se acostumara com laptops, CDs-ROM e outros aparatos que teriam ajudado a esvaziar um pouco o ambiente. Sempre que tinha dúvida de alguma coisa, Wojak apelava para o sobrinho, "mais esperto que a maioria dos *nerds*", como costumava brincar.

O comissário estava sentado atrás da enorme mesa de madeira que parecia mais um móvel desses encontrados em escritórios de advocacia. A aparência e os detalhes gravados na madeira davam a entender que se tratava de um móvel antigo, provavelmente do século XIX, mas ainda em excelente estado. Tio Colin estava ao telefone, mas acenou para que Tony entrasse e sentasse numa das enormes poltronas à sua frente, reservadas para as visitas VIPs. Tony sempre se sentiu intimidado por aquele ambiente, que parecia ter saído de um filme de detetives antigo. Mas entrou, sentou-se e esperou.

– Isso não pode estar acontecendo... – ouviu o tio dizer, num inglês bem caprichado e com sotaque do sul. – Há quanto tempo? Sim. Bem, eu já avisei o chefe Nelson e ele vai designar os melhores agentes que temos. Não deixe que o clube abra hoje, tudo bem? Não me importa o que o dono irá dizer, não darei motivo para os tabloides venderem mais! E se ele insistir, diga que terá de passar uma noite aqui conosco até que a cena do crime tenha sido analisada de maneira adequada! Está bem, até mais.

O comissário Colin desligou o telefone e suspirou com os olhos fechados. Sentia-se cansado e estressado, situação comum naquele trabalho. Tony observava sem dizer nada. Sabia que o tio diria algo quando se sentisse pronto. Isso demorou alguns minutos, até que Colin abriu uma gaveta, tirou uma flanela e limpou os óculos de aro fino que usava para corrigir sua miopia.

– Essa droga só piora com a idade! – falou em português, apontando para os óculos. Quando estava sozinho com o sobrinho, ele gostava de falar em seu idioma natal para "não perder suas raízes".

– É hora de fazer uma cirurgia – observou Tony, na mesma língua.

– Você só pode estar brincando! – disse Colin, terminando de esfregar as lentes e colocando os óculos de volta no rosto. – Você sabe que este trabalho é um cargo de confiança! Não posso me dar a certos luxos!

– Tratar da saúde é luxo? – perguntou Tony, com ar indiferente e sarcástico ao mesmo tempo. – Ora, tio, o senhor sabe que isso pode levar a consequências mais graves. Sabia que em Little Rock saiu recentemente um estudo indicando que a maioria dos homens acima de quarenta anos, quase 75% dos entrevistados, tem miopia do tipo crescente, que piora com a idade?

O comissário encarou Tony e colocou a mão no queixo. "Definitivamente ele vai se dar muito bem por aqui", pensou consigo mesmo. Seus receios de que o garoto não superasse a morte dos pais era infundado. Depois de todos esses anos, Tony havia se dedicado a uma carreira como estudante da Academia de Polícia, o que poucos norte-americanos conseguiam obter. Seus instrutores gostavam muito dele e seus trabalhos eram indicados como referência, tamanha era sua complexidade. Por isso, não era de espantar que, quando a rede de TV CBS estreou *CSI* ele tenha se identificado imediatamente com a figura de Gil Grissom, o supervisor do turno da noite no Laboratório de Criminalística de Las Vegas. Colin tinha muito orgulho de Tony e queria ver o rapaz bem encaminhado.

– Bem, acho que o senhor não me chamou aqui para ficar me encarando, não é? – perguntou Tony, interrompendo o devaneio do tio.

Colin sacudiu a cabeça e voltou aos fatos.

– Claro que não! Que ideia! Bem, você viu meu recado...

– Eu estava no dr. Mendes, fazendo a avaliação para ingressar no laboratório de Little Rock.

– Eu sei, fui eu quem requiriu a avaliação. Esperamos aqui até que o nosso Hannibal, o Bom conseguisse chegar a uma conclusão sobre você.

– Nós? Nós quem?

Uma figura surgiu de uma porta a um canto da sala e que ligava a um aposento conjugado. O cinza do terno e o vermelho da gravata eram as cores características do chefe Jeff Nelson, o supervisor geral do Laboratório Criminal do Estado do Arkansas.

– Olá, Tony – disse, em inglês.

Tony estranhou a tocaia, mas mesmo assim disparou na língua dele:

– Observando as formigas antes de queimá-las com a lente de aumento, chefe?

– Claro que não – respondeu o homem, aproximando-se da poltrona ao lado. – Estava apenas conversando com seu tio e aguardando para ver se Hannibal, o Bom o liberava para seu batismo de fogo. A proposta que tenho a fazer é bem simples: você foi o único de nossos candidatos que alcançou nível suficiente para começar imediatamente. Por isso, proponho que você nos ajude com o caso que temos em mãos e que acabou de estourar. Caso você seja bem-sucedido, terá sua efetivação como o nosso mais novo agente.

O que o chefe Nelson não sabia é que Tony adorava desafios. Sem eles, pensava, nada valia a pena. E o fato de ele comparar Nelson ao supervisor Ecklie, de *CSI*, só fazia sua antipatia aumentar. No seriado, Ecklie é um investigador prepotente que subiu para o comando do Laboratório onde Grissom e sua equipe trabalham apenas por ser político. Mesmo assim, não perde uma oportunidade de testar todos os subordinados como se fossem cobaias. "Exatamente como Nelson", pensou, enquanto o encarava.

– Caso não consiga? – perguntou, mais por curiosidade que por vontade.

– Então concordará em seguir nossas normas e começar a trabalhar por lá nos seis meses que os outros candidatos irão esperar.

Nelson o observava atentamente. Se conseguisse mantê-lo na linha, com certeza teria um ótimo funcionário e uma maneira de estender sua influência de maneira indireta no departamento sobre o próprio comissário. Por enquanto, Tony era uma incógnita que ele queria muito desvendar.

Tony analisou rapidamente os prós e os contras da situação. Sabia que, se fraquejasse, Nelson seria capaz de acabar com a carreira de seu tio Colin. Se, por outro lado, fosse bem-sucedido, ele não só o apresentaria como a mais nova revelação do chefe Jeff Nelson como também o usaria para controlar seu tio. Era uma faca de dois gumes.

– Está bem, eu concordo – decidiu Tony, morrendo de vontade de, antes, ter uma conversa a sós com o tio, mas sem tirar os olhos de Nelson.

– Excelente! – aplaudiu o comissário. – O chefe Nelson o colocará a par de tudo. Vocês irão agora mesmo para a cena do crime. Os outros policiais já estão lá colhendo depoimentos do homicídio.

Nelson levantou-se e dirigiu-se à porta:

– Vou ligar o carro. Encontro você na porta da Central em quinze minutos.

Quando saiu, Tony aproximou-se do tio e disse, em português:

– Nelson quer apenas se lançar como próximo candidato à chefatura de polícia. Você sabe que ele não dá a mínima para o laboratório e o trabalho que fazem lá. Em resumo, ele quer o seu emprego!

O comissário abriu uma das gavetas e tirou um pacote de chicletes. Tinha o hábito de mascá-los sempre que se sentia estressado ou acuado.

– Eu sei, Tony. Mas isso não me incomoda. Nelson não é todo-poderoso e não pode causar grandes estragos imediatos. Aproveite para mostrar a que veio. Não se preocupe com o resto. Você tem a mim para lhe dar cobertura.

O comissário abriu outra gaveta e retirou um distintivo com uma identificação onde se via a foto de Tony.

– Esta identificação é temporária, vale apenas até você terminar o caso. Depois disso, se ele concordar, você terá a definitiva. Agora vá com ele e boa sorte em sua empreitada. Qualquer coisa me avise.

Tony olhou para o distintivo e guardou-o no bolso da camisa. Aproximou-se, beijou o tio na testa e murmurou um "obrigado". Saiu do gabinete apressado e dirigiu-se à frente da Central, onde Nelson já o aguardava num BMW cinza. Entrou e seguiram em direção ao local da ocorrência.

– Estamos a caminho do Clube Mississippi, nos arredores da cidade, – explicou Nelson. – Nossa vítima é Craig Methers, 35 anos, um músico negro que estava passando por Little Rock acompanhado de uma banda de blues chamada Phoenix Missouri. A banda iria apresentar seu show numa semana dedicada ao blues, que tem muitos admiradores na cidade. A equipe de limpeza chegou cerca de duas horas antes da abertura oficial do Clube para uma boa arrumação do local enquanto os técnicos checavam os aparelhos.

Enquanto falava, Nelson passou uma pasta com algumas informações levantadas sobre o músico assassinado e o clube.

– O que foi que aconteceu ontem? – perguntou Tony.

– Como você sabe que aconteceu algo ontem? – cortou Nelson, impressionado.

– Meu tio estava ao telefone quando cheguei, o que indica que o fato foi recém-descoberto. Mas você já tem uma pasta com algumas informações, o que significa que algum tipo de queixa foi feito antes.

Nelson sorriu. "Muito observador."

– De fato, ontem a vítima foi até o escritório dizendo que nas últimas 48 horas, quando chegara em Little Rock, foi procurada por um homem que queria que ela saísse da cidade com a banda imediatamente. Craig sentiu-se ameaçado e procurou seu tio para dar queixa.

– Como foi que descobriram o corpo?

– Um dos componentes da equipe de limpeza chegou ao clube por volta das oito e meia da noite, limpou os camarins e notou que um deles estava aberto e com as luzes acesas. Aproximou-se e encontrou o homem caído no chão numa poça de sangue. Foi quando nos avisou.

– Crime racial?

– Há uma possibilidade de ser isso, mas não vemos muitos sinais da presença de membros da Ku Klux Klan por aqui há muito tempo. E o cenário do blues, de acordo com sua história, tem motivos de sobra para render boas histórias de crimes e assassinatos.

– E você resolveu me chamar justamente hoje porque...

– Primeiro porque preciso de gente nova no departamento. Segundo porque estamos atolados de serviço. Parece até que em toda sexta-feira, como a de hoje, podemos esperar que a onda de crimes que não apareceu durante a semana toda vai desabar sobre nossas cabeças. Terceiro porque preciso de reforços. E quarto porque seu parceiro irá encontrá-lo lá.

Tony levantou a cabeça da pasta e encarou Nelson.

– Parceiro? Pensei que você...

– A ideia parece-me bem lisonjeira, Tony, mas sou o supervisor e tenho de manter a imprensa longe de vocês. Não posso ficar na cena do crime. Isso é trabalho de CSAs. Vocês precisam de calma para processar as evidências, e isso não será possível com esses urubus sobrevoando o local.

O Clube Mississippi ficava numa área que mais parecia um gueto de negros. Era uma construção que ganhara fama por ser o único ponto da cidade que havia sido construído por ex-escravos logo após o fim da Guerra da Secessão. A vizinhança só possuía casas, comércio e outros lugares frequentados na maioria por negros. "Os tempos passam e queremos dizer que a segregação racial é coisa do passado, mas ainda há bairros para negros, japoneses, chineses, judeus e outros", pensou Tony, com uma ponta de tristeza.

Nelson estacionou o BMW e saiu em direção ao porta-malas. Abriu-o, retirou alguns itens e voltou para dentro. Estendeu um colete preto com as iniciais LRPD e CSA nas costas para Tony, juntamente com uma arma no coldre e um kit de investigador.

– Depois você terá tempo de pegar um kit melhor – observou Nelson. – Este aqui é bem básico, mas dá para processar algo. Vamos lá, a cena do crime nos espera.

Tony saiu do carro já com a veste e a arma a tiracolo. Aproximou-se com Nelson da famosa faixa de isolamento com os dizeres:

Ambos passaram por baixo da faixa e se apresentaram ao policial encarregado, que liberou a passagem. O clube era como qualquer outra casa de espetáculos, com bilheterias, entradas com papel de parede surrado e acesso ao palco, que ficava na frente de um salão com várias mesas e cadeiras. Passaram pelas pessoas lá presentes, que davam depoimentos para os policiais, e dirigiram-se para a área dos camarins. Quando chegaram ao camarim de Craig Methers, uma moça de pouco menos de trinta anos, morena, vestindo o mesmo tipo de colete que Tony usava, já se esgueirava na área periférica ao corpo em busca de vestígios.

– Alguma coisa, Jen? – perguntou Nelson.

O camarim era pequeno e o corpo de Methers estava de costas, com sangue escorrendo da parte de trás do pescoço. A CSA estava com pinças e uma lente de aumento tentando tirar algo de trás de uma pesada cadeira de mogno. "Como gostam de móveis de madeira nesta cidade!", pensou Tony.

Jen levantou-se e observou atentamente quatro fibras que havia colhido de uma ponta do braço da cadeira.

– Fibras sintéticas – afirmou, enquanto ainda olhava a evidência. – Não corresponde aparentemente a nada que o morto usa. Quase as perdi com essa dança para não sujar os pés na poça de sangue, mas consegui!

– Excelente! Jennifer Perez, gostaria de apresentar seu parceiro neste caso. Este é...

Jen olhou para Tony com um ar penetrante e curioso.

– Tony Draschko! Mas que mundo pequeno!

– Vocês se conhecem?

– Desde uma palestra que dei na Academia de Polícia há uns dois anos. Ele me fez uma série de perguntas sobre procedimentos em cena de crime e correspondeu-se comigo por e-mail por pouco mais de um ano.

– Que ótimo reencontrá-la, Jen! – disse Tony, realmente feliz. Ela era uma das mais inteligentes e bonitas que já vira, uma mistura da sensualidade de Catherine Willows com a beleza de Sarah Sidle e a mente inquisitiva de Sofia Curtis.

– É sempre bom rever os alunos. Você vai começar comigo? Mas quanta honra!

Nelson sorriu satisfeito.

– Minha parte aqui está feita. Vou cuidar dos indesejáveis lá fora. Estarei por perto se precisarem de algo.

Jen sorriu até Nelson desaparecer e então fechou a cara.

– Ele nunca pega no pesado... – comentou.

Tony sorriu e colocou sua bolsa num canto do recinto. Abriu-a, retirou as luvas de látex para manipulação e calçou-as. Logo verificou quantos pós havia e escolheu um, juntamente com os pincéis.

– Quer uma mão em alguma coisa? – perguntou Jen. – Se bem que, pelo que me lembro de suas perguntas, você sabe o suficiente para tocar a investigação.

– Temos de esperar o legista para determinar a hora do crime? – pergun-tou Tony.

– Eles já estiveram aqui. Precisaram a hora aproximadamente entre cinco da tarde e sete da noite.

– E onde estão?

– Preparando-se para remover o corpo e levá-lo ao necrotério, onde acompanharemos a autópsia.

Tony olhou novamente para o corpo do músico.

– Incrível que tenha sido morto dessa maneira.

Jen estava à cata de mais alguma evidência minúscula quando olhou para ele.

– Incrível como?

– Não reparou? O tipo físico dele é grande e gordo. A lâmina deve ter atravessado pelo menos umas duas ou três camadas de gordura da garganta antes de alcançar o tecido e as artérias.

Jen levantou-se e olhou o corpo.

– Ele teve a garganta cortada?

– Não parece, pois está deitado de costas e as beiradas do corte estão uma em cima da outra. Mas, se você observar as laterais, verá que o sangue está ainda pingando, principalmente acima das orelhas, o que indica que ele foi cortado de maneira rápida por um bisturi ou uma arma mais afiada, e de maneira precisa.

– Hum... Jack, o Estripador?

– Em vez de matar prostitutas, o assassino escolheu uma vítima negra?

Os dois pararam de conversar quando os funcionários do necrotério chegaram para a remoção do corpo. Por ser um espaço muito pequeno, os dois tiveram de interromper suas atividades e esperar até que fossem embora. O legista falou rapidamente com Jen e disse que esperaria os dois para a autópsia dali a três horas. Tony olhou o relógio, que já marcava onze e meia da noite. Seria uma longa madrugada.

– Bem, sua estreia no mundo do crime não poderia ter sido melhor, – disse Jen, batendo em seu ombro. – Temos um encontro com o morto às três da manhã e pelo menos três horas para fazer que estas paredes nos contem sua história.

– Vamos ver se me lembro direito do que deve ser feito quando da chegada:

a) Existência do lapso de tempo decorrido desde a consumação do delito até o julgamento feito pelas autoridades.

– Checado e realizado! – respondeu Jen.

b) Levantamento das modificações no interior da cena do crime, como mudanças de paredes divisórias, portas, descrições de peças, aposentos, alterações nas aberturas em geral.

– Checado!

– Posições originais dos objetos ligados à cena do crime.

– Não chequei por completo. Você pode fazer isso.

– Certo. O levantamento descritivo?

– Exata identificação da localização e configuração do evento, dados cronológicos, disposições etc. Já fiz.

– Levantamento fotográfico?

– Completo do corpo e dos objetos periféricos, com os três tipos de fotos: panorâmicas, ou seja, da área onde se verificou o fato; gerais, com o local e os vestígios em particular; e as de detalhes, como a posição dos objetos. Gastei quase seis cartões de memória de 256 MB cada para fazer o serviço completo.

Jen olhou para o interior do camarim e de volta para Tony:

– "*I love my work*" – citando Gil Grissom.

Tony reconheceu a fala, sorriu e deu a resposta de Catherine Willows:

– "*It shows.*"

E ambos voltaram suas atenções para o camarim da morte, como depois ficaria conhecido. Sem que Tony soubesse, um par de olhos observava os movimentos deles de um ponto afastado dos bastidores, nas sombras, sem se aproximar.

# Capítulo 3
# Vestígios e indícios

*Para o cantor do blues, o mundo é seu texto...*
*como nenhum outro artista, o cantor de blues*
*tem o dever de trazer ordem do caos.*

Larry Neal

O ambiente em que Tony e Jen haviam mergulhado estava longe do ideal para um clube de jazz e blues. O Mississippi parecia mais uma casa de espetáculos de terceira categoria, com paredes gastas, piso fosco e fiações que chegavam a parecer as artérias de uma parede moribunda. Provavelmente, muitas coisas já haviam se passado por lá, mas nenhuma jamais havia acabado em assassinato.

Na sala ao lado do camarim, o chefe Nelson e mais dois policias entrevistavam o dono do clube, Charles Dexter Jackson, um negro de 52 anos oriundo do Delta do Mississippi. Mais preocupado com a reputação do clube que com o fato de um de seus *showmen* estar morto, ele parecia exageradamente nervoso. Tony e Jen passaram rapidamente pela sala e voltaram à cena do crime.

– Onde estão as fotos? – perguntou Tony, já de olho no cenário. – Quero me lembrar bem da posição original do corpo.

– Alguma ideia na cabeça? – perguntou Jen, entregando a máquina digital que usara.

– Não sei, mas algo parece mesmo fora do lugar – comentou Tony, de olho no pequeno visor na parte de trás da máquina. Acionou o cartão de memória e começou a repassar as fotos tiradas por Jen. Aparentemente, Craig Methers estava do mesmo jeito que Tony vira originalmente, deitado de costas no chão. A roupa que usava era típica dos cantores de blues: terno cinza, chapéu redondo, gravata borboleta, suspensórios, camisa branca. Nada parecia fora do lugar.

– Acho que você está pensando o mesmo que eu quando cheguei – comentou Jen, enquanto fechava os pequenos envelopes pardos com as fibras colhidas no local. – Considerando que alguém teve a garganta cortada, há mesmo poucos respingos.

Tony levantou a cabeça em direção às paredes.

– Olha só. Não há nem um mínimo vestígio!

– Limpeza? – perguntou Jen.

– Pode ser. Mas pelo que nos foi dito, havia se passado muito pouco tempo entre a descoberta do corpo e a chamada da polícia. Os relatórios que Nelson me deu são bem precisos. A que horas você chegou aqui?

– Por volta das nove da noite.

– O corpo foi descoberto às oito e meia. O legista acusou a hora da morte entre quatro e seis da tarde.

– De fato, um intervalo pequeno.

– E o camarim parece estar totalmente desprovido de mais evidências.

Jen remexeu suas coisas e pegou uma pequena bomba *spray*. Abriu-a, colocou um pouco de pó e acrescentou uma solução que estava numa outra garrafa.

– Luminol? – perguntou Tony.

– É a única maneira de vermos se foi feita alguma limpeza ou não – falou, colocando uma máscara de proteção. – Proteja-se.

Ela começou a espirrar a mistura nas paredes. Tony afastou-se, pois já ouvira falar que o luminol era altamente tóxico e não deveria ser manipulado sem os devidos cuidados. Abriu suas coisas e procurou uma fonte de luz ultravioleta portátil. Achou-a, verificou se havia baterias para ligá-la, colocou máscara e luvas de látex e juntou-se a Jen. Desligaram as luzes do camarim, fecharam a porta e analisaram cuidadosamente parede a parede, mas nada foi detectado.

Quando o cheiro diminuiu, os dois tiraram as máscaras e olharam-se.

– Múltiplas cenas – comentou Jen.

– Craig Methers não foi morto aqui. Não há sangue em lugar algum a não ser onde o corpo estava no chão.

– Local um tanto estranho para desovar um corpo, não acha?

– Acho que teremos de estender a análise para todo o clube. Não foi no camarim que ele morreu.

"Espero que tenhamos material para uma busca tão grande", pensou Tony. E começou a relembrar os ensinamentos da academia. Muito da investigação da cena do crime, também conhecida como criminalística, é baseada na noção de que nada desaparece sem deixar traços. A ideia básica do uso de um composto como o luminol era revelar os traços deixados pela presença de sangue por meio de uma reação química produzida pela luz usada. Os produtos químicos reagem com a hemoglobina do sangue. As moléculas se quebram e os átomos se rearranjam em diferentes moléculas. Neste caso, os reagentes são as moléculas originais, que possuem mais energia que os produtos (as moléculas resultantes). Essas moléculas se livram do excesso de energia em forma de fótons visíveis de luz, num processo conhecido como quimioluminescência, o qual reproduz o mesmo fenômeno que faz os vaga-lumes emitirem luz.

O composto principal do luminol é o $C_8H_7O_3N_3$, um pó feito de nitrogênio, hidrogênio, oxigênio e carbono. O pó é misturado com um líquido que contém peróxido de hidrogênio ($H_2O_2$), um drióxido ($OH^-$) e outros produtos. O peróxido de hidrogênio e o luminol são os principais componentes na reação química, mas para se produzir um brilho forte é necessário um catalisador para acelerar o processo, no caso, a hemoglobina do sangue. O brilho azul resultante é então fotografado ou filmado para registro do padrão encontrado (borrifo, escorrido, coisas assim).

Porém, não é só o sangue que reage à substância: outros materiais como um alvejante caseiro também podem ser detectados. Vai da experiência do CSA fazer uma identificação confiável baseada na velocidade da reação, mas o certo é usar outros testes para se ter certeza de que se trata de sangue humano.

Em alguns casos, ainda, o luminol apenas leva os CSAs a mais evidências. Por exemplo, se forem detectados traços de sangue num carpete, os investigadores podem rasgá-lo e descobrir mais sangue no piso abaixo. O problema dessa substância "milagrosa" é que sua reação química pode destruir outras evidências na cena do crime. Por isso, só se deve usá-la após a exploração de todas as alternativas disponíveis. "Trata-se, sem dúvida, de uma ferramenta útil", dizia seu professor de criminalística da academia, "mas os CSAs não saem espirrando o preparado por aí como aparece na TV. Isso é errado e bem complicado de se fazer, a menos que se queira perder os outros vestígios encontrados. A aplicação deve ser cuidadosa e somente feita se não houver mais nada na cena do crime".

– Pensando num plano de ação? – perguntou o chefe Nelson, que voltava para o camarim. Sua voz assustou Tony e resgatou-o das lembranças.

– Não – respondeu, enquanto desligava a câmera. – Estávamos discutindo que o camarim foi, na verdade, uma cena de crime secundária. Não só não há nenhuma arma branca por perto, como também o luminol revelou que não há nenhum borrifo de sangue nas paredes.

– Quando entrei, achei o clube em si velho demais, mesmo para os padrões de Little Rock – comentou Jen. – Se assumirmos que aqui foi mesmo o local da desova do corpo, a cena de crime primária tem de ser em algum outro ponto daqui. Temos algum *background* psicológico da vítima?

Só de ouvir a palavra Tony já ficava irritado. Definitivamente, psicologia não era o seu negócio.

– O grupo de Craig Methers, o Phoenix Missouri, estava em turnê há pelo menos quatro meses. Passaram pelos estados de Idaho, Utah, Arizona, Novo México, Texas e Louisiana. Aqui acabava sua turnê.

– Isso é que é ter uma agenda mais apertada que as de estrelas do rock!

– Mas são bem requisitados. Craig tocava guitarra e era conhecido como um dos melhores, de acordo com o líder, Kenny Wravel. "*Comparável a Robert Johnson*", segundo declarou.

– Hum... – fez Tony.

Os dois se viraram para ele.

– Alguma ideia? – perguntou Jen.

– Robert Johnson é um dos maiores mitos do blues – explicou Tony. – Há certa lenda ao redor dele que envolve elementos sobrenaturais.

– Crime motivado por algum tipo de crença? – perguntou Nelson.

– Possivelmente. Mas precisaremos de mais informações. Até agora, só temos as fibras que Jen colheu no camarim, um corpo num local diferente de onde foi morto e mais nada. Aparentemente, essa falta de evidências é a evidência mais forte de que tratamos de algo maior que um simples assassinato.

– É melhor avisar ao senhor Jackson que não poderá abrir nesta noite – disse Jen para Nelson. – E se encontrarmos alguma evidência em qualquer outra parte deste clube, ele se transformará imediatamente na nossa ampla cena do crime e não abrirá por muito tempo!

Nelson suspirou desanimado. Jackson já havia gritado o suficiente sobre ser um complô dos brancos, que queriam vê-lo desacreditado. E lidar com as pessoas nas cenas de crime era simplesmente desgastante. Nessas horas, ele queria ficar em paz no laboratório e deixar os policiais se virarem. Mas, em Little Rock, há alguns anos o supervisor geral acompanhava casos de grande porte juntamente com os agentes e a polícia.

– Bem, é melhor começarem o processamento. Há, pelo menos, umas vinte, vinte e duas salas diferentes aqui, entre camarins, bastidores, palco, bar, entrada, sala de cenários etc. É muita coisa para fazer numa mesma noite.

– Então vamos pôr a mão na massa – disse Jen, batendo no ombro de Tony. – Daqui a pouco teremos de ir acompanhar a autópsia.

Um trovão lá fora anunciou a volta da chuva. "Bem, pelo menos estão nos ajudando a manter o povo longe daqui", pensou Tony. Acompanhou Jen de volta ao camarim de Methers, pegou suas coisas e começou a procurar evidências nas salas ao redor enquanto Jen ia para outra parte do clube. A procura por mais vestígios começara.

Basicamente, há vários tipos de vestígios. Os propositais, deliberadamente feitos pelo homem com alguma finalidade, são divididos em autênticos e falsos. Os autênticos são coisas que se encaixam perfeitamente na cena, como um distintivo de sócio de alguma sociedade, um anel de grau, ou algo assim. Os falsos vão desde uma falsificação de documentos até a implantação de uma arma na mão da vítima.

Os vestígios acidentais, produzidos independentemente da vontade do homem, são mais complicados de serem classificados. Mas incluem evidências como papilares em objetos manuseados, manchas de sangue em vestes de suspeitos de assassinato, entre outros.

A coisa não seria fácil. Cada sala que Tony visitava era lotada de impressões digitais e, para separar alguma suspeita, cada uma teria de ser cuidadosamente espanada com o pó de impressões, depois seria aplicado um filme adesivo por cima. Só então procederiam com sua retirada para posterior escaneamento pelo sistema AFIS (*Automated Fingerprint Identification System*), que permitia armazenar e fazer rápidas comparações de impressões digitais. Quando uma hora havia se passado, Tony juntou as digitais colhidas com as de Jen: havia mais de cinquenta delas.

Os dois CSAs sentaram-se desanimados numa mesa perto do palco. Era quase hora da autópsia e haviam conseguido poucas evidências.

– Parece que o episódio de hoje vai ser duplo – comentou Jen, brincando.

– É, os cinquenta minutos de sempre não serão suficientes – disse Tony. – Precisaremos voltar aqui com mais calma.

Jen observava o palco, que havia sido arrumado para a apresentação da Phoenix Missouri. Os instrumentos normais de uma banda de blues estavam lá. Intocados. Inclusive a guitarra de Craig Methers.

– Jen? – chamou Tony. Acompanhou o olhar dela e começou a entender.

– Por que não? Procuramos por uma cena de crime espalhafatosa. Mas e se a coisa tiver sido discreta? Algum resíduo não identificável pelo luminol pode estar presente, certo? E ainda não vimos o palco.

– Mas por que lá?

– Psicologia, Tony! Se você é um músico e vive disso, o que você faz quando vai para o lugar onde irá se apresentar?

Por mais que admitisse, Tony continuava detestando qualquer implicação de psicologia no trabalho. Mesmo assim, falou devagar:

– Se estou esperando alguém, vou matar o tempo tocando alguma coisa.

Os dois se levantaram e caminharam para o local. Subiram no tablado coberto por um carpete felpudo e aproximaram-se da guitarra. Parecia a famosa Lucille, de B.B. King. Jen apanhou-a nas mãos e disse:

– Verifique em suas coisas se há um conjunto de testes de fenolftaleína Dischap. Os meus acabaram.

Tony voltou para a mesa e abriu a valise. De fato, havia lá as placas cobertas por papel de contato e um recipiente com fenolftaleína, um teste de detecção considerado por muitos técnicos do campo como um dos mais confiáveis testes de probabilidade da presença de sangue. Para isso, uma amostra, geralmente colhida por meio de um cotonete, é retirada do local suspeito, mesmo que nada aparente a olho nu. Alguns pingos da substância no cotonete colocado em cima da placa e a mágica acontece: na presença de sangue, uma mancha rosa aparece em poucos segundos.

Levou o teste de volta para Jen, que já estava esfregando um cotonete nas beiradas da guitarra. Algumas gotas são pingadas e a mancha rosa começa a aparecer.

– Bingo! – disse Tony, entusiasmado.

– Pegue o luminol e espalhe-o no carpete ao redor do suporte da guitarra – disse Jen.

Tony repetiu o ritual. Apagou as luzes e então parecia que Jen estava flu-tuando num mar de luz fosforescente azul. Quando as luzes voltaram, ela olhou triunfante para Tony:

– Methers foi morto aqui mesmo no palco. Esta é nossa cena primária. E ele estava usando a guitarra quando morreu. Os vestígios de sangue devem estar por aqui em algum lugar...

Tony já se adiantara a ela e estava com uma pequena lanterna examinando o chão. Se eles estavam certos e o palco era a cena primária, deveria haver em algum lugar uma trilha de sangue que levava ao camarim no qual o corpo foi descoberto. Bem discretamente, conseguiu achar um pingo a apenas um metro do palco. De longe, poderia ser facilmente confundido com uma mancha de óleo ou algo mais comum.

– Sangue seco no chão – disse ele. – Ou pelo menos parece. Já está em forma de crosta e com uma coloração mais para o marrom, mas acredito que seja sangue. Há manchas de forma estrelada com formas irregulares. Isso significa que a altura em que o corpo estava era de aproximadamente quarenta centímetros.

Jen depositou a guitarra de volta ao seu suporte e saiu do palco. Pegou o luminol e examinou a parede dos fundos. Depois se voltou para onde Tony estava e tirou de seu bolso uma lente de aumento. Aproximou-se do chão.

– É melhor usarmos outro teste de sangue – comentou. – Pegue a benzidina na minha mala.

A solução, usada no caso específico de manchas que se suspeita serem de sangue, é composta de benzidina, ácido acético cristalizado e peróxido de hidrogênio. Coloca-se a solução num pequeno recipiente (como um tubo de ensaio) e insere-se um pouco da substância encontrada. A coloração verde-azulada acusa a presença de hemácias no material colhido.

– Positivo, — falou Tony, segurando o tubo. – É mesmo sangue.

– Precisamos fotografar e medir essas manchas, além de registrar a distância entre cada uma delas – comentou Jen. – Pelo menos, isso explica o estado escabroso das roupas de Methers e a ausência de sangue nas paredes. A dos fundos do palco contém os borrifos que estávamos procurando. Aqui foi mesmo a cena primária. Mas nosso assassino matou Methers aqui e levou-o para outro lugar? O camarim é pequeno demais para qualquer coisa.

Tony levantou-se e começou a pensar. A remoção do corpo para o local onde foi achado realmente não fazia sentido.

– Sem querer parecer pedante, mas já comentamos o curto espaço de tempo desde que o corpo foi descoberto, certo? Suponha que o assassino estivesse, na verdade, tentando retirar o corpo daqui depois de tê-lo matado. Se ele teve todo esse trabalho para limpar o local antes de se livrar do cadáver, será que isso não significa que: a) estamos lidando com algum perfeccionista e b) esse alguém pode ter sido pego de surpresa e simplesmente ter depositado o corpo por lá para que conseguisse escapar?

Jen considerou cada observação de Tony com cuidado.

– Mesmo que o assassino tivesse partido às pressas e com medo de ser apanhado, teria suas vestes manchadas de sangue. Alguém com uma "decoração" dessas na roupa chamaria tremendamente a atenção.

– Sim, se estivesse com as roupas. Aqui é um clube, Jen, uma casa de espetáculos. Não devem faltar roupas extras. E aposto como ainda estão aqui em algum lugar.

O rosto de Jen começou a se voltar novamente para o palco.

– Um lugar... – começou ela, bem devagar. – Um lugar tão óbvio que ninguém pensaria em ver?

Correu de volta ao palco e começou a inspecionar os instrumentos musicais um a um. Quando verificou o bumbo da bateria, notou que a pele perto do pedal parecia removível. Retirou-a com cuidado e encontrou finalmente roupas masculinas ensanguentadas parecidas com as que a vítima estava usando juntamente com uma garrafa de prata com uísque dentro.

– Li, não lembro onde, que alguns bateristas usam o bumbo como armário para seus objetos particulares – disse ela, enquanto cheirava a garrafa. – Vou mandá-la para a toxicologia tão logo processe as digitais.

Tony já estava com a minilanterna na mão e a lente de aumento procurando mais vestígios. Encontrou cabelos presos no suporte de um dos pratos e na caixa da bateria.

– Aparentemente, a bateria era mais que um depósito de coisas – disse Jen, de olho nas descobertas. – Vamos ter de apreendê-la e levá-la para o laboratório para análises.

Bem nessa hora, Nelson voltou ao local do crime. Parecia cansado e sem qualquer ideia sobre como resolver o caso. Olhou para os CSAs com esperança. Jen explicou sobre a bateria e o próprio piso do palco, além da mancha encontrada na parede do fundo. O supervisor, porém, não se mostrou muito contente com as descobertas.

– Teremos sérios problemas se este caso não for resolvido logo – falou. – Jackson ameaça levar a história aos jornais, o que poderia causar danos terríveis ao turismo de Little Rock.

– Ele deveria era colaborar conosco – observou Tony. – Sem turismo, sem clientes, sem clube, sem renda.

– Músicos de jazz e de blues são bem tradicionais – comentou Jen. – Eles não gostam mesmo de pessoas de fora mexendo em suas coisas nem de amea-ças de assassinato.

– Por falar nisso, o que o resto da banda falou sobre o morto? – pergun-tou Tony.

– Não muito – disse Nelson. – Craig era um homem inteligente, muito prestativo e tinha um ouvido aguçado para composições musicais. Era muito admirado e popular. Sua guitarra estava no nível da de um Albert King e de um B.B. King. Para alguns, a banda alcançou a fama por causa dele, o que pode suscitar suspeitas de inveja.

Tony ouvia pensativo. De repente falou:

– Crime racial, por crença, por inveja. Temos três suspeitas de motivos e nada de concreto. Meu instinto me diz que uma dessas alternativas é a correta, mas sem mais dados não dá mesmo para saber.

Nelson olhou preocupado para o relógio.

– Meia-noite e meia. A hora das bruxas começou, meus caros. Precisamos terminar os interrogatórios. É melhor continuarem o processamento da cena principal até a chamada para a autópsia.

Quando Nelson saiu da sala, Tony imaginou se o chefe realmente queria o lugar de seu tio. Às vezes, ele chegava a parecer o típico oficial preocupado com o bem-estar da comunidade, mas na maior parte do tempo parecia esconder algo. "Definitivamente, não gosto dele", pensou.

– Não dê bola para ele – falou Jen, enquanto tomava rápidas notas sobre o que encontrara. – Faz parte do trabalho meter pressão. Bem, o caso é complicado mesmo. É melhor pararmos uns cinco minutos e revisar o que sabemos até agora. Estou com as notas dele sobre as pessoas já interrogadas. Que tal fazermos uma pequena recapitulação antes de prosseguir?

Tony gostava do jeito de Jen. A CSA era popular na Academia e era sempre chamada para palestras. Seu jeito conciliador era excelente para situações em que havia tensão no ar. "É uma boa analista e acho que tenho muito a aprender com ela", pensou. "Mas será que é confiável? Qual a relação dela com Nelson?"

Os dois sentaram-se na mesma mesa onde haviam deixado suas coisas e começaram a trocar ideias e impressões sobre o caso.

Enquanto faziam isso, não notaram a presença da mesma figura que os observava nas sombras dos bastidores, desta vez próxima à entrada do salão onde ficava o palco. O assassino de Craig Methers viu quando Jen tirou as roupas do bumbo e sentiu-se irritado por ser tão descuidado. Mas se não fosse por aquele camareiro idiota, pensou, teria conseguido se livrar do corpo sem grandes problemas. Mas isso não significava que seus planos iriam por água abaixo. Simplesmente retirou-se e encaminhou-se para a porta da frente. Conversou rapidamente com um de seus colegas e foi para o escritório administrativo. Lá, a portas fechadas, abriu um cofre e retirou uma caixa de madeira. Apanhou seu conteúdo, colocou-o no bolso e saiu de novo. Antes parou no banheiro para se olhar no espelho. Ninguém diria que teria alguma culpa, pensou. Vamos ver até onde esses CSAs vão em sua investigação. O desafio deixava a situação mais instigante e o assassino gostava disso. Saiu do banheiro e dirigiu-se para onde estavam os policiais para a "operação camaleão", como a chamava para si.

# Capítulo 4
# Ferramentas para coleta de evidências

*O blues é uma arte de ambiguidade, uma asserção da irresponsabilidade humana sobre todas as circunstâncias, sejam criadas por outras ou pela sua própria fraqueza humana.*

Ralph Ellison

O chefe Nelson andava sem parar de uma sala para outra. Sabia que não era de sua responsabilidade ajudar os investigadores nos inquéritos, mas acostumou-se a fazer isso, o que fez que muitos desconfiassem de suas verdadeiras intenções. O superintendente do Laboratório de Criminalística do Arkansas sempre quis ser comissário de polícia, porém simpatizava com Colin Wojak e considerava o trabalho do colega muito satisfatório. Mas não desistiria de, um dia, pegar aquele posto, e dizia a si mesmo que era um lance perigoso, pois tinha de tomar cuidado para não pisar em calos e estragar as oportunidades.

Trazer Tony Draschko para a equipe de CSAs foi uma oportunidade que ele não descartou facilmente. O rapaz era mesmo muito competente, elogiado pela maioria dos chefes com quem trabalhou. Para Nelson, era uma oportunidade de ter alguém diretamente relacionado com Wojak e convencê-lo a apoiá-lo quando o tio estiver para receber uma nova promoção (ou aposentar-se). Ter Tony por perto significaria ter de moldá-lo, mas isso era algo com que poderia se preocupar apenas mais para frente. No mais, gostava do rapaz e sabia que, no futuro, teria problemas para convencê-lo de que o tio merecia coisa melhor e que o melhor para a cidade era que Nelson assumisse seu cargo.

Mas o caso que tinham em mãos não seria fácil. Havia se passado pouco mais de duas horas desde que chegara à cena do crime com o rapaz e ele já transformara uma CSA experiente como Jennifer Perez em auxiliar. Mas ela não tinha muito que temer: estava atuando como CSA há pelo menos cinco anos e era bem experiente. Nelson já a havia considerado para assumir o cargo de supervisora num dos *swing shifts* do Laboratório, mas faltava um incentivo. "Talvez se ela pudesse trazer Tony para o meu lado", pensou, enquanto se dirigia para a frente do clube Mississippi para fumar.

Lá dentro, havia três grupos de detetives que interrogavam todos os funcionários do clube, principalmente aqueles que encontraram o corpo de Craig Methers. Havia muitos detalhes rodando e poucas trilhas levavam a um suspeito imediato. Isso poderia significar que precisariam da ajuda de Hannibal, o Bom em breve, pois só mesmo um perfil psicológico poderia jogar alguma luz sobre o caso. Lá fora, a chuva já havia recomeçado, o que mostrava que seria uma estação de chuvas pesadas para aquela época do ano.

Nelson ainda refletia em como conquistar a confiança de Tony, quando sentiu uma mão no ombro. Virou-se e deu de cara com o dono do clube, Charles Dexter Jackson. Parecia tenso e preocupado.

– Chefe, preciso falar-lhe...

– Jackson, já falei que enquanto meus CSAs não acabarem de processar o local, nada poderá ser feito.

– Eu sei disso, já ordenei aos que foram dispensados por seus homens que fossem embora. Mas há outras coisas que quero falar-lhe. Quero dizer, longe dos homens da lei.

Nelson sorriu e acendeu seu cigarro. Deu uma tragada e olhou de novo para Jackson.

– Eu sou um homem da lei, meu caro. Esqueceu?

– Não, não esqueci. Como também não esqueci que você era um dos brancos que mais frequentavam o clube antes de se tornar o que é hoje.

As noites de farra com companheiros brancos e negros encheram a cabeça de Nelson. Era uma época em que pensava em seguir uma carreira na polícia, mas que não tinha ainda se decidido para que lado. "Foi por pura força do destino que fui parar no Laboratório", pensou. Um detalhe que esperava corrigir em breve...

– E o que isso tem que ver com o caso?

Jackson olhou para os lados e abaixou a voz.

– Acho que alguém quer seguir os passos de Robert Johnson...

– Mande Kenny parar com essas histórias. Isso é pura besteira. E depois, por que músicos de blues têm de ter uma lenda sobrenatural a lhes envolver as carreiras?

Jackson deu de ombros.

– É o que atrai a atenção das grandes gravadoras. E os próprios músicos gostam disso. Sem sofrimento, ninguém pode se entregar ao blues.

– Você veio até aqui só para me falar de Robert Johnson? – perguntou Nelson, dando mais uma tragada. – Quer mesmo que eu saia por aí dando entrevistas aos jornais falando que Methers foi morto por causa da vontade de alguém de fazer um pacto por fama?

– A história de Robert Johnson é a mais conhecida dos músicos de blues – começou Jackson, parando ao lado de Nelson e também acendendo um cigarro. – Foi um dos últimos nomes a aparecer no começo do século passado no Delta do Mississippi. Sua lenda é a força motriz de muitos cantores.

Nelson puxou pela memória. De fato grandes nomes do *rock'n'roll* como Mick Jagger, Keith Richards, Eric Clapton e Jimmy Page gravaram músicas de Johnson, que nasceu em Hazlehurst, no Mississippi. Era fruto de uma relação extraconjugal de sua mãe, que logo foi abandonada pelo pai, um trabalhador rural. Sabe-se que Johnson seguiu os passos do pai e casou-se quando tinha apenas dezessete anos. Sua esposa morreu ao tentar dar à luz: foi quando sua vida mudou completamente. Ele se entregou ao blues, primeiro tocando gaita e depois violão. Viajou por quase todo o delta, aceitando apresentar-se nos mais diversos lugares. A lenda começou quando o músico sumiu por seis meses, bem quando começava a ganhar alguma fama. Finalmente, voltou e começou a gravar suas músicas e desfrutar de um breve período de sucesso, o que suscitou vários boatos. Alguns diziam que ele tinha passado aqueles seis meses procurando pelo pai, mas outros iam mais longe e falavam que Johnson havia mesmo era feito um pacto com o demônio, o usual: trocar a alma pelo sucesso. A coisa foi tão longe que essa versão ganhou uma força considerável em virtude de músicas como "Crossroads", em que narra seu encontro com o capeta numa encruzilhada, e "Devil Blues". Johnson tinha apenas 24 anos quando morreu, em 1938. Testemunhas de sua agonia narravam que o músico, em seus instantes finais, caía de joelhos, latia e uivava como um cão antes de morrer, sem nenhuma causa aparente. Quem analisa a história de maneira mais séria acredita que ele tenha sido morto com o uso de veneno por um marido traído, uma vez que possuía muitas amantes.

Nelson sempre ouviu histórias de músicos de blues que queriam fazer o mesmo que Johnson. E agora Jackson, o dono do Mississippi, estava querendo fazer acreditar que o assassinato do guitarrista da Phoenix Missouri tivera razões sobrenaturais...

– Jackson, seja razoável. Isso é absurdo. Estamos em pleno século XXI e você me vem com histórias de pactos com o Demônio? Sei que você quer transformar uma tragédia em algo que possa servir para atrair mais clientes e turistas para você, mas não vamos espalhar isso por aí sem provas, tudo bem?

Jackson olhou firmemente para Nelson. Parecia ofendido, pois sabia que, no fundo, o chefe do Laboratório não acreditava nele. "Brancos são tão burros", pensou. Resolveu tomar uma atitude: jogou fora o cigarro e puxou Nelson pelo braço.

– Venha cá e lhe mostrarei algo...

Levou-o para a parte de trás do clube. O limite do terreno dava para a autoestrada de maior tráfego de Little Rock e entre a casa e a cerca havia um terreno. Nada espalhafatoso, pois só dava para ver um pequeno barracão onde estavam instrumentos de jardinagem. Pararam ao lado do barracão e Jackson apontou para o chão. Nelson conseguiu ver um buraco escavado de mais ou menos um metro de profundidade e meio metro de raio.

– Encontrei isso há mais ou menos dois dias, no mesmo dia em que a Phoenix Missouri chegou. Meu cachorro estava comigo, um beagle farejador de primeira. Soltei-o para correr um pouco e ele encontrou isto.

Nelson meteu as mãos no bolso do casaco e tirou um par de luvas de látex. Calçou-as e mexeu na terra. Ficou sem reação quando tirou de lá um fêmur humano em excelente estado, ainda com sinais de tecido humano presente.

– Isso ocorreu pelo menos umas quatro horas antes de o homem misterioso ter vindo aqui e ameaçado Craig – disse Jackson.

Nelson sacou seu celular e ligou para o número de Jen.

– Jen? Estou no limite sul do terreno do clube. Deixe Tony processando a cena e venha imediatamente. Tenho um fêmur aqui que foi escavado do terreno.

Jen juntou-se a eles apenas alguns minutos depois. Deixou Tony vasculhando o palco e pediu para se juntar a ela assim que terminasse. Ela parou perto do barracão e olhou para todos os lados.

– A chuva deixa poucas chances de conseguirmos tirar uma marca do solo, – comentou – a terra está muito úmida.

– E o fêmur? – perguntou Nelson, enquanto continuava remexendo o buraco com a ajuda de uma espátula tirada da bolsa de Jen.

– Pelo tamanho, arriscaria afirmar que é um osso de homem, mas preciso ter certeza – respondeu ela, enquanto colocava o osso num saco plástico e o acondicionava.

Nelson fez um sinal para ela. Uma de suas mãos estava bem fundo no buraco.

– Parece que achei mais alguma coisa – disse, enquanto remexia a terra. – Passe-me um pincel.

Jen o fez e Nelson espanou por algum tempo até conseguir retirar a lama e os torrões de terra. Jackson olhou a cena com um misto de fascínio e nojo quando um crânio surgiu de dentro do buraco. Jen imediatamente pegou um frasco de plástico e correu para dentro do clube, de onde voltou poucos minutos depois com café dentro do frasco. Pegou uma pinça e começou a cutucar os buracos onde ficavam as órbitas dos olhos. Enormes vermes e larvas saíam de lá e ela os colocou dentro do recipiente com café.

– Um velho truque que aprendi – disse Jen – para preservar os vermes até a chegada no laboratório.

– Isto está ficando cada vez mais complicado – disse Nelson, enquanto segurava o crânio. – Quer que chame mais CSAs para cá? Ou que peça um módulo de laboratório portátil?

Jen fazia malabarismos para segurar a pequena lanterna numa das mãos, a pinça na outra e o frasco junto de tudo.

– Não será necessário – falou. – Tony está ajudando bastante.

Cinco minutos depois, Tony juntou-se a eles. Observou atentamente o crânio e o fêmur, ajudou a acondicionar o crânio e identificou para onde seguiriam as evidências encontradas.

– Como isso pode ter vindo parar aqui? – perguntou Jen.

– Não faço a mínima ideia – disse Jackson. – Nunca tivemos problemas com esta parte do terreno. Exceto, é claro, quando algum casal mais afoito sai do clube e vem para cá a fim de transar no escuro. O próprio barracão não é muito usado.

– Podemos vasculhar o barracão? – perguntou Tony, lembrando que, a menos que o CSA tenha um mandado de busca, para vasculhar todas as partes de um local é necessário ter permissão dos proprietários.

– Claro, sem problemas – disse Jackson, enfiando a mão no bolso e retirando um molho de chaves. Abriu o cadeado que trancava a porta e permitiu que entrassem.

O barracão era escuro e tinha apenas uma lâmpada pendurada no teto. Nelson apertou o interruptor e a luz acendeu. Havia ferramentas por todos os lados, de conserto e de jardinagem. O chão era de terra e a área não deveria ter mais que seis por quatro metros. Tony passou à frente de Jen e seguiu examinando o chão enquanto ela verificava as ferramentas.

– Isto tudo parece um horrível pesadelo! – reclamou Jackson, com voz queixosa.

– Calma, faremos tudo para desvendar isso – disse Nelson.

A preocupação pela preservação das evidências estava no rosto dos dois CSAs. Jen lembrava mentalmente de casos em que a péssima conservação dos achados em uma cena do crime havia tornado o trabalho dos promotores um verdadeiro inferno. E a culpa, se algo acontecesse, era do CSA que havia atendido a ocorrência, por isso, todo cuidado era pouco. Eis porque Nelson e Jackson esperavam à porta do barracão.

Tony parou no meio do caminho e abaixou-se com cuidado. O facho de sua lanterna estava focado numa visível marca de pegada.

– Senhor Jackson, alguém entrou no barracão recentemente? – perguntou Tony.

– Não, que eu saiba sou o único que mantém uma cópia desta chave.

As pegadas apareciam de um ponto próximo à parede e paravam no meio do caminho. Marcas ovaladas eram vistas a cerca de meio metro de cada uma. Tony abriu a bolsa e retirou uma lanterna forense. "Filtro de proteção de ondas longas, com 550 nm de espessura; filtro de excitação com passabanda de 390 a 520 nm; lâmpada de criptônio; refletor de alta eficiência. O filtro de excitação é resistente a umidade, calor, choque térmico e abrasão", leu na caixa da lanterna enquanto a retirava. "Deve servir." Ligou-a e espiou pela tela, ou melhor, pelo filtro de ondas longas. Uma mancha de uns dez centímetros apareceu logo à frente das marcas.

– Achei marcas de pegadas e de joelhos. Alguém esteve aqui e assumiu uma posição ajoelhada – disse Tony. – O interior fechado ajudou a conservar este trecho de terra seco. Precisarei de um molde.

Jen adiantou-se e ajudou a preparar a massa. "O material que recebemos para fazer a investigação é mesmo fantástico", pensou enquanto tirava uma pequena vasilha, uma garrafinha de água, um molde ajustável e um saquinho com pó de gesso.

– E a mancha? – perguntou Jen. – Sêmen?

– O espectro corresponde.

– Um homem ejaculou aqui de joelhos? Nada mais bizarro...

– A julgar pela presença de terra misturada, foi recente. Por isso, temos de nos apressar.

Tony pegou um pequeno saco plástico, uma espátula e uma régua. Fotografou o pedaço de terra com a mancha enquanto Jen ajudava a colocar o molde na pegada e encher o gesso. Logo depois, Tony fez um pouco de malabarismo enquanto tentava cortar o pedaço de terra do chão onde estava a mancha.

– Parece que seu barracão foi violado – disse Jen para Jackson, enquanto esperava o gesso secar.

O rosto de Jackson estava branco de medo. "Ele sabe mais do que diz", pensou Nelson.

– Não faço idéia de quem poderia ser – disse Jackson. – Quero dizer, esta é a única cópia da chave. Pelo menos que eu saiba...

– Ninguém a pegou emprestada ou algo do gênero? – perguntou Nelson.

– Não, nem teria motivos para tal. O barracão está aqui desde que adquirimos o terreno, há quase dez anos. No começo, pensamos em transformar esta parte num jardim, mas o clube toma demais nosso tempo. Acabamos por deixar o projeto de lado.

Tony já havia conseguido guardar o pedaço de terra e voltou-se ao cadeado e à porta de entrada. Começou a levantar as impressões digitais.

"Pó latente acetinado preto, pó latente branco indelével, pó latente preto, pó latente magnético preto, pó latente de cobre prateado", lia ele nos rótulos dos vidros que tinha no kit que recebera para a missão. Escolheu um que o ajudasse contra a superfície dourada do cadeado, pegou o pincel e cobriu-o de pó. Várias impressões apareceram, algumas completas, outras parciais. "Vou passar um dia inteiro acessando o AFIS até conseguir identificar tudo isso", pensou. Já ia começar a usar o mesmo método que usara antes no camarim quando Jen surgiu por trás:

– Não, isso não vai adiantar muito. Tome, use isto.

Entregou uma caixa, na qual ele leu: Levantador Articulado Sirchie.

– Muito bem, espertinha, o que é isto?

Jen fez cara de santa e Tony riu.

– Um truquezinho que aprendi. Este produto é originário de um laboratório que introduziu o levantador articulado na década de 1960 e que logo se transformou no padrão para os principais órgãos de investigação do mundo. Este levantador tem uma fórmula adesiva especial que permite uma observação ótica clara das impressões latentes, mesmo anos após o levantamento. O levantador é um conjunto pré-articulado que combina o meio levantador – um acrílico sobre uma tira de acetato claro de 0,005 polegadas (cerca de 0,012 cm) e uma folha para contraste de acetato claro ou vinil fosco. Estas impressões estão frágeis, principalmente por causa da exposição aos elementos naturais, por isso, é melhor usar este aparato. É à prova de enganos: o levantador é marcado com um asterisco no lado correto para observação a fim de que a impressão não possa ser invertida no manuseio e o usuário saiba sempre de qual lado examinar.

– A película é de acetato? – perguntou Tony.

– Em vinil preto, branco fosco ou transparente, à sua escolha nas melhores lojas forenses.

Tony fez cara de derrotado e passou a usar o composto nas impressões levantadas no cadeado e Jen voltou a fuçar nas coisas do barracão. Nelson e Jackson continuavam esperando ansiosos na entrada.

– Ei, o que é isso? – perguntou Jen.

Jackson olhou espantado, pensando que veria mais um corpo ou algo assim, mas Jen retirou do meio de tesouras e pás uma faca que mais parecia uma faca militar.

– É uma Pantera Negra – comentou Nelson. – Já vi uma dessas em catálogos de cutelaria. É uma faca usada para atividades esportivas.

– Só a lâmina possui dezoito centímetros – disse Tony, já com uma trena na mão.

– Mais que isso – continuou Nelson. – Tem um comprimento total de 30,5 centímetros, a lâmina possui três centímetros de largura e pesa 295 gramas. Só a lâmina tem meio centímetro de espessura.

– Bem, seja como for, parece que encontramos a arma que matou Methers, a julgar pelo sangue ainda fresco – disse Jen, sem tirar os olhos da faca.

Tony já havia pegado a máquina fotográfica e batido as duas chapas do objeto encontrado e colocado ao lado de um escalímetro. Jen a colocou em cima da mesma mesa onde estava o cadeado e disse:

– Eu processo o cadeado. Cuide da faca.

Tony abriu sua bolsa e parou, observando todo o seu conteúdo. Por um momento, sentiu-se atrapalhado e não sabia mais qual ferramenta pegar para a coleta. Jen percebeu e abriu sua própria bolsa, de onde tirou uma tabela plastificada afixada na parte de dentro da mala.

– Tome, use isto. Eu também já me atrapalhei nesses processamentos.

Era uma tabela simples, feita em editor de texto, que mostrava o melhor método para cada tipo de superfície:

| SUPERFÍCIE | MÉTODO |
|---|---|
| Lisa, não porosa | Pós, iodo, reagente de pequenas partículas, cianoacrilato/corantes fluorescentes |
| Irregular, não porosa | Reagente de pequenas partículas, cianoacrilato/ corantes fluorescentes |
| Papel e papelão | Iodo, ninidrina, DFO, nitrato de prata, revelador físico, pós |
| Materiais de embalagens plásticas | Iodo, reagentes de pequenas partículas, cioanoacrilato/corantes fluorescentes, pós |
| Vinil flexível (PVC), borracha e couro | Iodo, regantes de pequenas partículas, cianoacrilato, pós |
| Metais (não tratados) | Reagentes de pequenas partículas, pós, cianoacrilato/corantes fluorescentes |
| Sem acabamento | Ninidrina, pós, nitrato de prata, revelador físico |
| Cera e superfícies enceradas | Pós nãometálicos, cianoacrilato/corantes fluorescentes |
| Superfícies com revestimento adesivo | Pós para superfícies com fase adesiva |

– Aqui não se fala nada de facas com sangue – observou Tony.

– Ele não é para este caso, e sim para os próximos. É importante ter um guia por perto. Não confie só na sua memória. Experimente algo no cabo, não toque na lâmina. Precisamos fazer uma comparação de DNA e ver se o sangue confere.

Quinze minutos depois, havia pelo menos mais quinze envelopes de evidências colhidas.

– Precisamos voltar para o laboratório – falou Jen para Nelson. – Temos de levar essas evidências e acompanhar a autópsia. Já são quase duas da manhã.

Nelson assentiu com a cabeça e voltou-se para Jackson:

– Verifique se seus funcionários já foram todos dispensados. O local está fechado por pelo menos 72 horas ou até acabarmos o processamento de todos os pontos.

Jackson concordou de cabeça baixa e alguns dos policiais já estendiam a faixa amarela de "cena do crime" também na parte de trás do terreno do clube e ao redor do barracão.

– Isso está cada vez mais estranho – comentou Nelson. – Afinal, temos um ou dois homicídios?

– Isso não é o que realmente importa, – disse Tony, entrando no carro de Nelson – mas, sim, se são apenas esses que encontraremos até o fim do caso.

– Bem, precisamos trabalhar com o que colhemos – observou Jen, no banco de trás. – Deixemos o resto para as próximas etapas.

O carro de Nelson demorou a pegar por causa do tempo úmido. Enquanto manobrava para ir embora, ninguém notou o olhar feroz do assassino, que observava tudo de um lugar próximo à entrada do clube. "A sorte está lançada", pensou. "Detenham-me se forem capazes."

# Capítulo 5
# Lidando com corpos mortos

*O que torna a minha abordagem especial é que falo coisas diferentes. Faço jazz, blues, country music e por aí vai. Falo todos eles, como um bom homem útil.*

Ray Charles

O relógio marcava duas e meia da manhã quando o carro de Nelson chegou ao Laboratório Criminal do Estado do Arkansas. A movimentação, entretanto, era tamanha que pareciam estar em plena atividade diária. Havia vários policiais, cientistas, analistas, pessoal administrativo e até alguns oficiais da força policial por lá. Tony distinguiu seu tio Colin no meio de uma multidão que só podia ser de jornalistas. "Já devem saber o que aconteceu", pensou. "Pobre tio Colin, sempre detestou lidar com essa gente."

O comissário Wojak estava tenso, mas lidava com a situação de maneira mais eficiente que seus antecessores, que nunca mantiveram bom relacionamento com jornais e canais de TV. Apesar disso, não dava trégua: entre seus amigos e conhecidos sempre acusou a mídia de ser uma "pedra no sapato da polícia e do Laboratório". A pressão, desta vez, viria em dose dupla: não só pelo fato de ter um músico de blues morto no local, mas também por ter de provar que o que publicam não é apenas boato. Recentemente, o principal jornal da cidade publicara um anúncio de que o Laboratório da cidade era o segundo maior dos Estados Unidos, perdendo apenas para o de Las Vegas.

Tony, Nelson e Jen saíram do carro com cuidado para não serem vistos pelo grupo de vinte jornalistas que queriam uma coletiva sobre o caso. Apesar de o Laboratório ser afastado da cidade, o que garantia certa privacidade para trabalhar, o movimento de pessoas sempre foi intenso. Mas nunca daquele jeito, àquela hora. Os três entraram por uma porta lateral do enorme edifício de calcário e passaram pelas salas do almoxarifado, onde retiravam os materiais utilizados nas investigações. Dirigiram-se para a sala de reuniões (os CSAs não possuem salas próprias, apenas um armário para guardar suas coisas pessoais), onde colocaram todas as provas colhidas no local e separaram o que ia para a toxicologia, o que ia para amostra de DNA e o que ia para análise de armas brancas.

Enquanto Tony separava o material colhido, Jen puxou Nelson para um canto:

– Você se importa de... – começou.

Nelson mostrou-se irritado.

– Isso é o que atrapalha seu desempenho e impede que chegue ao máximo de sua proficiência!

– Eu sei – comentou ela, sem graça. – O dr. Mendes me garantiu que isso não devia durar muito.

– E já faz cinco anos que aconteceu! – disse Nelson, cortando – Está na hora de superar!

– Por favor, chefe. Não pediria isso em outra ocasião. Juro que farei o que puder para não causar mais trabalho, mas dê tempo ao tempo!

Nelson a encarou. Falou o mais suave possível.

– É a última vez. Você vai para uma autópsia de novo nem que eu tenha de trancá-la na sala do frigorífico!

Jen sorriu. Ela sabia ser bem convincente quando queria. Beijou-o na testa e voltou para junto de Tony, que percebeu o que acontecia, mas não perguntou nada. Nelson se aproximou da mesa de reuniões:

– Tony, deixe Jen acabar de separar as evidências e encaminhá-las. Você vem comigo para nos prepararmos para a autópsia com a dra. Nancy Stephens.

Os dois saíram da sala e Jen acenou para Tony, que a olhava do lado de fora pela parede de vidro que marcava a entrada no recinto. Os dois caminharam para o vestiário masculino, começaram a se trocar e puseram o avental azul-marinho próprio às autópsias.

– O que aconteceu? – Perguntou Tony.

– Longa história – respondeu Nelson, passando um composto sob as narinas.

– Ainda temos tempo. A autópsia deve estar terminando e logo saberemos o que a dra. Stephens conseguiu.

Nelson se olhou num espelho e suspirou fundo. "Acho que não tem problema", pensou.

– Há cerca de sete anos, o pai de Jen saiu de casa e nunca mais voltou. Foi dado como morto e desaparecido, o que arrasou tanto a mãe dela quanto ela própria, que o tinha como um ídolo. Dois anos depois, um indigente foi encontrado morto na parte mais pobre de Little Rock. Como é de praxe, foi trazido para cá de modo que os estudantes da academia pudessem ter aulas de anatomia e procedimentos de autópsia. Jen foi designada para trabalhar com o corpo do indigente que, após ter sido cortado e remexido, foi identificado como o pai dela. Exames mostraram que ele estava envolvido com consumo de drogas fortes como cocaína e heroína, que provocaram a atrofia de certas partes de seu cérebro. Ele havia perdido a noção de realidade e sequer sabia mais quem era.

Tony estava pasmo. Nem conseguia falar direito.

– Mas... Ela nem mesmo o reconheceu?

Nelson olhou para Tony e sorriu.

– As drogas acabam até com seu aspecto físico, Tony. Marcus Perez era um usuário pesado e sua genética foi seriamente afetada por elas. Estava mesmo irreconhecível, com toda a sujeira, os cabelos cheios de gordura e a barba cerrada.

– Nossa! Isso deve ter sido bem pesado para ela.

– E como! Nós pedimos que Hannibal, o Bom a tratasse. Ela pegou uma aversão tão grande pela autópsia que não conseguiu mais chegar perto de uma, seja para realizá-la, seja para assisti-la. E, num trabalho como o nosso, isso é importante.

Tony simpatizou-se ainda mais com Jen. Afinal, ambos eram filhos de tragédias pessoais. Não podia perceber se sentia algo mais físico por ela, mas definitivamente não queria outra pessoa como parceira. – É melhor tirar a ideia da cabeça ou isso vai atrapalhar seu desempenho – falou baixinho para si mesmo enquanto acabava de se arrumar.

– Pronto para adentrar o mundo dos mortos? – brincou Nelson.

Tony fez sinal afirmativo e ambos saíram do vestuário e se dirigiram para a sala de autópsia, que ficava num complexo emaranhado de salas no subsolo. Havia, pelo menos, umas três salas somente para as autópsias, todas equipadas com tecnologia de ponta para análise completa dos corpos, um frigorífico com capacidade para até vinte "ocupantes" e uma sala de esterilização. Os corredores cheiravam a clorofórmio e alvejante devido à constante necessidade de limpeza. "Só estando aqui para saber o que são esses cheiros", pensou Tony enquanto examinava a quietude daqueles corredores, um contraste com a agitação que ocorria lá em cima.

A luz que vinha da sala três, onde a dra. Stephens estava, dava um ar antisséptico ao ambiente. A legista era uma bela mulher negra de 32 anos formada em Princeton com diploma emitido pelo American Board of Forensic Pathology, cinco anos como residente em grandes centros médicos e um ano de treinamento na modalidade que exercia, itens obrigatórios para qualquer um que queira seguir essa estranha profissão. Nancy passara mais um ano estudando na famosa Fazenda de Corpos, idealizada pelo antropólogo dr. Bill Bass na Universidade do Tennessee, próximo à cidade de Knoxville, como um laboratório forense onde vários corpos são colocados em ambientes diversos (dentro de um carro, ao ar livre, próximo a árvores, meio submersos) para os legistas (e aspirantes a legistas) observarem os efeitos dos vários estágios de decomposição dos corpos humanos. "É um lugar que não se esquece com facilidade", diz Nancy sempre que alguém toca no assunto.

O problema maior para ser um legista qualificado num laboratório como o de Little Rock é que o candidato precisa ter em mente uma verdadeira coleção de conhecimentos específicos sobre tanatologia, ramo das ciências forenses que, partindo do exame do local e da informação acerca das circunstâncias da morte, junto aos dados do exame necrópsico, procura estabelecer a identificação do cadáver, o mecanismo da morte, a causa da morte e o diagnóstico diferencial médico-legal (acidente, suicídio, homicídio ou morte de causa natural). Esses objetivos, como admite a própria Nancy, nem sempre são fáceis de se atingir, pois as dificuldades impostas ao médico responsável pela autópsia são muitas e de naturezas diversas. Nem sempre é possível estabelecer a identificação: em casos em que os cadáveres são encontrados em avançado estado de decomposição, em que não são procurados seja por familiares seja por forças policiais, e em que não há qualquer informação sobre o caso, pode não se obter uma identificação satisfatória. Há também mortes cuja causa permanece indeterminada mesmo depois da autópsia médico-legal. Em qualquer serviço de tanatologia forense, apesar da experiência dos médicos que fazem a autópsia, da possibilidade de ter como recursos todos os meios auxiliares de diagnóstico adequados ao caso em estudo, haverá sempre mortes em que não é possível esclarecer a causa, tendo de se optar por um relatório no qual se determina "morte de causa indeterminada". Alguns estudos revelam que a percentagem dessas mortes, mesmo depois de realizada a autópsia médico-legal, varia de centro para centro, mas gira em torno de 0,4% do total.

Quando alguém é encontrado morto é necessário conhecer os protocolos para a retirada do corpo. Se, por acaso, alguém teve de mexer no corpo, isso deve ser comunicado imediatamente ao legista para que as fotos que são tiradas para registro tenham esse particular divulgado. E Nancy era o tipo de profissional que sabia exatamente a diferença entre um assassinato e uma morte por doença contagiosa, entre um acidente erótico fatal e um suicídio real.

Tony observava a sala pronta. Era como entrar num centro cirúrgico e aguardar o começo do show. Nancy estava tomando notas no *laptop* que estava na mesa ao lado.

– Olá, sejam bem-vindos. Já falo com vocês, só estou acabando minhas anotações. Tudo bem, Jeremy, pode recolher os instrumentos, não precisarei deles para conversar com o chefe Nelson.

Jeremy era o assistente de Nancy. Tinha 28 anos, vestia-se de maneira que parecia falar "o grunge não morreu em Seattle", era filho de uma amiga de infância dela e optara por trabalhar com ela após um rápido estágio na Fazenda de Corpos. "Mais uma vítima dos nossos bons cadáveres", brincava Nancy.

Tony aguardou quieto enquanto via afixada na parede perto da mesa de autópsia uma tabela que dizia:

*Classificação de causas de mortes:*
*01 – Natural (morte num ambiente considerado não hostil)*
*02 – Acidental (vítima de um ambiente hostil)*
*03 – Suicídio (vítima causou a própria morte)*
*04 – Homicídio (outra pessoa causou a morte)*
*05 – Não determinado.*

– Um pequeno lembrete, – falou Nancy, aproximando-se de Tony – sabe como é, muita papelada para preencher, códigos de que precisamos lembrar, isso tudo é enfadonho. Mas não há nada como fazer uma investigação no corpo humano. É simplesmente fascinante!

– Nancy, este é Tony Draschko, sobrinho do comissário Wojak. Ele está em teste para obter uma vaga como CSA-1.

– Ótimo – disse ela, enquanto colocava de novo suas luvas de látex. – Bem-vindo a bordo. Só espero que sobreviva à experiência, principalmente quando abrirmos seu amigo ali – e apontou para a mesa onde estava o corpo de Craig Methers.

– Já participei de autópsias antes – disse Tony, também calçando luvas. – Conheço seu trabalho, dra. Stephens. Li seu artigo sobre os estudos realizados com cadáveres enforcados na Fazenda de Corpos.

– Ora, vejam só, um letrado! Isto é muito bom! Sabe, em geral as pessoas não gostam de nada que lhes lembre o seu futuro – disse baixinho, em tom conspiratório. – Mas, se não fosse por nós, as coisas poderiam ser piores. Se até Michelangelo e Leonardo da Vinci tiveram de mexer com cadáveres para aprender algo, por que não nós, que temos a tecnologia do nosso lado?

Tony sorriu de novo. Era a primeira vez que tinha contato com Nancy e já gostava dela. Nelson nem prestava muita atenção na conversa, pois estava muito preocupado com o que teria que dizer à imprensa em breve.

– Bem, – disse Nancy, olhando para os dois – é hora do show.

Os aventais azuis, as toucas nos cabelos para impedir que caíssem alguns fios no cadáver, as máscaras cirúrgicas e as luvas de látex transformavam o grupo em cirurgiões prontos para salvar uma vida. Neste caso, infelizmente, para desvendar uma morte.

– Tirei a temperatura do fígado para compará-la com a anotada pelo legista que atendeu a cena do crime – começou Nancy – Minhas contas acusam que o senhor Methers, aqui, foi morto no fim da tarde, entre dezesseis e dezoito horas, para ser mais exata. O corte na garganta foi o suficiente para matá-lo por asfixia.

– Algo como o que Jack, o Estripador fazia com suas vítimas, não é? – perguntou Tony.

– A teoria é que ele cortava as gargantas das vítimas para impedir que gritassem – confirmou Nancy. – Pode ser o caso aqui. Afinal, entrar num clube que só funciona à noite sem ser notado já é complicado. O conteúdo do estômago, entretanto, indica que nosso amigo teve uma última refeição de sanduíches de carne e muito uísque.

– Alcoolismo? – perguntou Nelson.

– Não mais que o normal. Esses músicos de blues gostam de muito álcool no sangue. Porém, já me adiantei a vocês e mandei amostras para a toxicologia, que as devolveram alguns minutos antes de vocês chegarem. O uísque contém traços de antidepressivos e calmantes.

– Depressão é comum nesses caras – disse Tony. – Uma vez li que a maioria dos artistas de blues querem ficar depressivos de propósito para que seus lamentos saiam mais cativantes.

– Não muito diferente das versões roqueiras – observou Nelson. – Isso tudo é desculpa para se drogar.

– Nem tanto – continuou Nancy. – Não há qualquer traço de cocaína ou algo mais pesado. Methers não era consumidor. Seus braços estão limpos de marcas. O que me chamou a atenção, entretanto, foram alguns inchaços que encontrei nas maçãs do rosto.

– Inchaços? – perguntou Nelson. – Como assim?

– Parecem-me começos de hematomas, o que pode indicar que nosso músico trocou alguns golpes com o assassino.

– Mas não há nenhum ferimento defensivo no corpo.

– Eu sei, mas as chapas de raios-X do corpo e do crânio não indicam ferimentos mais graves. E, a julgar pela sua constituição física forte, ele não deve ter sido abatido muito facilmente. Meu palpite é que ele pode ter sido atraído com uma refeição na qual o assassino tenha incluído remédios como os antidepressivos para tentar nocauteá-lo. O efeito pode ter sido demorado e o suspeito resolveu acelerar o processo, dando murros para derrubá-lo. Isso me leva a crer que o corte na garganta foi feito após a vítima estar abatida e já no chão, o que invalidaria a hipótese de o corte ter sido feito para ele não gritar.

– Pelo que Jen descobriu, ele foi abatido no palco do clube – comentou Tony. – Lá havia sangue. E com certeza o assassino tentou levar o corpo para fora e foi surpreendido ou algo assim. Quanto a vítima pesa?

– Noventa e cinco quilos – disse Nancy, consultando as notas.

– Com roupas ele devia passar dos cem, o que torna quase impraticável sua remoção. Com certeza, ele foi surpreendido por alguém que chegou lá, escondeu o corpo no camarim e deu o fora.

– Encontraram alguma arma branca por lá? – perguntou Nancy.

– Uma Pantera Negra com lâmina de dezoito centímetros – disse Nelson.

– Uau! Nosso homem queria fazer um estardalhaço grande! Isso é faca para destrinchar um elefante!

– Não diria bem um elefante... – começou Nelson.

– Bem, seja como for, sabemos alguns passos que ele deu. Falta conseguir algo dos ossos obtidos próximo ao barracão.

Nem bem falara aquilo e Jeremy, que havia saído da sala, voltava com o pacote feito por Jen.

– Jen continua sem coragem de vir aqui? – perguntou Nancy.

– Nada pessoal – falou Nelson. – Isto é, nada pessoal em relação a você, pois é algo bem pessoal.

Nancy abanou a cabeça e abriu o saco. O fêmur e o crânio foram colocados em cima da mesa de autópsia.

– Jeremy, prepare o escâner. Já dá para perceber algumas coisas intrigantes só de bater o olho.

Numa sala ao lado estava um aparelho que analisava nos mínimos detalhes os corpos. Nancy colocou o fêmur num suporte, ajustou os controles e um canhão de laser passou duas vezes pelo objeto. Depois, fez a mesma coisa com o crânio. As imagens começaram a aparecer num *software* especial do Macintosh acoplado.

– A superfície do osso está cheia de estrias – começou Nancy, sem se virar para ver Tony e Nelson. – Nosso John Doe apresenta sinais de hanseníase, de um tipo que só vi em reconstrução de restos históricos.

– Algo no crânio? – perguntou Nelson.

– Sim, há marcas de perfuração. Parece que ele morreu em razão de golpes feitos com um objeto pontiagudo, sei lá, talvez um picador de gelo ou algo assim...

"Nossa!", pensou Tony, "essa deve mesmo ter doído..."

– Jeremy, raspe as peças. Há restos de tecido humano que precisam ser enviados para análise. Talvez consigamos DNA suficiente para a identificação.

– Dá para arriscar um palpite de há quanto tempo ele está morto pelo estado dos ossos? – perguntou Tony.

– Algo bem superficial. Preciso realizar alguns testes mais detalhados. Mas pelo que já vi na Fazenda de Corpos, nosso amigo não está morto há mais de dois meses.

Tony olhou para Nelson, que fechou os olhos e suspirou fundo.

– Era o que eu temia, – falou – uma suspeita de assassino serial. Tudo o que não queremos para pôr esta cidade em pânico.

– Ainda falta acharmos suspeitos e motivos – observou Tony. – Se bem que...

Nancy e Nelson olharam intrigados.

– Se este crânio tem estas marcas, será que o corpo de Methers...

Nancy já dava ordens para Jeremy preparar para raspar a cabeça. Geralmente, o procedimento é feito para procurar ferimentos em vítimas de força bruta. Nancy xingava a si mesma por não ter pensado nisso. "É bom ter outras cabeças por perto", pensou.

Jeremy já havia raspado metade da cabeça quando notou uma mancha de um resíduo líquido que emanava da parte de trás da nuca. Nancy examinou e mandou que ele acabasse de raspar. Tony já segurava um par de pinças que estavam sobre a mesa de Nancy e um envelope para recolher e guardar os cabelos manchados.

– Bem, mais uma evidência para o caso – anunciou Nancy. – O ferimento é semelhante ao do nosso amigo caveira.

Nelson aproximou-se e verificou a profundidade e o tamanho.

– O rombo é pequeno, mas acho que dá para introduzir um cotonete e tirar uma amostra – disse ele.

Tony tinha alguns cotonetes no bolso de sua calça, que pegara por impulso da bolsa que deixara na sala de reuniões. Abriu um deles, retirou a cápsula de proteção e introduziu-o no ferimento. Um líquido amarelo saiu dele.

– O que será isso? – perguntou Nancy.

– Vai saber... – disse Nelson.

– Já colhi a amostra – disse Tony, fechando a cápsula de proteção do cotonete. — Vou levá-la para análise.

– Bem, acho que isso conclui nossos trabalhos – disse Nancy, olhando para o relógio. Já eram quase quatro da manhã e ela se sentia exausta.

– Não há mais nada? – perguntou Nelson.

– Retirei do corpo de Methers alguns traços de insetos. Foi o que Jeremy levou para Bert, o entomologista, quando vocês chegaram. Ele já deve ter alguma coisa.

– Excelente — falou Nelson e bateu no ombro de Tony. – Vamos subir e falar com Bert. Acabou por hoje?

– Meu turno acaba às cinco da manhã – disse Nancy. – Acho que vou subir com vocês e tomar um café na sala de recreação.

– Vamos lá – disse Nelson. – Eu pago.

– Jeremy, vou tomar um café e já volto.

Todos tiraram suas vestimentas médicas e Nancy saiu pela porta dupla de entrada tagarelando com Tony sobre suas experiências profissionais, enquanto Nelson pensava sobre o que havia sido descoberto. Jeremy tentava arrumar os instrumentos e olhava pensativo para o ferimento no crânio de Craig Methers. Ficou ocupado com a tarefa por pelo menos vinte minutos e não percebeu quando o assassino entrou pela mesma porta dupla.

– Olá, – disse Jeremy – posso ajudar?

– Gostaria de falar com os CSAs sobre o caso Methers – falou o assassino no tom mais frio que pôde produzir.

– Eles acabaram de sair – disse Jeremy, enquanto cobria o corpo de Methers. – Se correr, pode alcançá-los...

Ele não viu quando assassino pulou sobre ele como uma pantera e injetou-lhe uma substância amarelada na principal veia do pescoço. Assim que Jeremy caiu no chão, desacordado, foi arrastado até o frigorífico que ficava na sala ao lado e trancado com o mostrador marcando -30º.

# Capítulo 6
# Entomologia

*Blues é fácil de tocar, mas difícil de sentir.*

Jimi Hendrix

As batidas soaram na escuridão do quarto. Tony abriu os olhos, viu a claridade que entrava pela janela fechada e perguntou-se rapidamente onde estava. "Dormir de dia não é a mesma coisa que de noite", pensou enquanto se mexia na cama.

– Tony, está acordado? – perguntou sua tia Donna, em português, sem entrar no quarto.

– Ah... Acho que sim. – Respondeu ele, ainda tonto de sono.

– Posso entrar?

Tony chegou em casa de volta do Laboratório por volta das sete da manhã e caiu direto na cama, ainda com a roupa da véspera.

– Claro!

A porta se abriu e Donna Carter, ainda uma bela mulher morena na casa dos cinquenta anos, entrou com um telefone sem fio.

– Desculpe, meu querido, mas o chefe Nelson pediu urgência. – Falou num português com sotaque, mas perfeitamente compreensível, decorrente dos mais de quinze anos que passou não só como pesquisadora de línguas latinas em Little Rock como dos dez anos em que trabalhou como professora especializada em universidades brasileiras como a Universidade de São Paulo – USP e a Pontifícia Universidade Católica – PUC. Em casa, fazia questão de treinar o português com o marido e o sobrinho.

Tony olhou no relógio da cômoda e viu que marcava uma da tarde. Não se sentia descansado e ainda estava desorientado.

– Não tem importância, tia Donna. Eu atendo.

– Tudo bem. Seu tio Colin saiu para a Central de Polícia há algumas horas e eu já estou de saída para a Universidade. Hoje teremos uma tarde cheia de atividades, por isso não posso me atrasar. Deixei alguma coisa no freezer para você comer.

Beijou Tony na testa e saiu apressada para seu trabalho. Ela era coordenadora de atividades linguísticas na Universidade de Little Rock e também escrevia livros (já estava no sexto, todos muito elogiados no ramo linguístico), o que a deixava por demais atarefada.

Tony sacudiu a cabeça e pegou o telefone.

– Alô – voltou para o inglês com dificuldade.

– Tony, sinto incomodá-lo, mas acabo de receber um telefonema do Laboratório. Preciso que você e Jen cheguem hoje um pouco mais cedo. Aconteceu algo que teremos de tratar com muita gravidade.

– Relacionado com o caso?

– Diretamente. O legista do turno do dia foi fazer a checagem rotineira do frigorífico e encontrou um corpo lá dentro.

Tony coçou a cabeça.

– Mas não é para isso que o dispositivo serve?

Nelson ficou quieto por alguns momentos. Quando retomou a fala pronunciou as palavras uma a uma:

– Um... corpo... de... um... funcionário... nosso!

Tony sentiu o sono ir embora imediatamente.

– Como assim? Quem era?

– Jeremy Myers, o assistente da doutora Nancy Stephens.

– O rapaz magro de óculos, com cara de *nerd*, que não parava na sala enquanto estávamos falando sobre Craig Methers?

– Esse mesmo.

– Mas... estava vivo e bem quando saímos de lá!

– Alguém entrou lá e atacou-o de maneira bem discreta.

– Qual era a temperatura do frigorífico quando o corpo foi descoberto?

– -30°.

– Nossa! É a Era do Gelo...

– Seja como for, preciso que você e Jen cheguem mais cedo. O pessoal do dia está tomando as providências necessárias para fazer a autópsia. Nancy está lá tomando as providências e checando tudo. Precisamos fazer de tudo para verificar possíveis conexões com o caso Methers.

Tony sentia-se confuso.

– Que conexões pode haver? Algo foi retirado de lá?

– Ainda não sei. Descobriram o corpo por volta das onze da manhã. É cedo demais para falar algo. Você e Jen podem descansar mais um pouco, mas estejam lá entre quatro e cinco da tarde. Vou inteirá-los de tudo.

– Certo. Até mais.

A confusão instalou-se na mente de Tony. Lembrava-se de que os resultados sobre a autópsia de Methers, os testes complementares de toxicologia e até mesmo o crânio e o fêmur haviam sido retirados da sala. Quando examinou o local, reparou que não havia nenhum tipo de câmera de segurança, o que deve ter ajudado o assassino. Tudo ficou ainda mais complicado pelo fato de o culpado ter livre acesso ao local. Mas como?

Tinha ainda mais três horas até o horário combinado. O sono havia sumido completamente. Tony optou por tomar um banho e trocar de roupa, pois tinha muito que fazer. "De todos os casos que podiam me dar, tinha de pegar um extremamente complicado." Ele não acreditava na sorte que tinha.

Uma rápida refeição e logo estava na rua, caminhando rumo ao ponto do ônibus que o levaria para o laboratório. Repassava incessantemente seus passos na memória: Nelson, a dra. Stephens e ele saíram da sala de autópsia por volta das quatro e quinze da manhã, deixando Jeremy guardando as coisas. Subiram para a sala de recreação e tomaram um rápido café até que os dois ficaram por lá discutindo assuntos administrativos enquanto ele foi procurar Jen para ver se precisava de alguma coisa. A agente já havia distribuído as evidências para os vários setores de análise para serem processadas.

– Acho que por hoje é só – ela havia dito. – Vamos ao nosso mais que merecido repouso.

Ambos voltaram para a sala de recreação, onde descansaram um pouco, enquanto Tony relatava os detalhes da autópsia para Jen.

Nelson e Nancy estavam na sala dele, discutindo assuntos diversos, enquanto Jen preparava no microondas algo para comer retirado da minigeladeira que havia na sala.

Tony zapeava a TV a cabo do local, na maioria das vezes utilizada para acompanhar os noticiários de redes como a CNN, quando Bert, o entomologista, entrou:

– Oi, pessoal. Vocês estão no caso Methers?

– Sim – disse Jen. – Você é novo aqui?

– No turno da noite, sim. Era do dia, mas pedi transferência.

– Bem-vindo. Sou Jennifer Perez, este é meu parceiro Tony Draschko.

– Bert Applegate – sorriu desajeitado. – Sem parentesco com a Christina.

Jen sorriu. Parecia atraída por Bert. Tony observou com curiosidade. "Há, pelo menos, tempo para a vida pessoal", pensou. "Que trabalho fascinante!"

– Prazer em conhecê-los. É bom poder conversar sobre meu trabalho. O pessoal do dia tem certo... Como vou dizer...

– Nojo? – perguntou Tony.

– Sim, como se quisessem negar o papel que os insetos têm no equilíbrio da vida.

– A dra. Stephens está por aqui? – perguntou Bert.

– Na sala do supervisor Nelson – disse Jen. – Mas estão a portas fechadas, o que significa que não querem ser perturbados. Quando aqueles dois começam a discutir os procedimentos do Laboratório, todos saem de perto por medo que saia alguma briga.

Bert olhou para a porta da sala de Nelson. Era de vidro, por isso pode ver Nancy gesticulando frenética na direção da mesa de Nelson.

– Bem, como vocês estão cuidando do caso, é melhor entregar-lhes os resultados.

– A doutora falou sobre ter encontrado traços de insetos?

– Pouca coisa. Alguns vermes que estavam em estágio inicial.

– Vermes? Num ambiente fechado? – perguntou Jen. – Como entraram? Pela janela?

– Na verdade...

Parou e olhou para os dois CSAs com expectativa. Tony achou a cena divertida.

– Venha, sente-se conosco, – disse ele – já são quase cinco da manhã e estamos mesmo na nossa hora de descanso. Não vai querer discorrer sobre vermes enquanto comemos, não é?

Bert puxou uma cadeira e sentou-se na grande mesa de refeições. Jen sentou-se ao seu lado. Parecia que iam escutar um suspeito. E Bert deliciava-se com as atenções.

– Primeiro, quero falar sobre as quatro relações diretas que os insetos têm com os corpos encontrados. A primeira é a chamada espécie necrófaga, composta por moscas e besouros que se alimentam diretamente do corpo, e seus estágios de desenvolvimento observados em até duas semanas ajudam a indicar quanto tempo se passou desde que a pessoa morreu. A segunda é composta por predadores e parasitas dessas mesmas moscas e besouros, que também são besouros de outros tipos que se alimentam de ovos e larvas. As vespas também se alimentam dos vermes, e já que cada espécie tende a se especializar, fica fácil dizer que tipos de moscas havia num corpo.

– Interessante! – disse Jen. Tony quase riu, pois não sabia se ela dizia isso pelo assunto ou pelo interlocutor.

– Há também vespas, formigas e besouros que se alimentam tanto do corpo quanto dos vermes, e vespas que capturam muitas moscas podem, na verdade, atrasar o processo de decomposição. E há as aranhas que usam o corpo como *habitat* para caçar outros insetos.

– Você assiste *CSI* ? – perguntou Tony. Jen achou a pergunta estranha.

– Claro! Grissom é meu predileto!

– Você se lembra de um episódio em que ele coletou alguns espécimes de um corpo em estado avançado de decomposição para que pudesse torná-los adultos e usar uma regressão linear para estimar a idade dos insetos encontrados?

Bert parou um pouco para pensar e de repente exclamou:

– Ah, sim, aquele no qual eles fazem depois uma experiência com um porco, que sofre os estágios de decomposição mais semelhantes aos do homem, para reproduzir a invasão dos insetos?

– Esse mesmo.

– Essa experiência não é nova, de fato já foi bem usada pelos especialistas. Há alguns, pelo que li, que chegam a usar três porcos: um é colocado diretamente no solo ou em contato com qualquer outra substância investigada, e é deixado em paz. Um segundo é colocado numa plataforma de peso para determinar a porcentagem de biomassa e é pesado cada vez que o pesquisador aparece por lá (eles também colocam sondas na boca, no abdômen e no ânus para determinar as temperaturas internas da decomposição). O terceiro porco é também colocado numa plataforma com a substância investigada para anotar insetos e outros artrópodes. É bem mais complexo que o que mostram na TV.

– Uau! Gostaria de ver isso ser feito – disse Jen.

– Chamarei você na próxima vez – disse Bert, que quase não tirava os olhos dela. Voltou-se para Tony: – Mas foi um bom episódio. Adorei quando o Grissom recolheu os besouros, conservou-os no copo de café de um policial e chamou-os de John, Paul, George e Ringo.

"Nossa, que *nerd* !", pensou Tony. "Será que somos mesmo todos assim?"

– Isso é perfeitamente possível de se realizar, – continuou Bert – o que ele se esqueceu é que até mesmo os insetos são afetados por fatores externos, como, no caso, o fato de o corpo estar envolto numa manta. Parece algo exagerado, mas ainda não é bem aceito como evidência. A maioria dos policiais não leva os entomologistas a sério, em parte porque poucas pessoas entendem essa ciência.

– Eu sempre a achei fascinante! – falou Jen.

– Eu também. Sabe, li um artigo de autoria de Lee Goff, o diretor do programa de ciências forenses da Universidade de Honolulu, autor de um livro chamado Uma Mosca na Promotoria. Ele afirma que há vários modos pelos quais os entomologistas podem contribuir para uma investigação forense. Na maioria dos casos, somos chamados para estimar o intervalo pós-morte baseados na atividade dos insetos. Em outros, há fatores que servem de atraso e devem ser considerados. Mas podemos ajudar em outras questões, como provar que um corpo foi mexido, colher espécies para análise de toxicologia ou de drogas, fornecer DNA provindo do conteúdo da ingestão dos insetos, apoiar ou contradizer um álibi ou mesmo assegurar quais feridas foram feitas num corpo.

– Lembro de um outro episódio do seriado em que Grissom manda o CSI Warrick Brown retirar um dos vermes encontrados num corpo num deserto para abri-lo e processar o conteúdo do seu estômago – observou Tony. – Ele diz algo sobre os vermes serem como refrigeradores contra o calor do ambiente onde o corpo foi encontrado.

– É... nesse ponto eles estão certos. Esse Goff, por exemplo, conta um caso em que encontraram três espécies diferentes de vermes no corpo de uma mulher. Ele colocou os dados do desenvolvimento num computador e veio o resultado de que tal cadáver não podia existir. Meio relutante, ele teve de reavaliar seus dados. Assim, descobriu que o modo pelo qual o corpo havia sido posicionado, além do fato de ter sido encontrado parcialmente submerso em água, havia alterado os estágios da atividade dos insetos. Enquanto, em geral, duas daquelas espécies não estariam num corpo nos estágios em que foram encontradas, havia algo único naquela cena de crime que tornava isso possível.

– Grissom também diz que os insetos chegam num corpo em estágios – lembrou Tony.

– Sim, com certeza. Conforme cada classe, por assim dizer, vai se alimentando, o estado do corpo é alterado e torna-se adequado ao próximo grupo, que é atraído por aquelas mesmas alterações. O trabalho do entomologista forense é interpretar essas relações para oferecer dicas para os agentes da lei.

O cheiro do sanduíche de almôndegas invadiu a sala de recreação. Bert apontou para o micro-ondas e disse:

– Alguém esqueceu um sanduíche por lá.

– Ah, não ligue, era minha refeição! – disse Jen

– Pois é melhor ir apanhá-la, Jen, – disse Tony – o cheiro forte indica que deve estar quase torrado!

Jen levantou-se assustada e correu para salvar o que restava do sanduíche. Bert riu e levantou-se para ajudá-la. Tony ficou pensando sobre como poderia haver vermes no corpo de Methers se ele não estava ao ar livre. Isso pode acontecer, pelo que ele lembrava, apenas com corpos em locais abertos. E o clube Mississippi era tão fechado que parecia mais um abrigo subterrâneo antibombas de tão úmido, pouco arejado e sem janelas.

– Bert, – chamou Tony – a dra. Stephens disse de onde recolheu essas amostras de vermes?

– Creio que foi do corte da garganta... – disse ele, enquanto tentava tirar desajeitadamente o sanduíche de Jen de dentro do micro-ondas.

Tony podia sentir que algo estava terrivelmente errado. Não era um entomologista *nerd* como Bert, mas sabia que os vermes eram decorrentes de atividades de insetos e que havia uma probabilidade de muito grande de isso não acontecer por obra e graça da mãe natureza.

Jen percebera o olhar de Tony e falou, enquanto procurava guardanapos nas gavetas de um armário próximo da pia:

– A evidência é falsa – disse, sem olhar para Tony. – Foi plantada!

– Com certeza – concluiu Tony. – Mas por quê?

Jen sentou-se à mesa e começou a comer. Bert estava ao lado dela, observando-a.

Tony fechou os olhos e tentou visualizar alguma coerência no que vira e ouvira durante aquela noite. Mas nada fazia sentido.

– A dra. Stephens disse ter achado sanduíches de carne e uísque com traços de antidepressivos no estômago de Methers. Se houvesse algum agente externo, como um inseto, ele não se instalaria no estômago?

– No caso de o assassino ter feito um corte lá e não na garganta, – explicou Bert – não há como um inseto entrar pelo pescoço e descer até lá sem que o corpo esteja aberto.

– Eu te disse! – falou Jen, comendo mais um pouco – esse homem é esperto até demais!

– Acha mesmo que é um homem? – perguntou Tony.

– Você não contou sobre as escoriações no rosto? Acha que uma mulher normal consegue derrubar alguém com a constituição física de Methers? Até para cortar a garganta dele o corte teve de ser bem incisivo. Lembre-se de que ninguém, a não ser você, reparou no corte.

Tony levantou-se e saiu da sala para dar uma volta pelos corredores do laboratório e deixou Jen e Bert conversando na sala. Ao lembrar do tempo que passara nos corredores chegou à conclusão de que mesmo que tivesse se encontrado com o assassino de Jeremy não o teria notado, pois a quantidade de pessoas que entravam e saíam de lá era enorme, principalmente por ainda haver um grupo de repórteres querendo que seu tio Colin, que ainda estava preso na entrada o Laboratório, falasse algo sobre o caso.

Quando voltou, apenas dez minutos depois, encontrou Nelson e a dra. Stephens checando os resultados dos exames de Bert.

– O assassino implantou vermes para que pensássemos que o corpo teria ficado em algum outro ambiente antes de ser colocado no camarim – concordou Nelson. – Mas para tanto ele precisaria ter tudo meticulosamente calculado.

– Nem sempre – comentou Nancy. – Talvez ele já tivesse tudo pronto por uma questão de precaução. A verdade é que esta parece ser mesmo uma pista falsa, implantada para confundir. Contradiz tudo o que achei no corpo.

A porta se abriu e o comissário Wojak entrou. Estava extremamente cansado de tanto lidar com a mídia.

– Jesus, eles pareciam insaciáveis! – comentou enquanto sentava numa das cadeiras da mesa de refeições. – Perguntas intermináveis e dúvidas que não faziam o menor sentido. Querem alardear sobre um assassino serial que ainda nem temos certeza se existe!

– Tudo para vender jornais – concordou Jen. – É disso que esses coiotes vivem.

– Alguma novidade? – perguntou o comissário.

Nelson e a dra. Stephens colocaram-no a par de tudo.

– Bem, é melhor eu voltar para a minha sala. Ainda tenho duas horas até o fim do meu turno – disse Bert, olhando para o relógio.

– Uma hora eu apareço lá para conversarmos – comentou Jen, baixinho para ninguém ouvir.

– Adoraria isso! – respondeu ele. Cumprimentou a todos e saiu da sala.

– O que vocês acham? – perguntou Nancy.

– Que o nosso homem sabe tanto sobre o assunto quanto nós – respondeu Tony, pensativo. – E que tudo o mais é suspeito. Começo a achar que até confirmarmos a ligação entre a morte de Mathers e os ossos encontrados no barracão estes últimos podem também ser algo plantado para nos distrair.

– Bem, seja como for, só saberemos no próximo turno – comentou Nelson. – É melhor irmos todos para nossas casas e receber o sono dos justos. Deixem seus celulares ligados, pois posso precisar de vocês.

Nelson foi o primeiro a ir embora. Ofereceu uma carona para Nancy, que a aceitou de bom grado. Ela tinha descido até sua sala, mas não comentou nada quando voltou. Jen também foi se trocar para ir embora no seu BMW.

Colin Wojak tirou seu Citroën do estacionamento e voltou para casa com Tony. O relógio marcava sete horas da manhã quando Tony finalmente caíra, exausto, na cama. Até ser acordado por sua tia Donna.

De volta ao presente, Tony pegou o ônibus e foi o caminho todo pensando em como alguém poderia ter entrado no laboratório, matado Jeremy Myers e saído sem chamar a atenção. "Será que existe algum tipo de central de vigilância por lá?", perguntou-se. Essa era a primeira providência a se tomar: ver se alguma câmera registrou as pessoas estranhas que passaram pela entrada principal.

Seu relógio marcava cinco da tarde em ponto quando o ônibus chegou ao laboratório. Tony verificou o bolso da calça atrás da identificação que recebera de Nelson e passou pela recepção. Não sem antes analisar o local e verificar bem: lá estavam quatro câmeras da marca Pelco, uma em cada canto da sala, escondidas por um pequeno domo negro. "Tem de haver algum registro" pensou, enquanto entrava em direção ao vestiário. Procurou por Nelson e Jen, mas ainda não havia ninguém.

Resolveu passar algum tempo na sala de recreação. No fim do turno do dia a sala parecia mais um ambiente abandonado, sem ninguém por perto. Tony analisou o recinto e aproximou-se da geladeira. Dentro havia vários frascos coloridos com o que parecia ser líquidos de diversos tipos e cores.

Um, em especial, chamou sua atenção. Continha um líquido amarelo viscoso, similar ao que vira sair do crânio de Methers quando tirou a amostra na noite anterior...

– Ei, olá! Como vai? – disse a voz atrás dele.

Lá estava Bert Applegate, com cara de quem havia dormido muito.

– Ei, cara, já está de volta? Um tanto *workaholic*, não acha?

– Nem tanto. Tenho muitos relatórios para fazer e odeio passar muito tempo no computador. Por falar nisso, a Jen pediu para ver se você estava por perto. Ela está no setor de análises de informática usando um dos computadores de lá para escrever seus relatórios. É melhor você ir até lá. Fica no segundo andar.

Tony agradeceu e correu para o elevador ao fim do corredor. Apertou o terceiro andar e esperou. Quando chegou à sala, lá estava Jen, literalmente brigando com o computador.

– Porcaria de Word! Como eu detesto esse programa!

– Problemas com a redação? – disse Tony, cumprimentando-a. – Deixe-me ajudá-la. Dite e eu digito.

Em pouco tempo já haviam feito o relatório de 25 páginas com os detalhes do que fora descoberto na noite anterior. Imprimiram-no e o conferiram.

– Bem, está tudo certo – comentou Jen. – Vamos levá-lo até a sala do Nelson e depois esperaremos por ele na sala de recreação.

– Boa ideia. Aproveito para perguntar sobre algo meio estranho que vi por lá.

Os dois colocaram a cópia do relatório na mesa de Nelson e saíram para esperar sua chegada. Voltaram à sala de recreação e sentaram-se à mesa.

– Lembra que lhe falei sobre o líquido amarelo que recolhi do ferimento na cabeça de Methers? – perguntou Tony.

– Claro.

– Pode parecer estranho, mas há um frasco na geladeira com um líquido semelhante.

– Podemos usá-lo para compará-lo com o que você colheu. Vai servir para identificar a substância.

Aproximaram-se da geladeira enquanto Jen reclamava:

– Acho isso um desaforo! Já pedimos a todos os CSAs de todos os períodos para não guardarem substâncias químicas perto da comida! Se me nascer um terceiro braço, será culpa deles!

Tony abriu a porta e parou com os olhos arregalados.

– O que foi? – perguntou Jen.

– Sumiu! O frasco simplesmente sumiu!

# Capítulo 7
# Processando evidências no laboratório

*Eu meramente peguei a energia que gasto para me enfadar e escrevi blues.*

Duke Ellington

– Isso é impossível – disse Jen. – Quem estava aqui com você?

– Ninguém a não ser o Bert – respondeu Tony, ainda confuso pela ausência do frasco.

Jen olhou para a geladeira, saiu da sala sem dizer nada e depois voltou com sua mala. Abriu-a, tirou um pó preto e um pincel e começou a espalhá-lo. Estava ainda entretida nessa atividade quando Nelson surgiu na porta. Ao ver o que Jen fazia tornou-se pálido.

– O que aconteceu aqui?

Tony contou rapidamente o que houve e quais eram suas suspeitas. O semblante de Nelson tornou-se extremamente vermelho e nervoso. Desta vez foi ele quem saiu da sala sem dizer uma palavra e voltou com uma FAL (Fonte Alternativa de Luz) ultravioleta.

– Alguma impressão? – perguntou ele para Jen.

– Absolutamente nenhuma! – disse Jen, completamente desconcertada. – Não entendo como pode ser isso!

– Tony, apague a luz e feche a porta. Cuide para que ninguém entre.

Enquanto Tony vigiava a entrada, Nelson e Jen colocavam os óculos de acrílico e vasculhavam a geladeira.

– Parece haver algo na parte de dentro – apontou Jen para o que parecia ser uma mancha sem forma que lembrava vagamente uma palma.

– Sem chance – disse Nelson. – Essa geladeira trabalha com a velocidade de refrigeração no máximo e a marca, se é que é uma palma, já está coberta de umidade. Não vamos conseguir fixar com pó e levar para escanear.

Tony observava a cena calado quando reparou na lata de lixo próxima à entrada da sala. Viu no escuro o que parecia ser um par de luvas de látex.

– Ei, pessoal! – chamou ele. – O procedimento não manda que as luvas de látex sejam retiradas após a análise da cena do crime e jogadas fora ainda em ambiente exterior, mas nunca trazidas de volta para o laboratório?

Os dois olharam para ele sem entender a razão da pergunta. Fecharam a porta da geladeira, desligaram a FAL e acenderam a luz.

– Sim, por quê? – perguntou Nelson.

– Olhem a lata do lixo.

Quando Jen se aproximou, pegou uma lapiseira que estava em seu bolso e retirou uma das luvas do lixo, que estava escondida embaixo de algumas cascas de frutas.

– É um dos pares que usamos ontem no Mississippi.

– Como sabe? – perguntou Nelson.

– Eu faço uma marca pequena num dos cantos das minhas. Mania de controle, não sei. Mas serve para evitar misturar os pares numa eventual correria.

De fato, Tony e Nelson puderam ver um pequeno JP feito na base da luva, escrito com caneta porosa.

– Vou levá-las imediatamente para verificarem no laboratório – disse Jen enquanto pegava a outra luva e saia correndo pelos corredores.

Nelson sentou-se à mesa e colocou as mãos na cabeça.

– Como um suspeito consegue ter acesso livre ao laboratório? – perguntou ele, já angustiado.

Tony sentou-se no lado oposto.

– Chefe, já pensou na probabilidade de nosso suspeito ser alguém daqui?

Nelson olhou-o com intensidade.

– Como assim?

– Não há o que explicar. A sala de autópsias onde estávamos ontem não possui nenhum tipo de câmera de vigilância. A entrada possui quatro, o que realmente é um exagero se pensarmos no caso. A menos que possamos assistir aos vídeos das quatro câmeras e localizar alguém diferente e suspeito, desconfio que não serão de grande utilidade para nós. Pense bem: como alguém de fora entra aqui, mata um assistente e esconde o corpo de maneira que somente no dia seguinte é descoberto?

Nelson ponderou cada palavra de Tony e viu que ele estava com a razão. O problema é que eles tinham uma série de evidências e até agora nenhum suspeito. Nem mesmo tinham como ligar a morte de Jeremy Meyers com a de Craig Methers para dizer que as mortes foram cometidas pela mesma pessoa.

De repente, Jen voltou correndo:

– Está aí uma tal de Francine Layers querendo ver-lhe, chefe.

– Peça para a recepção enviá-la para a minha sala. É melhor vocês virem comigo.

Jen avisou a recepcionista pelo ramal interno e os três foram encontrar-se com a recém-chegada. O barulho dos vários setores do laboratório continuava a todo vapor.

– Quem é ela? – perguntou Jen.

– Uma artista forense bem conceituada. Pedi para chamarem-na e ver se conseguimos reconstruir a face da caveira encontrada. Assim podemos identificá-la por bancos de dados como o ViCAP.

"*Violent Criminal Apprehension Program*", pensou Tony. "Programa de Apreensão de Crimes Violento, o centro de informação de dados do FBI que coleta, classifica e analisa informações sobre crimes. Essa vai ser uma ótima oportunidade de ver como isso funciona."

Quando adentraram a sala de Nelson, Francine já estava lá. Era loira, tinha 1,70 m de altura e era extremamente bela. Segurava uma pasta que parecia um kit de investigação.

– Olá, Fran! – disse Nelson, beijando-a na testa. – Como vai esse talento todo?

– Tudo ótimo. É bom vê-lo de novo, Nelson.

– Estes são os CSAs encarregados do caso Methers, Jennifer Perez e Tony Draschko. Fran foi nossa melhor artista forense por quase seis anos, antes de começar a trabalhar para os laboratórios de outros estados. Hoje é uma celebridade no campo e uma pessoa muito ocupada.

Francine parecia sem graça com os elogios de Nelson. "Esses dois devem ter tido um caso no passado", pensou Tony. Cumprimentou-a e sentou-se numa cadeira próxima à dela. Nelson levantou o telefone e pediu para que um auxiliar trouxesse a caveira e o fêmur da sala de evidências, que ficava trancada e era vigiada 24 horas por dia.

– Quer dizer que você é artista forense? – perguntou Jen. – Que demais! Deve ser uma área bem diferente da do resto de nós, ratos de laboratório, não?

– Mais ou menos. Não fico o dia todo fazendo desenhos ou moldes. Nossa área de atuação é mais ampla.

– Como é, exatamente? – perguntou Tony, realmente interessado.

– Há quatro tipos básicos: composição de imagens, como um desenho policial de relatos de testemunhas oculares (um retrato falado mais complexo); modificação e identificação de imagens, que lida com coisas como manipulação e otimização de fotos, como as de progressão de idade ou atualizações de fugitivos; auxílios de reconstrução, ou seja, métodos para ajudar na identificação de restos pós-morte, como reconstruções de crânios em duas ou três dimensões; e auxílios de demonstração, as informações visuais para apresentação de casos no tribunal, como as reconstruções de cenas de crimes.

– Fran consegue reconstruções autênticas de crânios – observou Nelson. – Nosso amigo caveira logo deixará de ser um "zé-ninguém".

– Como pretende conseguir uma identificação tão boa a ponto de passar nos bancos de dados? – perguntou Jen.

– Ah, conheço vários métodos. Falei com o comissário Wojak antes de vir para cá e o chefe Nelson me contou todos os detalhes do crânio. A técnica usada é simples e vai por partes. Vou usar o mesmo método que usei neste outro trabalho – disse Francine, enquanto abria sua pasta e retirava um álbum de fotografias. – Registrei este trabalho para uma palestra.

Jen e Tony aproximaram suas cadeiras e olharam as fotos com muita atenção.

– Primeiro faço uma espécie de "planta de duas dimensões" no crânio, que servirá como guia. Depois faço pequenos furos em lugares estratégicos para que possam sustentar pequenos pinos de madeira ou de vinil que servirão de medidas para a pele, tecidos e músculos. Numa terceira fase uso argila de modelar para compor os músculos e as feições ao redor do nariz, da boca, das bochechas e dos olhos, que são cuidadosamente construídos ao redor da estrutura óssea. Em seguida espalho uma fina camada de plástico ao redor do crânio. O pescoço é desenvolvido e então os ouvidos são formados e conectados às laterais do crânio.

– Como você define as particularidades individuais? – perguntou Tony.

– Largura de narizes e bocas são desenvolvidos de acordo com fórmulas combinadas com palpites de idiossincrasias. Depois colocamos texturas para humanizar a face, com sobrancelhas. Por último, entram em cena uma peruca e os olhos. Dependendo do caso, uma maquiagem para realçar o efeito. Itens descobertos com o esqueleto, como acessórios de roupas, joias e óculos podem ser acrescentados.

– Nossa, o trabalho que você fez com este está excelente! – comentou Jen.

– Obrigada. Fiz estes em conjunto com uma amiga minha, a também artista forense Betty Patricia Gattiff, num caso em que identificamos as vítimas de um assassino serial chamado John Wayne Gacy, que tinha em sua casa e em seu jardim cerca de trinta corpos em vários estágios de decomposição. E isso aconteceu em 1973.

– Acho que ouvi falar desse caso – comentou Jen. – O culpado era homossexual e matava garotos. Os pais das vítimas não acreditavam no envolvimento de seus filhos em atos tão estranhos e não ajudaram na investigação.

– Isso mesmo – acrescentou Nelson. – O caso começou a ser resolvido graças a um antropologista forense, Clyde Snow, que tomou as medidas de cada crânio e fez um diagrama para cada um, baseado nos 25 pontos de referência que podiam ser comparados com as descrições encontradas nos relatórios de desaparecidos. Num desses levantamentos, ele viu que um esqueleto tinha um ferimento na cabeça e o braço esquerdo quebrado, o que conferia com a descrição de um antigo marine, David Talsma.

– Foi quando Snow convidou Betty para trabalhar com sete dos crânios e ela me chamou para ajudar. Primeiro estabelecíamos a espessura da pele colocando borrachas de lápis em vários pontos estratégicos, depois aplicávamos a argila de acordo com certas medidas, o que dava uma ideia de como a boca e as maçãs do rosto eram. Aí colocamos narizes e olhos prostéticos, acrescentamos a peruca e o resultado não podia ser melhor: logo todas as vítimas apresentadas foram identificadas.

A porta de vidro se abriu e o auxiliar de Nelson entrou com a caixa de papelão onde estava o crânio da véspera. Francine abriu a caixa e observou seu conteúdo.

– Vejo que seus restos ainda possuem tecidos. Será necessário cozinhá-los.

– Hã... Como é? – perguntou Jen.

– Fazemos isso antes de mexer com os ossos. Se você for raspá-los, corre o risco de danificá-los. Por isso é melhor usar o velho método do "sopão".

– Ela quer dizer encher um enorme caldeirão de água e mergulhar o osso por algum tempo até que o vapor descole os restos de tecido e o osso fique lisinho – comentou Tony para Jen, que já estava fazendo cara de quem vomitaria em breve. Francine parecia se divertir com a reação.

– Como você sabe desse detalhe? – perguntou para Tony.

– Li no livro do dr. Bill Bass, *Death's Acre*.

– Já esteve na Fazenda de Corpos?

– Ainda não. Tenciono em breve fazer uma visita por lá.

– Avise-me. Eu conheço o dr. Bass e posso conseguir uma visita com guia.

– Uma coisa apenas: – lembrou Nelson – você se lembra da fórmula usada para estabelecer a altura de uma pessoa baseada apenas em ossos como o fêmur?

– Claro – disse Francine, que tomou uma caneta e um bloco de anotações de dentro de sua bolsa. Rabiscou algo e entregou para Nelson, que leu em voz alta:

*Largura do fêmur multiplicada por 2,38 + 61,41 cm = altura*
*Largura da tíbia multiplicada por 2,52 + 78,62 cm = altura*
*Largura da fíbula multiplicada por 2,68 + 71,78 = altura*

– Obrigado – disse Nelson. – Vou mostrar agora uma sala onde poderá trabalhar em paz.

O bip de Jen tocou e ela olhou o visor.

– É Rose, da química – disse para Tony. – Conseguiu identificar seu fluido amarelo viscoso. Vamos até lá.

– Esperem! – falou Nelson. – Com licença um instante, Fran.

Francine estava ocupada analisando o crânio ainda na caixa. Nelson foi com Tony e Jen até a porta de vidro e disse baixo:

– Não comentem com ninguém sobre o desaparecimento do frasco da geladeira. Não quero que as pessoas aqui fiquem agitados. Vou pedir para o pessoal dos eletrônicos pegar os filmes das câmeras de segurança como você sugeriu, Tony. Fale depois com eles. E Jen, aproveite para fazer um rápido *tour* com Tony pelos diversos setores do laboratório, para que ele não se perca. Se precisarem de mim, estarei com Francine.

Ele voltou para dentro da sala e fechou a porta.

– Hum... – fez Tony. – Primeiro a dra. Stephens e agora essa Francine...

– É... nosso chefe passa bem as horas de repouso...

Os dois riram e entraram no elevador, que os levou até o primeiro andar.

– Muito bem, – disse Jen – prepare-se para conhecer em detalhes o Laboratório Criminal do Estado do Arkansas. Primeiro andar e nosso pas-seio começa.

Os setores que compõem o primeiro andar são seis:

*Balcões de entrega de evidências* – lugares onde entregam o material que foi colhido numa cena de crime e designam uma unidade de investigação. Era o único acesso à sala de evidências, onde o crânio e o fêmur estavam desde a noite passada.

*Área de secagem* – sala com temperatura controlada para abrigar evidências biológicas em estado úmido, como uma camisa com manchas de sangue que precisa ser seca antes da análise. "Se bem me lembro é nesse setor que a Sara gosta de ficar, por achá-lo calmo, enquanto o Warrick tem arrepios quando passa por lá", lembrou Tony. Também é conhecida como sala de quebra, onde as roupas são preservadas contra a perda de cabelos e fibras.

*Fotografia* – onde estão os equipamentos para processamento e análise de fotos em estado digital, ultravioleta e raios-X. É aqui que fica o quarto escuro e onde os vídeos são limpos e processados.

*Identificação* – onde são feitas as análises de impressões digitais latentes e os exames de marcas de pneus e pegadas. Todos os computadores desse setor são ligados diretamente a bancos de dados de pneus e ao sistema AFIS (*Automatic Fingerprint Identification System*), que armazena impressões digitais.

*Química/biologia* – setor que escaneia amostras colhidas em autópsias para identificação de venenos, álcool e drogas (segmento de toxicologia); análise de rastros de sangue e testes de outros fluídos corporais (serologia); análises de DNA; e restauração de números seriais de armas adulteradas.

*Entomologia* – onde os crimes que envolvem insetos são analisados e linhas cronológicas são montadas para estabelecer quando as vítimas foram mortas.

O segundo andar possui mais cinco setores:

*Armas de fogo/balística/marcas de ferramentas* – locais com câmaras de tiro e computadores que analisam armas, balas e cartuchos. Possuem também câmaras de água onde disparam balas que se desintegram com o contato com superfícies mais duras. Se o pessoal de química não consegue restaurar o número serial de uma arma, a tarefa recai para esse departamento.

*Explosivos* – onde a análise abrange incêndios suspeitos, bombas e escombros de explosões. São equipados para lidar com situações perigosas.

*Vestígios* – analisa como evidências do tipo de solo, fibras, plantas, cabelos, metais, vidro e lascas de tinta funcionam num crime.

*Instrumentos gerais* – departamento técnico que cuida da manutenção dos diversos equipamentos do laboratório.

*Análises de informática* – investiga análise de vozes, crimes por computador, processamento digital de imagens, entre outros.

No terceiro andar estão:

*Documentoscopia* – análises de bilhetes de resgate e falsificações escritas.

*Polígrafo* – a sala de interrogatório com um detector de mentiras, para medir as respostas dos níveis de decepção.

*Armazenamento de evidências* – salas especiais que equivaleriam a um arquivo morto, quando as evidências já foram todas processadas e os respectivos casos julgados. A maioria aguarda uma oportunidade de ser destruída.

*Salas de análises de pistas* – onde o que é colhido da vítima fica fisicamente separado do que é colhido dos suspeitos.

*Escritórios administrativos* – onde fica todo o pessoal responsável pela área administrativa do laboratório enquanto entidade jurídica.

O andar térreo possui a sala de recreação, a de reunião, os vestuários e os escritórios dos supervisores dos quatro turnos (dia, *swing* 1, noite e *swing* 2). O subterrâneo ficou exclusivamente para as salas de autópsia, o frigorífico e o armazenamento temporário dos corpos e esqueletos de uma investigação até a liberação para seu enterro.

Tony estava com a cabeça girando; era muita coisa para decorar de uma vez só. Mas sentia-se bem por ter uma oportunidade de provar que merecia estar lá. O caso era excelente, sua parceira era afiada e as circunstâncias de tudo exigiam um sigilo que tornava a situação ainda mais especial. "Se não convencer agora, nunca mais", pensou de maneira séria.

Depois de conhecer tudo em menos de quinze minutos, ele e Jen finalmente voltaram para o setor de química, onde Rose os aguardava. Estava com os olhos fixos num microscópio de ponta que havia chegado para os analistas não fazia dois meses. Nem mesmo levantou os olhos:

– Até que enfim. Perdeu-se no caminho?

– Prazer em revê-la, Rose – respondeu Jen, que já estava acostumada com o bom-humor da analista, uma das melhores do departamento. – Rose, este é Tony Draschko, que está comigo no caso Methers.

– O sobrinho do comissário Wojak? Estão todos falando de você. Não podiam ter-lhe dado um teste mais simples, não?

Tony sorriu meio sem graça e Rose finalmente levantou a cabeça do microscópio. Era ruiva, tinha um corpo escultural e um ar europeu intelectual, mas aprendera a ser um tanto durona com os CSAs para conquistar seu espaço.

– Bem, seja como for, boa sorte! – falou Rose. – Vai mesmo precisar...

– Pois bem, deixe de lado os elogios e vamos ao que interessa! – disse Jen.

– Foi você quem colheu a amostra? – perguntou Rose.

– Sim, – confirmou Tony – algo errado?

– De onde foi mesmo que saiu?

– De um orifício na cabeça do corpo de Craig Methers.

Rose pegou um relatório que havia saído da impressora ligada a um espectrômetro e falou:

– Seu líquido é um formaldeído utilizado para preservar partes do corpo após a morte.

– Um fluido de embalsamamento? – perguntou Jen.

– Quase isso. A mistura é estranha: contém algumas proteínas submersas em formol. Parece mais um...

Olhou completamente embaraçada para os dois.

– Sim? – perguntou Jen. – Continue, mulher!

– Proteína com óleo é uma base para conservação de tecido orgânico. Ou seja...

– Um caldo para fazer conserva? – perguntou Tony.

Rose balançou a cabeça afirmativamente.

– Que está dizendo? – perguntou Jen.

– Que nosso assassino pode ter furado os crânios de Methers e do caveira para sugar proteínas direto do cérebro – concluiu Rose.

– Um... vampiro de cérebros? – perguntou Tony.

– De cérebros não... de proteínas da massa encefálica.

Jen olhou fixamente para Rose. A análise apontava para um caminho perigoso.

– Acho que temos mesmo um problema nas mãos – disse ela. – Se isso for mesmo confirmado, teremos uma espécie de assassino serial canibal. E isso pode significar que ele deve atacar de novo.

– Mas como? – perguntou Tony. – O que levaria alguém a assassinar uma pessoa para extrair proteínas do cérebro?

– A porfíria é uma doença que, nos tempos antigos, era confundida com vampirismo – começou Rose. – A vítima precisava mesmo tomar sangue porque o seu próprio não continha as proteínas necessárias para que o doente se mantivesse.

– E o que isso tudo significa? – perguntou Jen, interessada.

– Eu me arriscaria a dizer que nosso assassino está cometendo uma espécie de canibalismo. Os povos antigos que usavam essa prática comiam os pedaços do morto para absorver sua força e coragem. Para mim, ele quer absorver propriedades intelectuais das vítimas.

Jen parecia sinceramente perdida. Rose, porém, estava seguindo o pensamento de Tony.

– Da parte do músico de blues pode ser – concluiu. – Mas qual é a explicação de termos este formaldeído injetado no corpo de Jeremy Meyers?

# Capítulo 8
# Manchas de sangue

*Todos temos ídolos. Tocam como se se importassem com alguém, mas tentam ser eles mesmos enquanto fazem isso.*

B. B. King

Tony e Jen saíram do setor de química visivelmente preocupados. Incomodava-os estarem naquela altura das investigações com a arma e com a cena do crime definidas, mas ainda sem suspeitos ou motivos. Voltaram para a sala de recreação e sentaram-se de novo na mesa de refeições. A noite já havia caído e o relógio marcava oito.

– Colhemos todos os resultados dos materiais encontrados ontem? – perguntou Tony.

– Sim. O sangue na Pantera Negra bate com o de Methers. Há uma impressão parcial em sangue, que foi processada, mas o AFIS não retornou nada.

– Oportunidade perdida! Droga! O que mais?

– As fibras que encontrei no camarim são mesmo sintéticas, de poliéster.

– O morto usava roupas de algodão...

– O poliéster é muito usado em tecidos que são, em sua maioria, cópias de outras peças originais. E o mais interessante: havia alguns grãos minúsculos marrons.

– A Vestígios identificou?

– Sim, é terra.

– Tratada?

– Não, é desprovida de minerais, quase estéril.

– Onde se encontra isso por aqui?

Nem bem formulara a pergunta e Tony já empalidecera.

– Oh, meu Deus! – continuou... – Lembro-me de um artigo que li sobre isso. Terra sem minerais é usada em construções para adição em locais sem volume ou para nivelar pisos. Também é usada em cemitérios para ajudar a completar o necessário para encher uma cova!

– Não pode ser. Como fariam para a grama crescer depois?

– Brotos especiais colocados por cima. Também são usados em campos de golfe e esportivos para completar a grama que não cresce.

– O que você imagina que seja? – perguntou Jen, já sentindo um arrepio na espinha.

– Que nosso assassino é violador de túmulos!

Uma voz vinda da porta interrompeu seus pensamentos:

– Olá, vocês! – disse Bert. – Como vão?

"Era só o que faltava! O *nerd* dos insetos chega bem agora!", pensou Tony, irritado por ser interrompido.

– Só passei para ver se você aceitaria sair comigo amanhã – disse Bert para Jen. – Tenho entradas para o novo filme do Russell Crowe...

Jen sorriu deliciada. Tony levantou-se e dirigiu-se para a porta.

– Vou até o chefe Nelson e já volto – e saiu quase batendo a porta. Odiava quando via as pessoas misturando trabalho e vida particular e, pelo que notava, isso acontecia demais naquele laboratório. "Espero, pelo menos, que o chefe não esteja transando com a artista forense", pensou enquanto batia na porta de vidro. Não havia ninguém na sala.

– Procurando o chefe? – perguntou o assistente dele, que passava no corredor. – Ele está com a dra. Stephens lá embaixo.

Tony agradeceu e voltou ao "reino da morte" no subsolo. Nancy estava preparando o corpo de Jeremy para o funeral e Nelson a ajudava.

– Tony, que bom vê-lo! – cumprimentou ela. – Que coisa horrível, não?

– Sem dúvida – respondeu ele, de olho no teto. Lá estava, agora, uma câmera Pelco recém-instalada e já na ativa. Nancy notou seu interesse e acrescentou:

– Antes tarde do que nunca!

Nelson estava verificando alguns papéis numa pasta de papelão em cima da mesa de Nancy. Aproximou-se de Tony e disse:

– O resultado da autópsia diz que Jeremy foi atacado com uma seringa bem na jugular...

– Cheia de um formaldeído que o nocauteou.

– Como sabe disso?

– Rose, da química, identificou a amostra colhida do ferimento do crânio de Methers. Jen e eu achamos que é uma espécie de droga usada para conservar tecidos orgânicos, um caldo para que a pessoa sugue o que quer que seja do organismo atacado. Algo tão forte só pode ter propriedades tóxicas, o que pode ter posto o assistente a nocaute rapidamente.

– Pode ser... Perto do relatório dos investigadores, isso faz sentido mais do que você pensa. Dê só uma olhada...

Estendeu a pasta para Tony e foi falar com Nancy. Tony ficou atordoado com o que leu. Ao que parecia, Jeremy Meyers tinha um hobby: tocava numa banda amadora de blues no mesmo Clube Mississippi onde Craig Methers fora encontrado. No mais, era tudo simplificado: estudante de medicina, estava estagiando com a dra. Stephens para conseguir o tempo necessário para se tornar um legista. Sua família havia sido notificada e já estava a caminho para recolher o corpo. A autópsia indicava que o formaldeído espalhara-se rapidamente pela corrente sanguínea, derrubando-o em pouco tempo. Não havia nenhum outro tipo de ferimento no corpo a não ser a mesma marca de perfuração encontrada na base do crânio.

Tony virou-se para a maca onde estava o corpo e aproximou-se. Descobriu o lençol e observou a marca, igual em tamanho e profundidade às encontradas na caveira e em Methers. As mortes estavam ligadas de maneira indiscutível. O assassino estabelecera sua assinatura.

– Como vocês descobriram sobre o hobby de Jeremy? – perguntou Tony.

– Chequei com Charles Dexter Jackson – respondeu Nelson. – Segui um palpite. Foi quando descobri.

– Qual é a banda dele?

– A Mississippi Cover, patrocinada pelo clube.

– Também tocava guitarra?

Nelson confirmou com a cabeça.

– Alguma teoria? – perguntou Nancy.

– Uma, mas ainda está fraca. Preciso saber mais sobre as outras duas vítimas para ter certeza.

– Estamos acabando os trâmites para a liberação do corpo – disse Nelson. – Pegue o relatório, encontre Jen e chequem novamente a cena do crime. Tenho a impressão de que algo está faltando nesse cenário. Talvez se mapearmos o sangue encontrado no palco poderemos ter uma ideia mais clara do que aconteceu ontem.

Tony concordou e saiu da sala de autópsia. Quando voltou para a sala de recreação, Bert e Jen ainda estavam lá. “Nem bem saíram juntos e já estão de mãos dadas”, observou ele. “Esse Bert vai rápido.” Entrou na sala como um furacão.

– Bem, pombinhos, desculpem a interrupção, mas temos o que fazer. Se puderem deixar isso para mais tarde...

Bert levantou-se sem jeito.

– É verdade. Desculpem-me. Vou voltar aos meus insetos – beijou Jen na testa. – Vejo você mais tarde.

Quando Bert saiu, Tony encarou Jen, que parecia sem graça.

– Ah, não me olhe assim! Ele é mesmo uma graça! Que mais posso fazer?

– Além de arranjar um tempo para sua vida particular? – disse ele, sentando-se junto à mesa... – Nada!

Jen estava vermelha e nem olhava direito para Tony.

– Bem, esqueçamos isso. O chefe levantou alguns dados que ligam a morte de Jeremy à de Methers.

Jen leu atentamente o relatório e Tony esperou-a acabar.

– Incrível! Creio que estejamos lidando com alguém bem perigoso!

– Ou insano, o que é mais provável. Mas a questão é que ainda temos de analisar as manchas de sangue do palco do clube.

Jen levantou-se e pegou sua bolsa, que estava num canto da sala.

– Vamos lá! Eu dirijo!

Os dois entraram no BMW e foram para o clube. O caminho inteiro foram discutindo os aspectos do caso e os resultados dos exames. Alguns ainda estavam sendo feitos, mas os CSAs não podem simplesmente ficar parados esperando os resultados virem dos respectivos setores.

Meia hora depois, exatamente às nove horas, os dois chegaram ao clube, que ainda estava interditado. Apenas duas figuras solitárias estavam do lado de fora, completamente desorientadas e sem saber o que fazer. Uma era Charles Dexter Jackson, o proprietário. A outra era um negro que lembrava, em todos os aspectos, o falecido Craig Methers, até nas roupas utilizadas, mas era um pouco mais jovem.

– Boa noite, sr, Jackson – cumprimentou Jen. – Voltamos para concluir nos-so serviço. Este é Tony Draschko, meu parceiro, sobrinho do comissário Wojak.

Jackson olhava desconfiado para os dois.

– Quando vocês, CSAs, vão liberar meu clube? – perguntou, irritado. – A cada noite que permanece fechado é um prejuízo sem conta para mim.

– Não nos apresse, senhor – disse Tony. – O trabalho é meticuloso e podemos perder evidências valiosas nesse meio tempo. Mas creio que em breve o local estará liberado, não é, Jen?

– Sim, claro. Mas o que o senhor faz aqui na nossa cena do crime?

– Vim ver se, pelo menos, punha a casa em ordem – comentou Jackson. – O local pode estar fechado, mas fornecedores e contas não esperam nem mesmo quando um crime é cometido.

Uma patrulha de apoio chegou ao local nesse momento e os policiais logo se aproximaram do grupo.

– Mais policiais? – perguntou o companheiro de Jackson. – Pelo jeito, ainda não será hoje que conseguiremos entrar no clube.

– O senhor é... – perguntou Tony.

– Kenny Wravel, líder da Phoenix Missouri. Quanto tempo ficaremos detidos em Little Rock?

– O senhor parece muito afoito para sair da cidade – observou Jen.

– E por que não estaria?

– Um membro de sua banda foi assassinado aqui – disse Tony. – Isso não o incomoda?

– Acho que precisamos confidenciar alguns detalhes. Craig não era um dos membros mais populares de nosso grupo. Muito pelo contrário, ele se achava tão talentoso quanto B.B. King ou Albert

King. Tinha formação de blues do Delta do Mississippi, mas nunca foi grande coisa.

– Se nunca foi grande coisa, por que o contratou? – perguntou Jen.

– Uma banda de blues sem um guitarrista fica incompleta. Mas já temos alguns substitutos em vista, por isso quero que esse pesadelo acabe logo.

– O que Kenny quer dizer – interrompeu Jackson – é que ninguém aprecia envolver-se com a polícia. Nada contra vocês, mas dá mesmo muita dor de cabeça. E depois nunca se sabe que tipo de malucos a gente atrai, de uma maneira ou de outra.

– O senhor não me parece muito ligado ao falecido – observou Tony.

– Ele cumpria sua parte: tocava e recebia uma boa grana por isso. Mas desde o começo não o achava um bom músico. Tinha lá seus fãs, inclusive gente daqui.

– Algum suspeito em mente? – perguntou Jen.

– Posso citar vários, mas o fato de ele querer ser Robert Johnson...

– Pare com isso! – disse Jackson. – Nem mesmo o chefe Nelson acreditou nessa história.

– Mas é a verdade!

Enquanto os dois discutiam, Jen aproximou-se do selo que lacrava a porta de entrada e o rompeu.

– Os policiais ficarão aqui fora para lhes fazer companhia – disse ela. – Enquanto isso, nós processamos a cena do crime.

Tony aproximou-se da entrada e abriu a porta dupla. A história de Kenny era estranha, mas podia fazer algum sentido na cabeça de um psicopata ou de um assassino em série. Seria interessante investigar mais tarde.

A noite estava úmida e fria, o que fez os dois CSAs usarem uma jaqueta em cujo dorso se lia "LRPD Forensics". Os dois entraram no clube às escuras e tatearam como morcegos atrás do interruptor. Quando o acharam e tudo ficou iluminado, puseram-se a caminho do palco onde Craig Methers fora assassinado.

– Esta é uma planta do clube – disse Jen, estendendo uma prancheta onde se via o esquema das salas e uma capa de plástico por cima.

– Pegue uma caneta porosa vermelha e marque os exatos locais e formas das manchas de sangue que encontramos com o luminol.

Os lugares onde o luminol havia sido espalhado já estavam secos e tiveram de repetir a operação. Quando colocaram a FAL em ação, começaram a fazer as anotações, com Jen segurando a luz e Tony anotando na planta.

– O formato da mancha de sangue pode revelar muito sobre as condições nas quais ele caiu no chão – explicou Jen. – Mas algumas coisas já sabemos. Por exemplo, se uma mancha cai de uma curta distância (de uns trinta centímetros ou menos) num ângulo de 90º, a marca tende a ser circular. Como esta aqui, por exemplo, mais próxima à cadeira de madeira junto à guitarra. Se cai vários centímetros para baixo, as beiradas se tornam espalhadas e quanto maior a distância da fonte até a superfície, as beiradas ficam mais pronunciadas. Como estas, na parede dos fundos. A distância acusa pelo menos um metro e meio da cadeira até a parede. Suponho que Methers estivesse mesmo sentado na cadeira quando foi atacado e teve a garganta cortada, da direita para a esquerda, de acordo com as observações da dra. Stephens. O rastro das gotas indica que o assassino deve ter posto a faca no bolso ou algo assim e, por estar ensanguentada demais, pingou no chão.

– E onde estariam essas roupas? As que achamos no bumbo da bateria teriam sido as utilizadas? – perguntou Tony, ainda às voltas com as marcas na planta.

– O exame de sangue no laboratório prova que sim, bem como havia traços de antidepressivos na garrafa de prata com uísque. As peças encontradas na bateria foram mesmo usadas no crime. O problema é que as roupas encontradas possuem um rastro, como se o assassino estivesse à distância quando o sangue jorrou, o que pode sugerir que essas roupas não eram as do assassino, e sim de um cúmplice. Se assim for, temos de ver se achamos mais alguma roupa com um bolso ou algo assim com acúmulo de sangue e que teria gerado este rastro.

Jen olhou ao redor com atenção.

– O palco fica perto das mesas. Como o golpe foi na direção contrária, não há nenhum vestígio de respingos nas toalhas próximas.

Mas há sangue no chão, o que indica que nosso assassino teve o cuidado de passar bem longe das mesas. Porém, se não há nenhuma roupa manchada de sangue no camarim nem no barracão, então eu aposto que estariam ainda por aqui em algum lugar.

Jen retirou outra FAL e passou para Tony.

– Vamos nos dividir. Fico com os camarins. Você com os vestiários.

Tony caminhou para os vestiários, já com as luvas de látex calçadas. Procurou em todos os cantos e não encontrou nada. Até que pensou em algo. Voltou para o palco e examinou a guitarra. Pegou o celular e ligou para Jen:

– Achei algo na guitarra.

Jen voltou dos camarins e também viu algumas gotas de sangue na beirada da guitarra. Havia, também, um pouco numa ponta do piano e próximo ao bumbo da bateria.

O celular de Jen tocou. Ela atendeu e falou por algum tempo. Quando desligou, disse:

– O pessoal da Vestígios acaba de ligar. Não encontraram nada nas luvas de látex que entregamos para análise, mas acharam algumas células epiteliais e restos de suor na gola da camisa que estava dentro do bumbo. Estão procurando o sangue que havia nas calças para ver se é do assassino.

Tony se irritou com a falta de provas para o sumiço do frasco. Pôs-se a olhar o cenário com atenção.

– Acho que terei de discordar de você, Jen. Se houvesse mesmo outra pessoa aqui já teríamos encontrado algum vestígio. Parece-me mais que o assassino, quando desferiu o golpe em Methers, não estava acostumado com o hábito de "cortar gargantas". Não há vácuo nos respingos encontrados na parede, o que me leva a crer mesmo que ele estava sozinho quando atacou Methers.

– Talvez. Não encontramos mais nenhuma roupa manchada, mesmo.

– A Vestígios falou sobre as manchas de impregnação, as decorrentes de grandes sangramentos?

– Há várias na calça e na camisa que encontramos no bumbo.

– Aqui no palco só há manchas de limpeza, decorrentes da tentativa de o assassino retirar o sangue dos objetos atingidos.

Jen aproximou-se da cadeira de madeira.

– Há manchas estreitas de escorrimento no encosto da cadeira, talvez num ângulo de 15°. Não há dúvidas: Methers foi morto no palco.

Tony olhou para o esquema que estava montando. Todas as manchas encontradas foram catalogadas e agora eles viam o trajeto do assassino.

– Methers foi atacado no palco – arriscou Tony. – Provavelmente, estava lá afinando a guitarra ou simplesmente fazendo hora. O clube estava vazio e o assassino entrou. Como não encontramos nenhum prato com sanduíches, supõe-se que ele tenha se livrado da prova, talvez com medo de que descobríssemos os vestígios dos medicamentos utilizados. Methers começou a comer e, pelo que vimos, como era muito gordo, comeu vários sanduíches. O uísque estava na garrafa de prata encontrada, talvez se tratasse da marca preferida do morto. Como ele aceitou isso do assassino, deduzo que nosso homem seja alguém conhecido. Methers começa a se sentir tonto e cambaleia. Porém, pela constituição forte, hesita em desmaiar. Algo deve ter alertado o assassino de que podia ser descoberto.

– Pelo depoimento do pessoal da limpeza, – disse Jen, folheando a pasta de papelão com os relatórios – os encarregados chegaram cedo para adiantar o trabalho para a apresentação da banda.

– Ele pode ter ouvido a aproximação do carro – continuou Tony – e, no desespero, começou a socar Methers para fazê-lo cair na cadeira desacordado, mas mesmo assim a vítima ainda estava desperta e deve ter ameaçado gritar. Por alguma razão que ainda não sabemos, o assassino, de posse da Pantera Negra, cortou a garganta da vítima para impedi-la de gritar.

– Mas não havia nenhuma equipe de limpeza ainda no local, pois os horários mostram que chegaram um pouco mais tarde – complementou Jen.

– Tempo o suficiente para que ele levantasse o corpo e se dirigisse para a parte de trás do terreno, provavelmente em direção ao barracão. Não sem antes ter-lhe furado o crânio com o picador de gelo e colocado ou retirado o conteúdo do cérebro com a ajuda do formaldeído. Limpou o local e depois, com a faca no bolso, levantou o pesado corpo de Methers. Afinal, 93 quilos não se levantam fácil.

– Aí chega mesmo a equipe de limpeza.

– Rapidamente, ele coloca o corpo no camarim, livra-se das roupas ensanguentadas, esconde-as com a garrafa de prata no bumbo da bateria e mescla-se com os recém-chegados.

– Mas ninguém viu nenhum tipo suspeito...

O pensamento de Jen é interrompido pela voz de Kenny Wravel, que resolvera entrar no clube:

– Talvez porque vocês se esqueceram de um detalhe: o assassino pode ser alguém familiar para os empregados do clube, de maneira que não levante suspeitas.

Tony aproximou-se de Kenny:

– Você é a contradição em pessoa, sr. Wravel. Não parece gostar de Methers, mas quer ajudar a capturar o culpado.

Kenny não disse nada. Encarou o CSA com ar superior e sentou-se numa cadeira de uma das mesas:

– Não, eu não gostava de Craig. Sempre o achei idiota demais para se tornar destaque de uma banda na qual, para tocar, é preciso dar muito de si. Ele só estava nessa pela grana, não pela criatividade. E se quer saber também, Jackson também não gostava dele. A única coisa que falava sem parar era que iria transformar a Mississippi Cover na banda da casa.

Jen agitou-se quando ouviu falar sobre a banda de Jeremy.

– Mas era apenas uma banda de amadores – acrescentou. – Que perigo representaria para profissionais treinados como vocês?

Kenny sorriu amargamente.

– A idade, mocinha, a idade. Estamos todos com mais de quarenta anos e logo precisaremos arranjar outras coisas para fazer. Não poderemos mais viver de tocar em bares e restaurantes. Pelo menos não sem um contrato com uma gravadora ou com patrocinadores. E os únicos que se prestavam a nos apoiar eram estas pessoas daqui. Foram eles que conseguiram as outras paradas da nossa turnê.

Jackson entrou também e encarou Kenny com raiva.

– Você anda falando demais, Kenny – disse ele. – Talvez seja melhor darmos uma volta e deixarmos os agentes trabalhando sozinhos.

Jackson levou Kenny embora enquanto Tony e Jen viam-nos sair.

– Bem, o que você acha? – perguntou Tony.

– Se isto não for um motivo, não sei o que é – disse ela. – O que significa que podemos ter achado nosso primeiro suspeito.

– Ou seriam dois? – ponderou Tony. – Jackson também é uma pessoa dúbia. Ele empurrou demais a história de Robert Johnson para o chefe Nelson e, agora, age como se não acreditasse nela.

– É melhor voltarmos às nossas tarefas. Vamos ver se conseguimos falar com eles quando voltarem.

– Não precisamos de um mandado ou algo assim para interrogá-los?

– Não vamos fazer um confronto. Não temos evidências suficientes. Vai depender deles. Se aceitarem, tudo bem, caso contrário precisaremos reunir mais provas antes de pedir a ajuda de seu tio.

– Bem que poderia haver mais agentes para ajudar...

– Estão todos ocupados. Little Rock é uma cidade tão grande quanto Las Vegas, meu caro. E depois, melhor para nós. Assim conseguimos a fama sozinhos...

Ambos voltaram para dentro, rindo e preocupados demais com seu trabalho, ainda sem notar a figura sombria que os observava na entrada do clube.

# Capítulo 9
# Fibras e cabelos

*Passei alguns anos em Memphis, no final dos anos 1970 e começo dos 1980, onde estudei muitos dos músicos de country blues e seus estilos. Então, parecia-me que a cada disco que fazia me aproximava desse estilo que lembrava.*

Alex Chilton

Jen entrou de novo no Mississippi sentindo-se estranha. Podia jurar que vira alguém nas sombras da entrada do clube, alguém... talvez... conhecido? Claro que isso era besteira: a noite estava fria, não havia ninguém próximo ao clube interditado e, se aparecesse alguém além dos dois negros malucos que falavam mal do morto, os policiais já os teriam avisado.

Tony estava ainda concentrado no diagrama do clube. Checava os detalhes para ver se ambos não haviam esquecido nada. Sabia que esse tipo de peça era importante para a promotoria estabelecer um caso quando o culpado fosse pego. Mas não tirava da cabeça a nítida sensação de que o assassino estava brincando com eles. Parecia um jogo de gato e rato. Mas também podia ser bobagem de sua cabeça. Afinal, para trabalhar num laboratório criminal, cada um tem de ter a ficha levantada. E se de repente descobrissem que alguém de lá não é bem quem disse que é?

Os dois estavam tão absorvidos em seu trabalho que não notaram quando um negro magro, usando óculos de armação fina e trajando um terno marrom, aproximou-se do palco:

– Com licença, vocês são os CSAs que estão cuidando do caso? – perguntou ele, numa voz fina.

Antes que qualquer um deles sacasse a arma (pois não eram raros os casos em que o assassino voltava à cena do crime) apareceu um dos policiais logo atrás.

– Ele insistiu em falar com vocês – disse, em tom de desculpa. – Já tomamos um depoimento preliminar dele.

– Vocês querem dizer mais um. Já não aguento mais falar com policiais.

– Quem é o senhor? – perguntou Jen, guardando discretamente a arma de volta ao coldre, dentro da jaqueta azul que usava.

– Werner Hopkins, baixista da Phoenix Missouri. Os outros três componentes da nossa banda querem evitar falar com vocês, pois têm verdadeiro horror à polícia. E não quero que Kenny seja o nosso porta-voz. Por isso resolvi procurá-los. Acho que há detalhes neste caso que vocês precisam saber.

Tony observou o homem com cuidado. A primeira coisa que chamou sua atenção era a maneira como torcia suas próprias mãos, o que indicava legítimo nervosismo. Olhou para Jen, que resolveu ouvi-lo. Ela fez sinal para o guarda voltar para a porta da frente do clube, puxou uma cadeira de uma das mesas próximas a uma janela exterior e ela e Tony sentaram-se com o recém-chegado.

– Bem, sr. Hopkins, se for para ajudar-nos neste caso, somos todo ouvidos – disse Jen. – O que o senhor nos diz?

– Nossa turnê foi um sucesso desde o início – começou ele. – Por todas as cidades por onde passamos, tivemos muita gente interessada. Sabe, o blues hoje não comporta superproduções como as do rock, mas gostamos de manter nosso som cru. E foi essa a origem de tudo.

– Como assim?

– Methers sempre foi o centro das atenções, mais até do que Kenny, o vocalista. Era uma composição estranha, pois, na maioria das bandas, o guitarrista é o vocalista. Mas Kenny Wravel sempre gostou de manter as atenções para si mesmo. Ele havia sido "descoberto" por um representante da Atlantic Records, que ofereceu um contrato para gravar ao lado de Buddy Guy, um dos maiores nomes ainda vivos do gênero. Porém, ele tinha um contrato com Kenny que o segurava por pelo menos cinco anos.

– Há quantos anos ele estava na banda? – perguntou Tony.

– Três.

Tony olhou para Jen. "Finalmente um suspeito com um motivo", pensou.

– E isso não é tudo. Não havia por que virmos para esta cidade, mas Kenny insistiu porque já havia feito uma campanha de publicidade aqui com o dono do clube, o Jackson. O próprio Jackson queria que ele viesse para avaliar os componentes da banda da casa, a tal Mississippi Cover, que tem a função de encontrar novos músicos para tocar nas bandas principais. Acho que Jackson queria que, se Methers partisse mesmo para uma carreira solo, ele patrocinasse algum de seus pupilos na banda. Methers recusou, dizendo que queria ser um grande astro, coisa e tal. Essa discussão aconteceu na noite anterior ao crime. Até onde sei, Jackson ficou muito bravo com a pretensão de Methers e quis comprar a todo custo sua aceitação.

– O senhor já viu essa Mississippi Cover tocando? – perguntou Jen.

– Já. Não é lá grande coisa, mas, com um professor bom, podem chegar lá. Mas acho que tanto Kenny quanto Jackson estavam mesmo de olho nas repercussões que seu contrato com a Atlantic poderiam causar.

"Dois suspeitos com motivos", pensou Tony. "Conveniente..."

– Sr. Hopkins, o senhor toca baixo, não é? – perguntou Tony.

– Sim, com certeza.

– Pode nos contar por que Methers estava aqui antes da hora de abrir?

– Jackson liberou o local para ensaiarmos. O problema é que nosso equipamento não estava inteiro. Os instrumentos estavam aqui, mas a equipe técnica havia sido pega no meio da estrada por causa do temporal de ontem.

Tony lembrou da chuva que observou na janela do consultório do dr. Mendes e de sua fúria.

– Não havia como mandar o equipamento de outra maneira? – perguntou.

– Acho que não. As estradas são o meio mais barato. Methers gostava de ensaiar seus solos de guitarra sozinho. Bem, tenho de admitir que ele sempre foi meio prepotente e se achava o presente de Deus para os homens, mas não merecia um fim desses.

– Sabe dizer como ele se alimentava durante os ensaios? – perguntou Jen.

– Sanduíches de carne e um bom gole de uísque Bourbon. Na noite anterior, antes que discutisse com Jackson, ele tomou um dos rapazes da Mississippi Cover como seu roadie.

– Um assistente? – perguntou Tony. – Isso está ficando interessante.

– E fez o escolhido de escravo. Era ele quem levava a comida para ele. Simplesmente revoltante.

– Sabe dizer quem era ele?

– Infelizmente não. Só vi de relance. Mas essa era uma situação que Methers apreciava: ter alguém por perto, mandado por Jackson, que agia como um tolo buscando comida, bebida, cigarros, o que ele quisesse, só para ter sua aprovação e patrocínio. Tudo por causa de um contrato.

– Esse rapaz, era negro? – perguntou Tony.

– Não, branco. Pelo menos isso sei dizer. Nosso pianista, inclusive, fez troça dessa situação. Disse que era a única maneira de Methers mandar num branco...

Todos se calaram por alguns instantes.

– Outra coisa – disse Hopkins. – Sei que é este tipo de coisa que vocês procuram numa cena de crime, por isso recolhi com cuidado para entregar-lhes.

Estendeu um pequeno envelope. Tony abriu e viu dois fios de cabelo.

– Estavam no chão próximo ao meu baixo...

Ouviu-se um disparo e uma bala atravessou a janela, atingindo Hopkins em cheio. Ele gorgolejou sangue por alguns segundos e estirou-se para frente da mesa, assustando os dois CSAs. Tony levantou-se rapidamente, pegou a pistola calibre 33 que o chefe Nelson havia lhe emprestado na noite anterior e saiu correndo em direção à porta da frente.

– Rápido, sigam-me! – gritou. – Atiraram no sr. Hopkins.

A escuridão era total, mas puderam ver uma sombra que corria em direção ao barracão. Tony e dois dos policiais correram o mais que puderam, mas a sombra pulou a cerca do limite do terreno e já se precipitava na direção de um barranco que havia do outro lado da estrada que passava exatamente por trás do clube. Um dos policiais sacou um rádio portátil e chamou o terceiro colega que estava na viatura. Logo a unidade estava no local e parava na beira do barranco.

Tony estava quase no local quando tropeçou na raiz de uma árvore e caiu no chão. O que veio bem a calhar, pois na escuridão não percebera que estavam à beira de um precipício com mais de quarenta metros de profundidade.

– O senhor está bem? – perguntou um dos policiais.

Tony levantou-se e sacou sua lanterna portátil do bolso de trás da calça.

– Tudo bem – falou e voltou-se para os outros dois guardas. – Espalhem-se. Esse bastardo não pode ter simplesmente evaporado. Encontrem-no!

Em pouco tempo, mais viaturas chegaram ao clube e ajudaram na busca. Mas, depois de meia hora, chegaram à conclusão de que ao assassino tinha-se evaporado. Tony deixou os guardas na avaliação do local e voltou para a janela por onde a bala que matara Hopkins havia entrado. Havia uma árvore próxima ao local que dava excelente visão para a mesa. "Droga, tínhamos de ter escolhido uma mesa perto da janela", pensou. Entrou no clube, pegou sua mala e voltou para a árvore. Lanterna na mão, pinças no bolso do colete e um disparador laser permitiram restabelecer a rota do projétil até um galho próximo ao chão. A lupa indicou mais alguns fios de cabelo. Tony recolheu-os e voltou para dentro.

– O que é que está acontecendo aqui? – pergunto Jen, enquanto preparava-se para tirar o molde das pegadas próximas à arvore.

Tony examinava os fios de cabelo. Colocou-os num envelope parecido com o usado por Hopkins.

– Não sei, mas temos uma história no mínimo esquisita – disse ele. – Hopkins confirmou que havia um membro da banda iniciante da casa trabalhando como roadie de Methers. E nos deu dois suspeitos com motivos.

– Quer voltar ao laboratório? – perguntou Jen.

– Assim que tivermos o molde das pegadas e a bala.

– A bala? Como assim?

– O disparo foi certeiro, a julgar pela rota – disse Tony. – Acho que entrou e saiu do corpo.

Tony aproximou-se de uma mesa próxima da que estavam usando. A mira *laser* ainda estava ligada na árvore e ele seguiu-a. De fato, a poucos passos, lá estava ela, presa no pé da mesa.

– Ótimo, quase inteira – comentou. – Podemos fazer uma análise das estrias na balística.

– Tony, onde estamos nos metendo?

– Não sei, mas estes fios de cabelo podem nos dar alguma pista.

– Mas como garantir que possam ser de ajuda para nós?

– Você sabia que o ser humano perde, em média, oitenta fios de cabelo por dia?

– Sim, como também sei que cabelos têm sido usados como prova de crimes há mais de um século e meio. O cabelo também indica evidências como presença de pó, terra, sujeiras ou mesmo sangue. A análise do cabelo pode determinar se sua fonte é humana ou animal e também a que grupo étnico ou raça podem pertencer. A análise forense se concentra na cor e na estrutura, determinadas pelo bom e velho microscópio. A amostra tem três camadas que são analisadas: a cutícula, o córtex e a medula. A cutícula possui uma espécie de camadas de escamas, pelas quais se determina se é animal ou humana. Dentro da cutícula está o córtex, feito de células que contêm os pigmentos de cor, cujo modo de distribuição ajuda a identificar cabelos de indivíduos em particular. O centro da haste do cabelo é a medula, que fornece dados como o diâmetro relativo da haste, que pode ser maior ou menor que a de um humano. A medula é muito fragmentada ou interrompida e pode diferenciar fios de uma mesma pessoa. Os negros possuem cabelos retorcidos com pigmentos densos, enquanto caucasianos são retos ou ondulantes, com pigmentação mais fina.

Tony guardou as amostras em sua bolsa e voltou-se para ela:

– Lembro pouco sobre esse assunto, mas algo me vem à mente. O canal medular no homem é uma rede aérea finamente granulosa, com células invisíveis sem dissociação prévia. Já o córtex é formado por um grosso manguito, com pigmentos em granulações homogêneas muito pequenas. A cutícula humana é feita de escamas grossas, salientes e muito imbricadas. Essas amostras vão nos provar algo que venho pensando há muito tempo: como prever a idade da pessoa de onde veio o cabelo ou o pelo.

– Isso é possível? – perguntou Nelson, já na porta. – Vim o mais rápido que pude. O que aconteceu?

Os dois colocaram-no a par de tudo. Nelson parecia verdadeiramente chateado com o andamento do caso.

– Ainda bem que os policias de reforços estavam aí. Vocês estavam mesmo correndo perigo.

– O assassino estava de tocaia – pensou Jen. – Mas há quanto tempo?

– Vai saber. Pode me dar as amostras que eu as levo de volta, inclusive a bala extraída. Mas o que você dizia sobre a idade da pessoa?

Os paramédicos já estavam retirando o corpo e Jen saíra para fazer o molde das pegadas. Tony adorou aquele momento, em que era o professor do chefe:

– Li num tratado de criminalística brasileiro. Lá diz que, embora seja de difícil determinação, há uma tabela que determina, pela análise da espessura, a idade – pegou seu caderno de anotações na bolsa, abriu-o e folheou-o. – Ah, aqui está a tabela que copiei.

O chefe Nelson pegou o caderno e leu:

*12 dias – 24 micros*
*06 meses – 37 micros*
*18 meses – 38 micros*
*15 anos – 55 micros*
*Adultos – 70 micros*
*Idosos – 50 micros*

– Essa tabela incluiu análise de pelos e cabelos de recém-nascidos – explicou Tony. – Podemos confirmar, pela espessura, se nosso homem é mesmo de idade adulta, se é velho, se ingere substâncias estranhas que podem ser detectadas pela análise dos cabelos, entre outros.

– E quanto às fibras encontradas aqui ontem à noite? – perguntou Nelson. Tony o inteirou do resultado e ele confirmou com a cabeça.

– O quadro que se está delimitando aqui é simplesmente macabro – comentou Tony. – Temos um assassino que ataca as vítimas, fura seus crânios, absorve algo de lá com formaldeído e possivelmente viola túmulos.

– Só temos de averiguar se algum dos suspeitos indicados por Hopkins tem algo que ver com esse perfil – completou Nelson. – Queria mesmo dar mais assistência para vocês, mas tenho quase oito CSAs em casos ainda não resolvidos. Darei ordens para que o primeiro que resolver seu caso junte-se a vocês. Bem, vou levar as amostras para o laboratório e meter pressão para que as passem à frente dos demais testes. Aviso se conseguir algum resultado.

Nelson nem bem saiu e o comissário Wojak entrou no recinto. Tony pareceu aliviado em ver o tio.

– Como vão as coisas aqui? – perguntou Colin, em português.

– De mal a pior. Não contava que uma possível testemunha morresse na nossa frente.

– Eu tenho o testemunho dele de ontem à noite aqui – passou uma pasta de cartolina para Tony. – É melhor vocês se concentrarem nisso. Alguma novidade do laboratório?

Tony colocou o tio a par de tudo.

– Uma evidência desaparece de lá e ninguém sabe o que aconteceu? – perguntou Colin, quase desesperado.

– Nelson não teve muito que ver com isso, – completou Tony – o assassino aproveitou-se de deficiências que todos sabiam que existiam, mas contra as quais ninguém fazia nada, como a falta de uma câmera de vigilância na sala de autópsias.

– E como o assassino sumiu agora?

– Não vamos chamá-lo de assassino ainda, tio. As amostras que colhi podem ligá-lo ao caso, mas por enquanto é um suspeito. Pode muito bem ter sido esse Kenny Wravel ou Charles Dexter Jackson. Ou ainda uma terceira pessoa. Não creio, porém, que seja algum dos músicos, pois o suspeito sumiu muito rápido de nossas vistas, o que indica um excelente preparo físico. Uma coisa, porém, dá para afirmar: seja quem for, conhecia bem o local e como desaparecer. Se não tivesse tropeçado, teria me espatifado num precipício que nem sabia que existia.

Jen voltou do local das pegadas e disse, em inglês, agitada:

– Olha só o que encontrei próximo ao local das pegadas, num arbusto de espinhos.

Tony analisou com uma lupa o que pareciam ser fibras cinza e amarelas na pinça de Jen.

– Provavelmente deixadas pelo suspeito quando deu o tiro e pulou do esconderijo para sair correndo – explicou ela.

– Precisamos levar isso para o laboratório urgentemente! – disse Tony.

– Não se agite. Isto é o que restou da evidência. Nelson estava lá fora comigo pegando o molde das pegadas quando as encontrei. Ele já as levou para lá. Mas o que podem ser?

Colin pegou a lupa de Tony e aproximou o olhar.

– Bem, não sou o Super-Homem para possuir visão microscópica, mas dá para ver alguns pontos marrons ao redor. Vocês encontraram alguma evidência que envolvesse grãos de terra?

– As fibras que Jen achou ontem no camarim junto ao corpo de Methers tinham grãos de terra não tratada. Por isso pensamos que o assassino fosse violador de túmulos e que um pouco dessa terra teria ficado na roupa – explicou Tony.

Colin observou por um tempo, depois fez um sinal para que os dois CSAs o seguissem. Foram até o barracão atrás do clube, próximo à cerca que Tony pulara momentos antes.

– Foi aqui que vocês encontraram o crânio, não é? – perguntou. Ambos confirmaram.

Colin remexeu o solo onde estava o buraco e retirou um punhado de terra.

– Não preciso ser *expert* para saber que essa terra veio daqui.

Jen pegou a pasta de cartolina com o resultado dos exames.

– A mesma coloração esbranquiçada encontrada na amostra das fibras. Meu Deus, o que isso significa?

Nesse exato momento, ela esbarrou em sua bolsa, que caiu no chão e revelou um baque de madeira. Os três se olharam intrigados, pois não haviam descoberto nada naquele ponto. Tony aproximou-se, abaixou-se e socou a terra. O barulho da madeira repetiu-se. Com as mãos em concha, Colin e Tony cavaram até descobrir um alçapão de madeira com uns dois metros de comprimento e três de largura. Jen estava logo atrás, com a lanterna na mão e a lupa no olho:

– Olhem lá, mais fibras!

Entre duas madeiras, presas numa farpa, estavam mais fibras. Jen as retirou com a pinça e analisou-as à luz da lanterna:

– Parecem ser da mesma substância. Os pontos marrons são visíveis aqui também.

– Temos de ligar as amostras do camarim e do espinheiro com esta e estabelecer que todas vieram da mesma fonte – observou Tony.

Colin estranhou:

– Isso é aceito num tribunal?

– Claro. Li um caso assim. Entre 1979 e 1981, alguém atacou em Atlanta e matou mais de 25 rapazes negros e pelo menos uns nove mais jovens, todos asfixiados ou estrangulados – explicou Tony. – A única pista eram amostras de fibras em vários corpos. Os técnicos isolaram dois tipos distintos: um acetato violeta e um náilon amarelo-esverdeado associado a carpetes. Ao vasculharem a casa e o carro de um suspeito, os detetives encontraram um carpete na mesma cor e o microscópio viu que ambas as amostras tinham a mesma consistência. O problema era determinar que as fibras dos corpos vinham da casa do suspeito. Com fórmulas matemáticas, os promotores calcularam as chances de serem uma em trinta milhões de terem vindo de qualquer casa da região onde o suspeito residia. No total, 38 fibras foram ligadas a ela, e a evidência parecia indicar que Wayne Williams era o Assassino de Crianças de Atlanta.

– Mas eu também li a respeito – disse Jen. – As fibras que vieram da casa de Williams eram de um carpete vendido no Wall-Mart em abundância. O que não se levou em conta é a probabilidade de o verdadeiro suspeito ter levado as fibras para a casa de Williams, o que indicava que o verdadeiro assassino poderia fazer visitas por lá com frequência. No final, o resultado acabou sendo de pouca valia para o caso.

– Para nós, entretanto, significa ajudar na preparação de um perfil do assassino – disse Tony. – Mantenho minha posição de que ele é ladrão de túmulos.

– E por que túmulos? – perguntou Colin. – Não poderia ser jogador de golfe?

– Só se fosse um péssimo jogador ou se caísse a toda hora. Ou um empreiteiro que quis ajeitar sua casa e usou a terra para nivelá-la. Não, o perfil psicológico... – e parou, enojado com a palavra que utilizara – indica que ele é ligado ao meio do blues. Ele pode ter invadido o túmulo de alguém para roubar as coisas. Alguém como o nosso crânio.

Estavam para abrir o alçapão quando o celular de Tony tocou. Ele atendeu:

– Tony, é Nelson. Seu tio está aí?

Tony passou o celular para Colin e concentrou-se em abrir o alçapão com a ajuda de Jen. Jogou a lanterna para dentro e observou.

– O que é? – perguntou Jen.

– Não sei – disse Tony. – Parece mais uma espécie de abrigo subterrâneo ou esconderijo.

– Para que seria usado?

– Provavelmente para esconder algo. Vamos ver se descobrimos o quê.

Colin desligou o celular de Tony e impediu-os de entrar.

– Antes disso é melhor falarmos uma coisa. A bala de Hopkins foi analisada e já foi identificada.

– E então? – perguntou Tony.

Colin olhou para Jen.

– Jennifer, onde está sua arma?

– Na minha mala. Não gosto de carregá-la no coldre, parece que vai sempre disparar apesar da trava de segurança.

– É melhor você verificar.

Jen pareceu assustada. Abriu a maleta e revirou-a furiosamente.

– Não está aqui! – disse ela. – Mas como?

– Um policial encontrou a arma perto do espinheiro e entregou-a para Nelson antes de ele ir embora – explicou Colin. – Ele a levou para análise e as estrias da bala bateram com a arma. Ela está registrada em nome do laboratório e pertence a você.

# Capítulo 10
# Impressão de pegadas, pneus e orelha

*Não toco nada além de blues, mas agora não poderia nunca ganhar dinheiro com outra coisa além disso. Eis por que não me interesso por nada mais.*

Howlin' Wolf

Jen parecia confusa. Não tinha dado pela falta de sua arma por não ter necessidade de usá-la, além do quê, nunca gostou de carregar uma. Só o fazia por ser parte do protocolo, pois havia vários casos registrados de suspeitos que voltavam ao local do crime e feriam os investigadores.

Nelson interrompeu imediatamente as atividades por lá e fez Tony e Jen voltarem com o comissário Wojak para o laboratório. Uma vez lá, foram direto à sala do chefe, onde se fecharam. Os quatro estavam muito constrangidos para falar algo.

– Eu devia era me suspender – falou Nelson. – O bastardo entra aqui, assassina um de meus funcionários, rouba uma evidência da geladeira na sala de recreação, mata uma testemunha e ainda usa a arma roubada de uma CSA! É o fim da minha carreira!

– É melhor pensarmos na coisa com cabeça fria – disse Colin. – No momento, o melhor é você afastar Jen do caso ou poderá ser pior.

Jen olhava para o chão, tremendamente abatida. Em seus quase dez anos como CSA, nunca caíra numa armadilha destas. Sentia-se como uma novata recém-saída da Academia. Não conseguia olhar para nenhum dos homens presentes.

Tony, por sua vez, sentia-se culpado por não dar mais atenção a ela. Repassava incessantemente na cabeça todos os movimentos que fizera no laboratório antes de irem para o clube Mississippi, mas não via nada. Esse era o problema com lugares de serviço público: qualquer um pode entrar e não ser importunado, mesmo aqueles com más intenções.

– Bem, acho que o comissário tem razão – disse Nelson. – É melhor me entregar sua identificação. Até isto se esclarecer, é melhor se afastar.

– E como vou limpar o meu nome? – perguntou Jen.

– Por enquanto não há nada a fazer. Se a promotoria descobrir o que está acontecendo, não só serei exonerado do cargo como você será demitida imediatamente e sua longa carreira pode ir por água abaixo também no campo acadêmico.

– Ele tem razão, Jennifer – disse Colin. – O melhor é mesmo se afastar. Já pedi para um outro CSA entrar no caso.

Nesse momento, bateram na porta de vidro e logo uma figura alta, morena, de camisa marrom e calça jeans, entrou na sala.

– Com licença, – disse o recém-chegado – o comissário pediu para que viesse...

– Feche a porta! – grunhiu Nelson, que não gostava de ter mais uma pessoa ciente desse caso e das deficiências da investigação.

O rapaz entrou e fechou a porta. Olhou para Jen por alguns instantes e virou o rosto. Tony percebeu que ambos se conheciam e não eram lá muito chegados.

– Tony, este é Herb Greenie, um dos melhores agentes do laboratório e ex-marido de Jen – apresentou Colin.

Tony espantou-se pelo fato de Jen já ter sido casada. "Ela parece nova demais para já ser divorciada", pensou. Herb cumprimentou-o e dirigiu-se a Nelson:

– O caso do motel Altavista já está resolvido. O capitão Dorante já foi efetuar a prisão. Até precisarem de mim de novo, estou à disposição.

Jen olhou-o com raiva. "Pelo jeito, a coisa entre eles não acabou bem", pensou Tony.

– Herb, preciso de sua ajuda. Alguém roubou a arma de Jen...

– ... e a incriminou – completou Herb. – Já imaginava que fosse algo assim. Bem, acho que posso tocar a investigação com Tony sem problemas. Mas os senhores pretendem afastar Jennifer do caso?

– É o melhor a se fazer no momento, antes que a coisa fique pior – disse Colin.

Herb fez sinal afirmativo com a cabeça.

– Se os senhores me permitirem, gostaria de mantê-la informada sobre o que faremos. Acho justo, pois é o nome dela que está em jogo.

Nelson pensou um pouco e olhou interrogativamente para Colin.

– Por favor, sejam bem discretos! – disse Nelson. – A coisa está de um jeito tal que não sei quanto tempo mais poderei escondê-la da mídia; os juízes e os promotores sequer podem sonhar com isso. Estamos quebrando regras importantes do nosso próprio protocolo.

– Tony o colocará a par do caso – disse Nelson. – Agora, se me dão licença, preciso colocar alguns assuntos em dia com o comissário.

Tony, Jen e Herb saíram da sala e ficaram quietos. Tony podia sentir a tensão entre o casal, mas não disse nada. Dirigiram-se para a sala de recreação e fecharam a porta. Tony sentou-se a um canto, abriu sua bolsa e tirou a pasta de papelão com os relatórios e seu caderno de anotações. Herb virou-se para Jen e disparou:

– Que fique claro uma coisa: faço isso porque ainda trabalho aqui. Não sei por quanto tempo, mas trabalho.

– Não dá para esquecer nossa relação pessoal? – perguntou Jen, com cara de desespero.

– Não depois de ouvir metade do laboratório comentando sobre seu namoro com o *nerd* dos insetos!

"As notícias voam aqui", pensou Tony, sarcástico, olhando para os papéis em sua frente.

– Estamos separados, Herb. Você não tem nada com isso!

– Como não é obrigação minha cobrir suas burradas!

– Ei, espere um pouco, isso não é justo...

– E é justo arriscar minha própria pele para provar a sua inocência?

Tony viu que a temperatura estava mesmo subindo, por isso levantou-se rapidamente e entrou no meio da discussão:

– Escutem, seja lá qual for o passado de vocês dois, é óbvio que ainda têm coisas a resolver. Mas o caso é nossa prioridade, por isso que tal esquecerem as agressões e prestarem atenção ao aqui e agora?

Herb olhou interrogativamente para Tony.

– Ela também conquistou você, não foi?

Tony sentiu uma raiva começando a ferver dentro de si.

– Olhe aqui, companheiro, temos um trabalho a fazer. Não sou seu inimigo, mas posso ser se você escolher assim se posicionar. Não uso minha posição como sobrinho do comissário, mas posso simplesmente voltar àquela sala, relatar sua posição beligerante e pedir seu afastamento por pouco profissionalismo. E então?

Os dois se encaravam friamente. Aos poucos, Herb perdeu a tensão no rosto e passou a mão nos cabelos pretos.

– Você está certo. Desculpe-me. Vamos esquecer tudo e revisar o caso.

– Jen? – perguntou Tony.

– Estou bem, gracinha – disse ela, meio sem convicção. – Mas vou deixá-los cuidando de tudo. Vou para casa.

– Está bem. Avisaremos se descobrirmos algo.

Jen saiu da sala cabisbaixa e Tony pegou os papéis.

– Venha, vamos sair daqui também. Há uma lanchonete a poucos metros daqui. Vamos até lá.

– Para quê? – perguntou Herb.

– Conversar. Está mais do que óbvio que não estamos num lugar confiável.

Herb seguiu Tony sem dizer mais nada. Dez minutos de caminhada depois, entraram na lanchonete, sentaram-se e pediram dois cafés. Enquanto aguardavam, Herb disse:

– Olhe, desculpe-me por tudo. Meu relacionamento com Jen sempre foi conturbado. Ela sempre foi mais atenciosa com os homens do que eu gostaria que fosse. Ela desperta muito do meu lado ciumento, mesmo depois de separados.

– Você chegou a vê-la com outro? – perguntou Tony. Herb pareceu surpreso.

– Como você sabe?

– Dedução. Só algo assim para manter tanto rancor.

– Não os peguei na cama, se é o que quer saber, mas sim namorando em lugares públicos. Nosso casamento começou a ruir depois de dois anos. Acho que fomos mesmo meio impulsivos.

– Bem, deixe isso para lá. O importante é que ela pode ser acusada de matar Werner Hopkins. Ou de facilitar sua morte.

– Então me coloque a par de tudo.

Meia hora e pelo menos doze canecas de café depois, todos os detalhes do caso estavam expostos.

– Pelo que posso perceber, vocês conseguiram identificar dois suspeitos com motivos para atacar Methers – comentou Herb. – O problema é que nosso escopo não é muito largo. Alguém lembrou de entrevistar os componentes dessa banda do clube, a Mississippi Cover?

– Era uma das minhas próximas providências – disse Tony, desanimado. – Até acontecer o que aconteceu.

O celular de Tony tocou e ele atendeu. Falou por cinco minutos e desligou.

– Meu tio ainda está lá. Ligou para falar sobre o resultado do molde de gesso da pegada que tiramos próxima da árvore onde o assassino atacou. É um sapato de couro preto tamanho 41.

– Não vai ajudar muito. Qualquer um poderia colocar um sapato desses para despistar.

– As fibra encontradas lá eram as mesmas que Jen encontrou no camarim de Methers.

– E a terra? De onde vem?

– Suponho que seja do esconderijo que encontramos.

– Mas não havia ninguém nem mesmo um objeto por lá, não é verdade?

– O telefonema com a descoberta da bala surpreendeu. Interrompeu-nos. Aposto que há mais alguns daqueles esconderijos.

– A região era usada antigamente por escravos fugitivos para construírem abrigos subterrâneos. Pode ser que nosso homem tenha descoberto alguns, que reformou e preparou para suas atividades.

Herb observou as fotos das pegadas com atenção. A garçonete passou com o bule e serviu-lhes mais café fresco.

– Vejo que os procedimentos foram feitos de maneira correta – disse ele. – O que é uma novidade, pois Jen sempre se atrapalhou quando ia tirar moldes.

– Não é difícil – lembrou Tony. – Fotografa-se a pegada antes de moldá-la, colocando-se uma régua ao lado dela. Depois se cerca a pegada em toda a sua volta para que o material de moldagem não escorra além da pegada. Coloca-se, então, o material de moldagem, de preferência odontológico, como alginato ou gesso, cuidadosamente sobre a impressão, sem provocar pressão, até uma altura próxima da pegada. Então se cobre com uma camada inicial de material de uma espessura de cerca de um centímetro. Após o início do endurecimento, colocam-se bastões ou gravetos sobre a camada inicial e completa-se com mais material até atingir uma altura de 2,5 cm.

– O problema maior é que não se conseguiu uma evidência realmente reveladora. Sapatos de couro preto são os mais usados por músicos de blues.

– Pelo menos sabemos o tamanho do pé do culpado.

– Levantou algum rastro de veículos?

– Com os mesmos procedimentos usados na pegada. Havia vários, como marcas de pneus de motocicletas, SUVs, caminhonetes, carros compactos, até de bicicletas. Meu palpite é que a parte de trás do clube era um estacionamento antes de ser modificada e se transformar num pedaço de terreno sem utilidade.

Herb pensou um pouco e disse:

– Ouvi mesmo dizer que o clube estava sem estacionamento. Um amigo meu ficou de ir lá há dois dias e reclamou na manhã seguinte da dificuldade de estacionar, agora que não havia mais onde colocar seu carro. E a chuva de ontem deve ter lavado o que quer que houvesse de evidência por lá.

– Mas mesmo que tenha sido um estacionamento, como é que nunca se descobriu a entrada do alçapão que achamos?

– Você não comentou sobre a terra utilizada e de como faziam para cobrir os níveis dos campos de golfe? O assassino pode ter feito a mesma coisa. E ainda teve o cuidado de escolher o mesmo tipo de grama, para que não fosse distinguível a olho nu. Não, meu caro, meu palpite é que as marcas de pegadas e pneus não serão úteis neste caso.

– Nós temos um banco de pegadas? – perguntou Tony.

– Há um, embora não muito completo. Estamos atualizando-o aos poucos. Soube que seu tio está coordenando uma campanha para coletar algumas, principalmente de suspeitos de delitos menores.

Tony remexeu nervosamente os papéis da pasta que levava até achar as fotos do camarim de Methers.

– Veja só isso: Jen tirou estas fotos quando chegou à cena do crime. Será que podemos utilizá-las?

Havia, ao lado da cabeça de Methers, o que pareciam ser marcas de dedos do pé.

– Ela processou as impressões?

– Sim, a lista de evidências dela inclui o filme adesivo que ela usou para pegá-las pouco antes de o chefe Nelson e eu chegarmos ao local.

Herb jogou o dinheiro da conta na mesa e levantou-se.

– Vamos vasculhar nossos bancos. São três da manhã e o tráfego de dados está mais liberado nas comunicações. Vamos lá.

Estavam saindo quando deram de cara com Bert Applegate. Herb fechou imediatamente a cara, enquanto Tony pediu que ele aguardasse do lado de fora.

– Quem é ele? – perguntou Bert.

– O ex-marido de Jen.

Bert não falou nada e só se limitou a olhá-lo pela porta da lanchonete.

– Nervoso? Antipático? Arrogante? – perguntou Bert.

– Tudo isso e nenhum deles – disse Tony. – Apenas nervoso com Jen.

– Ouvi dizer que foi afastada do caso.

– Foi melhor assim – disse Tony, abaixando a cabeça. Seu olhar divisou imediatamente um belo par de sapatos de couro preto. – Você usa sapatos de couro?

– De vez em quando. São confortáveis e, de vez em quando, gosto de usar uma roupa social. Dá mais respeito quando os chefes do departamento vêm te visitar, não acha? Logo mais, às sete da manhã, o governador virá me ver com o promotor por causa de um caso envolvendo insetos.

– Bem, boa sorte! Tenho de voltar ao laboratório.

Tony abriu a porta e voltou o olhar para Bert, que ia fazer seu pedido no balcão. “Herb está certo, sapatos de couro são comuns demais.”

Puseram-se a caminho de volta ao laboratório.

– Li em algum lugar uma história interessante sobre bancos de pegadas – disse Herb. – Se bem me lembro, em 1999, a Polícia Montada do Canadá convidou milhares de pessoas para participarem na montagem de um desses bancos de dados. Um sargento de nome Robert Kennedy, especialista nesse tipo de impressões, pedia às pessoas para tirarem os sapatos e as meias, pisarem numa almofada de tinta e colocarem os pés num papel especialmente tratado. O conceito de "morfologia do pé nu" é baseado na ideia de que as pessoas possuem padrões únicos na parte de seus pés que sustentam o peso do corpo. Essa pesquisa revelou que não havia duas pessoas com a mesma morfologia dos pés, mas o banco de dados precisou ser expandido a fim de se manter esses dados como base científica.

– Sim, eu sei – disse Tony. – Numa investigação criminal, o pé do suspeito pode ser conectado às áreas usadas dentro do sapato, que se conectam com uma cena de crime pela impressão do sapato.

– Nossos bancos de dados para veículos são semelhantes. Possuem mais de quinze mil padrões diferentes, cada um ligando o veículo ao modelo fabricado. Temos uma sala cheia de catálogos de veículos de fabricantes dos últimos quinze anos. Poucos sabem que os pneus podem deixar marcas tão legíveis quanto uma pegada.

– Se não fosse pela chuva, teríamos evidências mais consistentes – disse Tony. – Mas a verdade é que estamos patinando na lama desde ontem.

– Precisamos é arrumar ligações mais consistentes e que possam acionar seu tio para trazer os suspeitos para um confronto – disse Herb, passando pela porta principal do Laboratório.

Tony olhou para o céu e sentiu que o dia seria mais quente, pois soprava uma brisa seca na noite. "Quem sabe o vento traga alguma ajuda neste caso", pensou, "ou minha chance de conseguir um emprego aqui pode também dar com os burros n'água".

– Falando em impressões de pegadas, você vê *CSI* ? – perguntou para Herb.

– E quem não vê? Só se fala nessa série.

– Você se lembra de um episódio onde a Catherine e o Warrick pegaram um suspeito de roubar um quadro baseados numa impressão de orelha?

Herb pareceu se divertir com a lembrança.

– Sim, discuti muito isso com vários amigos e até postei algumas mensagens em fóruns na Internet. Eles primeiro usaram o método tradicional de tirar impressões para delimitar a orelha na parede, depois a colocaram no filme adesivo e, em seguida, passaram loção nos ouvidos da família de onde aconteceu o roubo e fizeram os componentes grudarem-nos em pedaços de vidro. Aí, sobrepuseram as marcas do vidro com a impressão tirada e descobriram que o culpado era um dos filhos, que roubava o quadro e fazia falsificações com os amigos da faculdade.

– Isso existe mesmo? Impressão de ouvido é tão confiável quanto uma digital ou um pé?

– O episódio pegou isso de um caso real. Foi em 1999, no estado de Washington, quando David Wayne Kunze foi acusado de assassinato baseado numa marca de ouvido. Cinco anos antes, alguém entrou na casa da vítima, James McCann, e a espancou até a morte, fraturando seu crânio. Um técnico em impressões processou o local e encontrou uma parcial latente de um ouvido na porta do quarto de McCann. A polícia, enquanto isso, interessou-se por Kunze quando descobriu que sua ex-mulher anunciou que o deixaria para se casar com a vítima. Um técnico do laboratório comparou a impressão de orelha com fotos da face do suspeito. Foram pegar uma impressão diretamente da fonte, ou seja, com Kunze. Usaram loção para as mãos e obtiveram sete impressões em diferentes ângulos de pressão sobre uma superfície de vidro. Elas foram transformadas em transparências, bateram com a evidência e Kunze foi preso e condenado. O advogado de defesa apelou e, num segundo julgamento, porém, a impressão de orelha foi excluída dos autos porque o método não era reconhecido como científico. Este foi declarado incorreto e a promotoria disse não possuir evidências que justificariam um terceiro.

– Ou seja, isso não é reconhecido como método num tribunal?

– Pelo menos por enquanto, não.

Os dois dirigiram-se ao primeiro andar, onde retiraram as evidências do caso que estavam guardadas por já terem sido processadas. Acharam as fotos dos dedos ensanguentados e foram para a identificação. Pediram para utilizar uma máquina e escanearam a foto com excelente resolução.

– Agora, vamos colocar no computador – disse Herb, quando estava tudo pronto.

– O que esses dedos podem dizer? – perguntou Tony.

– Você se lembra de quando falamos sobre a pressão das marcas? Se analisarmos a foto, veremos que os dedos parecem estar voltados em direção ao corpo. Porém, não há mais nada, não há a planta do pé propriamente dita.

– O suspeito estava descalço e evitou pisar no sangue?

– É uma suspeita. Tomou o cuidado para se manter na ponta dos pés, mas não conseguiu evitar que os dedos pisassem no sangue. Diria que ele deve ter se aproximado do corpo, talvez para ver se estava realmente morto, deu um passo para trás em horror ao que descobriu e saiu do camarim.

– Mas não há mais rastros.

– Talvez, no medo, tenha calçado os sapatos numa área limpa e se mandado.

– Então, se acharmos alguma pista no banco de pegadas...

– Podemos simplesmente ir atrás do suspeito com um mandado para analisar os sapatos. Um par, com certeza, tem manchas do sangue seco na parte de dentro.

O terminal ainda estava processando quando Tony saiu da sala para arejar a cabeça. Olhou para uma ponta do corredor e viu Bert a distância. Aproximou-se dele:

– Que está fazendo aqui? – perguntou.

– Só queria saber o que está acontecendo. Jen não retorna minhas ligações.

– Bert, não sei dizer muito a respeito, mas já deu para perceber que Herb é meio esquentado. Por isso acho melhor você se manter afastado. Agora é ele quem comanda a investigação e não quero separar outra discussão dele.

– Ele bateu em Jen?

– Eu disse discussão, não briga. E ele sabe que é você quem está de namoro com ela. Vá embora, ande. Depois nos falamos.

O semblante de Bert endureceu.

– Se ele encostar um dedo nela...

– Eu vou fingir que não ouvi isso. Agora vê se volta para a segurança de seus insetos.

Bert concordou e voltou pelo mesmo caminho pelo qual tinha vindo. "Esqueci que a sala dele é neste mesmo andar", pensou Tony. Respirou e voltou até onde Herb estava, bem a tempo de ouvir o bipe do computador.

– E então? – perguntou.

Herb viu a ficha que estava na tela.

– Larry Agnaught – disse Herb. – Técnico em computação, 25 anos e guitarrista da Mississippi Cover. Enfim, temos mais um suspeito. Está na hora de irmos ouvi-lo.

– Mas são três e meia da manhã – disse Tony. – Onde poderemos achá-lo?

Herb sorriu matreiro.

– O Mississippi não é o único bar de blues na cidade. Há o Delta Lounge, na zona norte. Aposto como ele e o resto da banda devem estar por lá.

Os dois desligaram o computador, guardaram as evidências e puseram-se a caminho. Na calada da noite, não notaram um Ford Camaro negro que os seguia com os faróis apagados.

# Capítulo 11
# Exame do solo

*Jazz é o irmão mais velho do blues. Se alguém toca o blues como nós, está no ginásio. Quando começa a tocar jazz é como ir para o colegial, para uma escola de maior aprendizado.*

B.B. King

– Posso lhe perguntar o que significa isto?

Tony estava apontando para uma série de *post-its* colados na parte de cima do para-brisa, todos cheios de citações de grandes nomes do blues. Herb olhou-os e disse, meio sorrindo:

– Um velho hábito que eu tenho. Quando começo um caso faço uma rápida pesquisa sobre qualquer elemento de cunho psicológico que possa me dar uma luz sobre o tipo de personalidade com que posso estar lidando.

Tony ficou de mau humor só de ouvir falar em psicologia. Herb estava dirigindo já há uns vinte minutos e, dali a mais uns dez, alcançariam o Delta Lounge. Percebeu que o companheiro não gostou muito da ideia, mas que não tirava os olhos dos *post-its*.

– Parece-me que você não gosta de psicologia – observou ele.

Tony ficou sem graça por ter deixado uma opinião pessoal transparecer. Ele abriu a janela do seu lado e respirou um pouco o ar seco da noite.

– Não se preocupe, todos temos segredos a respeito dos quais não queremos falar. No meu caso, é minha antiga relação com Jen e o ciúme que ela desperta em mim. Se você não tivesse nada assim, acharia que estava mais para um monstro de Frankenstein do que para um ser humano.

Tony não tirava os olhos dos *post-its*. Eram citações de B.B. King, Howlin' Wolf, Eric Clapton, Jimi Hendrix, Ray Charles e outros nomes que fizeram a história daquele ritmo musical. Na verdade, ele mesmo pouco sabia sobre o blues, apenas que os grandes nomes do rock eram influenciados pelo movimento e que praticamente não havia uma única banda de rock clássico que não gravara pelo menos uma música deste tipo.

– Sabe, veio-me uma ideia maluca – comentou Herb. – Temos de fazer um esboço para entender esse crime como o assassino, pois só assim estaremos a um passo de apanhá-lo. Suas observações de que ele pratica uma espécie de canibalismo químico e que usa roupas sintéticas que, provavelmente, imitam as de grandes nomes como Robert Johnson, podem nos levar a um tipo específico de suspeito. Alguém que quer assumir uma identidade claramente definida. Alguém que quer ser um grande músico de blues, mas que, por alguma razão desconhecida, não consegue.

– E se investigássemos melhor o passado de Craig Methers? – perguntou Tony. – Sei que esse não é bem trabalho de um CSA, mas não seria o caso de fazermos isso?

– Claro que é nosso trabalho, como é ter conversas informais com os suspeitos – observou Herb. – Porém, precisamos estar amparados pelas evidências, senão só estaremos invadindo a privacidade das pessoas. E disso, claro, ninguém gosta. Agora mesmo, estamos indo para o Delta Lounge procurar Larry Agnaught para uma conversa, não para um confronto. Por isso relaxe, tente pensar como um músico de blues e deixe a intuição te guiar.

Herb abriu o porta-luvas, tirou o CD *Riding With The King*, de Eric Clapton e B.B. King, e colocou-o no toca-CD. Os acordes da música-título o inspiravam:

*I dreamt I had a good job*
*And I got well paid*
*I blew it all at the penny arcade*

*A hundred dollars*
*On the cupid doll*
*No pretty chic is gonna make me crawl*

– Pensei que as letras de blues fossem mais tristes – pensou Tony, em voz alta.

– As mais tradicionais são. Essas são mais ligadas ao *show bizz*, ao encontro de duas gerações de músicos de blues, um branco e outro negro, um jovem e outro mais velho. Mas têm seu encanto, não acha?

Seguiram o resto do trajeto em silêncio. Foram pensando nas circunstâncias do caso. Eram quase três e meia da manhã e Tony já se sentia cansado. Herb não dava sinais de cansaço, mas era normal, pois se tratava de um agente experiente que não desistia facilmente.

A enorme casa em estilo vitoriano que abrigava o Delta Lounge surgiu depois que saíram de uma das estradas principais da cidade na zona norte. O estacionamento estava cheio, o que indicava casa lotada. Rolava uma apresentação da banda Gov't Mule, composta por alguns ex-integrantes da The Allman Brothers Band, e famosa, porque os músicos não ensaiavam para as apresentações. A mistura de blues e rock era tensa e a apresentação já devia estar no final.

– Casa lotada hoje, Claude? – perguntou Herb, quando se aproximaram da entrada do estacionamento.

– Completamente, sr. Greenie – respondeu o manobrista. – Chegou já quase no final. A banda deve ficar por mais uns dez minutos. Já estão no bis.

– Não demoraremos. Diga, você viu se o pessoal da Mississippi Cover está aí?

– Vi Larry Agnaught e a namorada. Acredito que Willie Carnhoum também esteja. Mais ninguém. Estão todos acompanhados daquele cara do Phoenix Missouri, o Kenny Wravel.

Imediatamente, Herb trocou olhares com Tony, que achou o fato significante. Isso provava uma ligação entre a banda convidada do Mississippi e a da casa. Herb fez um sinal com a cabeça para Tony e os dois subiram as escadas da entrada, registraram-se e entraram.

O clássico de Willie Dixon, "I Can't Quit You Baby", estava em execução quando conseguiram chegar perto da lotada seção das mesas próximas ao palco. Logo Herb avistou o semblante magro e fino de Larry Agnaught, que estava com um rapaz aparentemente duas vezes mais encorpado do que ele e que Tony deduziu ser Willie Carnhoum, o baterista da Mississippi Cover.

– Boa noite, pessoal – disse Herb, aproximando-se do local. – Como vão?

Larry encarou os recém-chegados com olhos arregalados. Willie começou a suar frio e fez menção de afastar-se, mas Herb agarrou-o pelos ombros e disse:

– Acalme-se, queremos apenas conversar. Não viemos fazer confrontos. Nem temos polícia conosco. Vamos, sei que temos muito que falar. Vamos até o bar. Os drinques são por minha conta.

Larry e Willie levantaram-se devagar. A namorada de Larry estava entretida com outras garotas que, provavelmente, deviam acompanhar a Gov't Mule, por isso nem se deu conta de que o namorado se afastava. Dirigiram-se para o bar, pegaram alguns coquetéis e sentaram-se a uma mesa um pouco longe do palco e meio às escuras.

– Bem, quem vai ser o primeiro a falar algo? – atacou Herb, sem nem mesmo se preocupar em apresentar Tony, que observava a cena fascinado. Herb tinha uma atitude muito mais agressiva que qualquer outro CSA que já tivesse visto.

Larry e Willie se entreolharam. Estavam com medo aparente e não emitiram uma palavra. Herb tomou calmamente seu coquetel e olhou de novo para eles, nos olhos:

– Temos evidências que o colocam na cena do crime de Craig Methers, Larry, mas sei que você não teve nada com o caso. Precisamos de detalhes. Por isso, se quiser nos ter do seu lado quando a polícia vier interrogá-lo, é melhor fazer um acordo informal comigo. Tony Draschko, meu parceiro aqui, é sobrinho do comissário Wojak e servirá de testemunha caso precise. E então?

O rosto fino de Larry observou Tony por algum tempo. Parecia quase sem carne nenhuma de tão magro que era. Mesmo assim respirou fundo, engoliu em seco e tomou um gole de seu coquetel.

– Está bem, acho melhor mesmo – disse Larry. – Willie e eu estamos com este peso na consciência desde que soubemos da morte de Jeremy.

– Ah, vocês souberam?

Willie encarou Tony com curiosidade.

– Você, pelo jeito, nunca nos viu tocar, não é? Jeremy era nosso guitarrista. Ou melhor, um dos dois. O outro é o Larry aqui.

– O que me deixou apavorado, pois o assassino parece gostar de guitarristas – falou Larry, suando frio.

– Há marcas de seu pé direito na poça de sangue que estava no camarim de Methers, Larry – disse Herb. – O que foi que aconteceu? O que você viu?

Larry respirou fundo e disse:

– Na verdade não vi nada. Eram quase sete da noite quando cheguei por lá. Tinha ido mais cedo para ver se tinha alguém e retirar minha guitarra, que precisava ser afinada e estava guardada no nosso camarim, próximo ao de Methers. A porta estava aberta e entrei, sem me preocupar com quem estava lá dentro. O problema é que choveu muito e quando consegui chegar lá meus sapatos estavam encharcados. Parei no nosso camarim e tirei os sapatos e as meias, que pingavam. Foi quando ouvi um baque seco, como se tivessem derrubado algo no chão. Levantei-me da cadeira onde estava e abri a porta. Espiei e só consegui ver que havia um vulto em trajes cinza voltando para a área do palco. Pensei em achar um lugar para deixar meus sapatos secando e fiquei com eles na mão enquanto me aproximava do camarim. Andei na ponta dos pés, pois não queria apanhar friagem porque me resfrio muito facilmente. O camarim de Methers estava escuro, mas distingui algo no chão. Foi quando acendi a luz e vi o corpo dele no chão. Aproximei-me para examinar, mas senti algo quente e pegajoso nos dedos e vi que era sangue. Afastei-me até uma cadeira no canto, coloquei os sapatos de novo e saí correndo. Foi quando encontrei o pessoal da limpeza, que estava chegando. Dei o alarme para eles e pedi que me mantivessem no anonimato por causa da banda.

– Não notou ninguém estranho por lá? – perguntou Tony. – E por que não deu o alarme para o sr. Jackson, o dono?

– Não, não notei ninguém. Pelo menos não numa primeira vista, pois estava nervoso demais com o que havia descoberto. Quanto a contar para Jackson...

– Não foi preciso – acrescentou Willie. – Pouco depois Jackson e eu chegamos no carro dele. Encontramos Larry tremendo do lado de fora, e foi quando ele nos contou o que tinha acontecido. Ele ordenou que eu o levasse embora imediatamente e ele passou o dia de ontem na minha casa, junto com Ellie, a namorada. Somente hoje resolvemos sair um pouco para ver o que acontecia.

– Foi quando me encontraram, senhores.

Tony e Herb viraram-se para Kenny, que chegava sorrateiramente. O show do Gov't Mule já terminara e ele percebera Larry e Willie sentados num canto com os dois CSAs.

– Eu insisti para que viessem – completou, enquanto puxava uma cadeira. – Não comentei que tinha já substitutos em mente para o lugar de Craig? Larry é um deles.

Herb mexia com o dedo os cubos de gelo de seu coquetel. Tony foi quem interrompeu o silêncio:

– O senhor esteve lá na noite do crime, não foi, sr. Wravel?

– Claro! Tínhamos um show marcado para ontem.

– Foi quando o senhor descobriu que Methers ia sair da banda por causa do contrato com a Atlantic Records?

Kenny empalideceu.

– Poucas pessoas sabiam disso. Se vocês já descobriram então também sabem que Jackson queria que adotássemos um dos seus pupilos da banda menor, o que seria um excelente golpe de publicidade para o clube. Mas Craig saía por aí se fazendo de galo desde que conseguira o contrato no dia anterior ao de sua morte e se negava mesmo a fazer isso, dizendo que a estrela do lugar era ele, que tinha conseguido o contrato. Ele sempre tratou os outros como se fossem seus empregados, até mesmo o pobre *roadie* que Jackson empurrou para ele.

– Esse *roadie*... – disse Herb – como era ele?

– Sei lá eu, nunca o encontrei nos horários de show. Pelo que Jackson me disse, ele só ficava com Craig agindo como se fosse o secretário particular dele durante o dia. Larry me disse que era alguém que a banda dele conhecera recentemente e que estava lá para conseguir uma aproximação com o mundo para o qual queria entrar.

– Era músico principiante? – perguntou Tony.

– Sim, parece que tinha um pai que fora parceiro musical de Craig na década de 1950 ou algo assim – comentou Willie. – Eles pegaram amizade e intimidade muito rápido para os dois dias em que Craig estava na cidade.

– E nenhum de vocês sabe o nome dessa pessoa? – perguntou Herb.

Os três negaram com a cabeça.

– Outra pergunta – disse Tony. – Methers era depressivo?

– Não que eu saiba – respondeu Kenny.

– Encontramos vestígios de sanduíches de carne no estômago dele, regados a uísque com antidepressivos e calmantes suficientes para derrubar um elefante.

– Calmante... – começou Kenny, olhando para o vazio. – Prozac?

– Sim, por quê?

– Lembro-me de ter visto uma caixa de Prozac no escritório administrativo de Jackson.

Herb continuou calmamente seu drinque enquanto o silêncio interrompeu os pensamentos de cada um dos presentes na mesa.

– Bem, acho que é só, né rapazes? – perguntou Kenny. – Vamos nos misturar. Não viemos a um lugar destes para nos esconder nas sombras. Se vocês precisarem de nós, estamos à disposição. Vamos lá, pessoal, tenho algumas pessoas para lhes apresentar.

Os três se levantaram e saíram em direção ao palco, que já estava sendo esvaziado. O público começava a se dirigir para a saída e logo o clube estaria fechado. Herb olhava para o copo com cuidado.

– Que podemos deduzir disso tudo? – perguntou Tony.

– Que temos um suspeito mais intimamente ligado à vítima do que imaginávamos – respondeu Herb, pensativamente.

– Você diz Jackson? Kenny estaria falando a verdade quando disse sobre o Prozac na mesa dele?

– Isso é algo que teremos de verificar o mais urgentemente possível – acrescentou Herb. – Mas estava pensando, na verdade, nesse estranho *roadie* que se apresentou como tendo um pai que fora parceiro musical da vítima. E empurrado pelo Jackson. Que conveniente, não acha?

– E o fato de que ninguém sabe quem é essa pessoa? – perguntou Tony.

– Isso também. Mas não dá para acreditar nessa. Um *roadie* não surge do nada. Ele começa frequentando o lugar onde a banda se apresenta e, depois, vai se aproximando e penetrando o círculo de amizades. Um músico não dá seu equipamento para qualquer pessoa. Pelo menos Jackson tem de saber quem é ele. Minhas fichas de aposta apontam para ele. E também aposto como deve haver, em algum lugar do escritório de Jackson, algo que nos leve até a identidade deste *roadie*.

Os dois levantaram-se e foram em direção à saída. Pagaram os drinques e caminharam até o estacionamento. Eram quatro e meia da manhã e o vento estava cada vez mais seco. "Vai fazer calor de manhã", pensou Tony. Parou no meio do caminho e esperou enquanto Herb pegava seu carro. Observou por muito tempo a casa do Delta Lounge, uma antiga mansão de um escravocrata, ex-comerciante de borracha...

Imediatamente, agachou-se e verificou a terra do estacionamento. Parecia da mesma textura daquela encontrada no alçapão do Mississippi. Quando Herb passou com os faróis altos, Tony pôde divisar na escuridão um caminho para uma ala apegada à que parecia em construção.

Tony pediu que Herb estacionasse por um momento e fez sinal para que ele o acompanhasse. Os dois seguiram por uma estreita trilha de terra até a nova ala, da qual só havia as fundações em madeira.

– É uma ala antiga, na verdade – comentou Herb. – Soube que foi destruída por um incêndio cerca de três ou quatro anos antes. Soube que, quando Jackson comprou o local, planejou reconstruí-la, mas não pôde por ter muitas despesas com o Mississippi.

– Jackson é o dono daqui também? – perguntou.

– Recentemente, de um ano para cá. Acho que sei o que se passa na sua cabeça: como este foi lugar de escravocratas, pode ser que encontremos também alçapões escondidos como no Mississippi.

– Lanternas?

Herb foi até o porta-luvas e tirou uma grande e uma pequena.

– Nunca saia de casa sem elas! – jogando a maior para Tony. Os dois saíram examinando pedaços do solo próximos aos alicerces da ala destruída por pelo menos meia hora. Herb já estava desistindo quando Tony, que resolvera procurar dentro do perímetro da ala e não fora como Herb, bateu num retângulo de terra. Um som de madeira oca ecoou.

– Sim, ao que parece é o mesmo tipo de alçapão encontrado por lá – concluiu Tony. Herb passou uma espátula e começaram a cavar o lugar.

– Vou recolher uma amostra de terra e levar para o laboratório – comentou Herb. – Mas não preciso de microscópio para perceber que se trata de um tipo estéril de terra.

– O mesmo que encontramos nas fibras do camarim de Methers e próximo da árvore de onde partiu o tiro que matou Werner Hopkins – concordou Tony.

A porta do alçapão surgiu e eles a abriram. Era bem maior que o encontrado anteriormente e emanava um cheiro de podridão. Não era para menos: quando os fachos das lanternas caíram sobre o local, mostraram o que pareciam ser os restos de um esqueleto sem um fêmur e o crânio.

– Aposto que é o que resta do nosso amigo caveira – comentou Tony.

– Perguntei ao chefe Nelson antes de sairmos quando a tal da Francine Layers vai acabar a reconstituição do rosto. Amanhã de tarde já teremos o protótipo. Mas aposto dez contra um que estes são os restos mortais do tal parceiro musical de Methers.

– Estamos mexendo num caso arquivado? – perguntou Tony.

– É bem capaz. Talvez o filho deste aqui esteja atrás de vingança e tenha vindo matar Methers pelo que este fez ao seu pai.

– Ainda assim isso não justifica as mortes de Jeremy Meyers e Werner Hopkins!

– Hopkins foi pura queima de arquivo – analisou Herb. – Ele não estava no esquema. Talvez tenha sido morto apenas para impedir que falasse algo comprometedor para vocês. Não há nenhum vestígio de morte com uso de formaldeído nele, não é?

– Acho que não. Afinal, ele morreu na minha frente e na de Jen. É um *modus operandi* totalmente diferente. Talvez você tenha razão.

– Fique aqui. Vou procurar algo no meu porta-malas para transportar estes ossos antes que alguém nos veja.

– Não demore ou alguém nos verá.

Herb sorriu.

– São quase cinco da manhã. Quem está lá dentro está querendo ir para a cama. Não se preocupe.

Herb sumiu na escuridão enquanto Tony observava os ossos dentro do enorme alçapão quando escutou passos nas folhas secas que rodeavam o terreno.

– Alô! Tem alguém aí?

Ninguém respondeu. Quando Tony levantou a lanterna e averiguou o terreno, não havia mesmo ninguém. Quando focou a base de uma moita próxima, pareceu ver um brilho de algo dourado – talvez o detalhe de um sapato de couro preto – quando Herb voltou com duas caixas de arquivo que mantinha no porta-malas para transportar alguns livros velhos que queria doar para a biblioteca municipal.

– Herb, tem alguém ali – disse Tony, e apontou para a moita.

Herb sacou sua calibre 33 e apontou para o local indicado.

– Criminalística! – gritou. – Tem alguém aí?

Nenhuma resposta. Herb aproximou-se com cuidado e mexeu na moita. Não havia mesmo nada.

– Bem, acho que estamos cansados – disse ele. – Vamos logo pôr esses ossos nas caixas e ir embora. Por hoje chega de mistério.

Os dois desceram ao alçapão, que não devia ter mais de meio metro de profundidade, calçaram algumas luvas descartáveis e começaram a colocar os ossos nas caixas. Tony, porém, continuava com a nítida sensação de que estavam sendo observados, mas preferiu não falar nada ao companheiro por medo que este o achasse infantil ou até mesmo idiota. "Afinal, não posso me esquecer de que estou sob observação", pensou.

Os dois CSAs saíram do alçapão, fecharam-no, pegaram as caixas e voltaram pela trilha até onde estava o carro de Herb. Depositaram as caixas no porta-malas, fecharam e puseram-se a caminho do Laboratório.

Tony sentia o cansaço apoderar-se dele. Não imaginava que pegaria um caso tão cheio de meandros e detalhes. Não sabia se agradecia pela oportunidade ou se ficava apreensivo. Afinal, era tudo ou nada nesta experiência, e suas expectativas eram altas. Se, pelo menos, ele tivesse tempo de lembrar mais dos detalhes que lera nos cursos e apostilas que fizera ao longo dos anos...

A única coisa de que se lembrava sobre análise do solo era de que a amostra teria de ser preparada para análise e confirmação de que se tratava da mesma terra encontrada nas fibras do caso. Primeiro secava-se a terra, depois ela era examinada no microscópio para ver as características gerais como, por exemplo, que tipos de minerais constituintes e orgânicos ela continha. Depois, via-se a densidade da amostra ao colocá-la numa cápsula de porcelana e triturar os grânulos com uma rolha de borracha para homogeneizar a substância e não quebrar os cristais. Por último, peneirava-se com tamises de diversos diâmetros para separar os grânulos. A camada que contiver o menor diâmetro é comparada com a da outra amostra. Se baterem, são provenientes do mesmo lugar. O sono, porém, impedia-o de lembrar mais detalhes. "É melhor me preocupar com isso amanhã", pensou, enquanto sentia o ar da madrugada bater em seu rosto.

Herb, ao chegar ao laboratório, encaminhou as evidências e providenciou para que tudo estivesse pronto na tarde seguinte, quando ele e Tony examinariam as novidades. Tony, que estava cansado e tomava café na sala de recreação, não reparou na mesma figura sombria que os seguira a noite toda e os observava de um canto do corredor com ansiedade. "Não adianta, vocês nunca me pegarão", pensou o assassino de Craig Methers, que já acumulava três mortes. "Quando atacar de novo, será tarde demais!"

# Capítulo 12
# Balística

*O blues é a raiz e tudo o mais são os frutos.*

Willie Dixon

Tony acordou ainda mais zonzo do que no dia anterior. Sentia-se completamente perdido no espaço e no tempo e seu corpo pedia desesperadamente para voltar para a terra de Morpheus. Lutando contra esses sentimentos, ele se levantou da cama e conferiu as horas. Era meio-dia e meia e, como adivinhara na noite anterior, estava um calor abafado, o que significava que o dia seria longo e incômodo.

Enquanto se vestia, bateram na porta e logo sua tia Donna entrou com o mesmo jeito afobado que sempre tinha.

– Olá, querido, vejo que já se levantou – disse ela, num português cada vez mais carregado de sotaque lusitano. – Estou de saída para a faculdade, temos uma mesa redonda com alguns convidados extracurriculares e não posso me atrasar, para variar. É difícil ser presidente do conselho docente dessa faculdade. Estudar línguas não devia ser tão complicado assim. Ah, sim, esqueci-me: seu novo parceiro, o tal do Herb, ligou e disse que deixaria uma mensagem para você na sua caixa postal e que era para você não se esquecer de pegá-la. Um beijo, querido, e até mais tarde!

"É mesmo um furacão em forma de tia", pensou ele, divertido. Ela gostava de fazer dez coisas ao mesmo tempo e se orgulhava de organizar as coisas em casa, na faculdade, no clube, enfim, em qualquer posição social. Era engraçado pensar que três pessoas viviam sob o mesmo teto e que se cruzavam em horários tão diferentes. Mesmo assim, o convívio era o mais amigável possível e seu tio Colin guardava as sextas-feiras para sua esposa, custasse o que custasse.

Tony ligou seu computador e verificou que dia da semana era. Quarta-feira, 12 de junho. "Incrível como as coisas mudaram de ritmo nesta semana", pensou. "Este é o terceiro dia de investigação e parece que faz uma eternidade desde que recebi as notícias no consultório do dr. Mendes." Esquecendo suas impressões pessoais, conectou-se à Internet e acessou sua caixa postal.

Havia uns bons quarenta e-mails de amigos e de sua namorada, uma garota que conhecera no seu estágio da NSA e que estava agora passando um tempo na Academia do FBI em Quântico, na Virgínia. Impossibilitada de sair de lá, Karen Davis mandava quase todo dia um e-mail para Tony e já se mostrava chateada pela falta de respostas. Ele respirou fundo, estralou os dedos e passou pelo menos uma boa meia hora respondendo para ela com promessas de amor eterno e tudo o mais, mas que estava num caso com o Laboratório local e que seu futuro como CSA dependia do sucesso deste caso. "Mais tarde mando mais detalhes", concluiu, em meio a milhões de beijos.

No total, uma hora inteira havia se passado até que Tony conseguisse responder a todos os seus e-mails. Antes de terminar abriu a mensagem de Herb, que deixou por último. Engoliu em seco quando viu a foto de um rosto sério, com olhos vidrados, maxilar forte, louro com ares de ascendência nórdica. Leu a mensagem:

> *Conheça Lars Kalfatin, um músico de blues sueco que morreu há três meses. Causa da morte: depressão crônica.*

"Incrível", pensou. "Depressão!! Será que o assassino quis dizer algo quando encontraram Prozac no conteúdo do estômago de Methers? Uma assinatura? Um lembrete de que estava agindo por vingança? Pena que venenos não deixam marcas particulares como as cápsulas de balas de uma arma automática."

Voltou sua atenção para o retrato. A princípio, pensou ser brincadeira de Herb, mas olhou bem a foto e primeiro pensou num boneco de tão artificial que parecia. E então entendeu: aquele era o rosto reconstituído da caveira encontrada no clube Mississippi. E, pelo jeito seu parceiro não demorara muito para identificá-lo. "Espero você aqui por volta das quatro da tarde para mais umas visitas", concluía a mensagem. Tony desligou o computador (não sem antes imprimir a foto), tomou um banho, comeu e relaxou um pouco até o relógio acusar três da tarde. Juntou suas coisas numa espécie de kit de investigação que agora levava para qualquer lugar que fosse, fechou a porta da casa e caminhou para o ponto do ônibus, que veio logo.

No caminho, Tony pensava que surpresas teriam sido reservadas para hoje. Tinha consigo um manual de procedimentos próprios do laboratório e lia-os para entender melhor as circunstâncias do caso. Em Little Rock, o costume era que cada caso tivesse apenas e tão somente uma dupla de CSAs investigando. Um CSA só ficava disponível quando seu caso era oficialmente encerrado ou aguardava uma convocação da promotoria ou do tribunal. E não era, em absoluto, permitido que os investigadores comunicassem entre si os casos que investigavam para impedir que detalhes vazassem para a imprensa. "Por isso não pude, ainda, conhecer o resto da equipe", pensou. Se bem que, pelo que seu tio Colin contara, o grupo de subordinados do chefe Nelson para o turno da noite contava apenas com seis componentes, dos quais apenas conhecia Jen e Herb. Os planos eram que o pessoal aumentasse para oito pessoas (com Tony incluso), mas a seleção era cada vez mais rigorosa, principalmente depois que um CSA descuidado separou-se de seu parceiro e foi morto por um suspeito que voltou à cena do crime no ano passado.

Tony deu uma olhada para os lados e, percebendo que ninguém olhava, arriscou abrir a maleta (que, por si só, já chamava a atenção) e retirou seu antigo caderno de anotações da Academia. Resolveu dar uma lida no que sabia sobre balística e análise de armas de fogo. Isso iria distraí-lo até o ônibus chegar ao seu destino. Seu tio Colin o repreendera várias vezes por não aceitar ajuda na compra de um automóvel, mas desde o acontecido com seus pais ele não queria nem saber de chegar perto de um carro, só entrando num quando não tinha mais opções. Leu com atenção:

*A balística nasceu em 1835, na Inglaterra, quando uma ranhura de uma bala retirada de uma vítima foi com-*

*parada positivamente com um molde feito na casa de um suspeito. Confrontado com a evidência, o suspeito confessou o crime. A primeira vez em que um especialista provou em julgamento que uma arma específica foi usada num assassinato data de 1902, num caso ocorrido nos Estados Unidos. Um armeiro atirou contra uma cesta de algodão e depois, usando lentes de aumento, comparou a bala disparada com a retirada da vítima.*

*A abertura do primeiro laboratório de detecção científica de crimes no país data de 1929, no caso de 14 de janeiro, conhecido como Massacre do Dia de São Valentino. Dois homens, disfarçados de policiais, abateram sete contrabandistas de bebidas, deixando para trás setenta cartuchos. O tipo de arma foi identificado e quando outro caso apareceu com armas semelhantes, o dr. Calvin Goddard provou que se tratava do mesmo tipo de revólver. O trabalho do cientista inspirara dois homens de negócio a apoiá-lo financeiramente e seu laboratório nasceu em Illinois, em 1929.*

*Com o passar dos anos, os estudos das armas de fogo contribuíram para a solução de casos complexos. O conhecimento de que as balas são marcadas com as ranhuras internas dos canos das armas é o ponto principal para que os cientistas de balística provem fatos como a comparação de balas e o tipo específico de arma de onde vieram. Além disso, também fornecem estimativas acuradas sobre a que distância um tiro foi disparado, detectam resíduos de pólvora ao redor de feridas no corpo e nas roupas que os atiradores usam e também restauram números seriais adulterados.*

Tony nunca gostara muito de mexer com as armas: era o tipo de coisa da qual abriria mão com o máximo prazer se pudesse. Mas era necessário saber atirar, desmontar uma arma, realizar a limpeza de suas peças, carregá-la sem disparar contra si mesmo, entre outras coisas. Ele conheceu na Academia dois tipos distintos: de mão e de ombros. Entre as de mão, havia as de tiro simples e as de tiros múltiplos, como revólveres e pistolas autocarregáveis. As de ombro possuem canos longos e incluem rifles e espingardas.

Seu pensamento voltou-se para a arma de Jen, apreendida no Mississippi. Pela lógica, já que o assassino teria pegado a pistola e a usado somente para incriminá-la, devia ter deixado algum tipo de digital pela arma, o que livraria a cara da amiga. Teria de checar isso com a balística assim que chegasse.

Algumas páginas à frente falavam de balas encontradas numa cena de crime ou numa vítima.

> *Como se sabe, quando uma bala é disparada, deixa para trás o cartucho, que muitas vezes é o indicador de qual arma foi utilizada. Em outros modelos, a bala pode se desintegrar no impacto e tornar-se difícil de ser retirada para análise. Para que possam olhar para um exemplo sem que nada aconteça, os analistas costumam usar câmaras de tiro com água para que o impacto de uma bala disparada seja menor evitando que as pontas se desintegrem ou danifiquem, permitindo que sejam usadas em análises por microscópio. O próprio cartucho é muitas vezes referido como sendo a bala, mas na verdade ela é composta de vários elementos:*
>
> *a) A bala em si, confeccionada em metal e colocada dentro de cartuchos de outro tipo.*
> *b) O compartimento que contém o explosivo de propulsão (na maioria das vezes, pólvora).*
> *c) O cartucho que envolve tudo isto (simples ou com bico) onde pode ser vista a marca do fabricante e o calibre.*
> *d) A ponta de metal no topo do cartucho que contém o detonador.*

– Ora, que coincidência! Você por aqui? Acho que é nosso destino nos encontrar!

Tony levantou os olhos e deu de cara com Bert, o "*nerd* dos insetos". Estava com uma tigela de plástico tampada e levava-a com ambas as mãos.

– Aposto que já está indo para o laboratório! Vamos lá, vou lhe fazer companhia!

Tony olhou para ele desconfiado. O relógio marcava três e meia da tarde e não tinha a mínima ideia sobre o que Bert fazia ali àquela hora.

– Você está me seguindo, Bert? – perguntou enquanto baixava os olhos para a tigela.

– Claro que não. Onde já se viu? Só vim fazer uma visita a Jen. O apartamento dela é mesmo muito bonito.

Tony empalideceu ao ouvir o nome de Jen.

– Você anda conversando com ela?

– Estamos namorando, lembra?

– Parece mais que você foi até lá colocá-la a par do que estávamos fazendo. Principalmente depois dos seus "encontros acidentais" de ontem.

Bert encarou-o sério.

– Acho que você não gosta muito de mim, não é?

Tony sentiu que a situação poderia sair do controle e ainda faltava um bom pedaço para chegar ao laboratório. Por isso, acalmou-se e tentou esconder seus sentimentos. "Sim", pensou, "tem algo em você que me soa falso e traiçoeiro, mas não vou te dar o gosto de saber".

– O que é isso em suas mãos? – perguntou, desviando a conversa.

– Ah, este é um experimento que estou preparando. Uma linha do tempo perfeita baseada em vermes...

– Você fica visitando a Jen e passeando de ônibus com vermes numa tigela?

– Foi apenas para que ela visse. Está muito triste e chateada pelo que aconteceu. Nunca foi afastada do cargo sob suspeita de alguma coisa...

Tony aproximou-se com o punho fechado.

– Quer abaixar a droga da sua voz? Não sabemos quem pode estar ouvindo e as circunstâncias do caso são confidenciais, por isso é melhor você começar a agir como profissional e parar com isso!

Bert se recompôs no assento e colocou a tigela de novo entre as pernas.

– Sempre ouvi falar que os brasileiros eram impetuosos, mas você chega a exagerar.

Passaram-se mais uns cinco minutos até que Bert atacasse de novo:

– Sua cabeça andou sendo feita por aquele seu parceiro, não é?

– Vai colocar Herb nisso agora? Tenha dó, Bert, você apareceu de sopetão e nem bem a Jen se interessou por você e já estourou essa acusação contra ela. E se eu dissesse que você é um dos nossos suspeitos?

Tony falara por brincadeira, mas o resultado foi visivelmente abalador. Bert começou a suar frio e suas mãos tremiam.

– Eu? Imagine... Nem pensar! Eu não faria mal a uma mosca. Quero dizer, talvez faria a fim de estudá-la, pois sou entomologista, mas matar alguém? Eu nem conhecia Jeremy, quer dizer, até que o conhecia, mas nunca conversei com ele...

– Ei, *Bug Man*, calma! Você me parece muito estressado para um simples comentário.

– Claro, você deveria saber que isso é uma acusação grave, quero dizer, falar uma coisa dessas denota que a pessoa pode ser mesmo considerada suspeita...

Tony pôs a mão para calar a boca de Bert.

– Eu não estou falando nada. Mas será que você pode se acalmar? Você parece ter o dom de aparecer em horas erradas e falar coisas mais erradas ainda. Abaixe esse tom de voz, pelo amor de Deus, senão juro que tomo providências contra você!

Bert fez um sinal afirmativo com a cabeça e Tony tirou a mão bem devagar. Ele parecia ter se acalmado. Bem a tempo, pois o ônibus já fazia as últimas manobras para estacionar próximo do laboratório. Tony recolheu seu caderno, fez sinal para que Bert o acompanhasse e ambos desceram do veículo e andaram os poucos metros que faltavam até a entrada.

– Desculpe-me – disse Bert. – Acho que me exalto um pouco quando o assunto é assassinato. É por isso que fico só em laboratórios e nunca saio em campo.

– Pois bem, desculpas aceitas. Mas não faça mais isso de ficar falando de coisas confidenciais em público. Pelo menos não desse jeito!

Cumprimentaram-se e se separaram. Tony dirigiu-se ao departamento pessoal, pois precisava entregar os documentos necessários para oficializar sua presença no laboratório. "Burocracia", pensou. "Nem fui aprovado ainda e já me pedem coisas."

O relógio marcava quatro horas em ponto quando Tony foi procurar Herb. Encontrou-o na sala de recreação conversando com duas mulheres belíssimas, uma ruiva e outra morena, que riam muito de seus comentários.

– Oh, eis meu parceiro! – disse Herb quando Tony entrou no recinto. – Tony, estas são Ruth Evans e Kimberly Harris, duas de nossas melhores agentes. Acabaram de solucionar um roubo de pinturas por causa de uma cápsula de tinta de *paintball*, acredita?

– Prazer! – Tony sentou-se numa das cadeiras da mesa de refeições. Sentia-se confuso. – O regulamento não proíbe a troca de informações sobre casos em andamento?

– Apenas se ainda não foram concluídos – explicou Ruth. – Terminamos o nosso hoje e já recebemos outro. Porém, paramos para ajudar vocês um pouco. Ordens do chefe Nelson.

– Foi Kimberly quem identificou o nosso amigo caveira – explicou Herb. – Ela possui uma excelente memória para rostos.

– E um excelente banco de imagens para provar – acrescentou ela, sorrindo. – Tudo que fiz foi dar uma boa busca nos arquivos do FBI. E lá estava ele.

– FBI? – perguntou Tony. – O que foi que ele fez para ter ficha por lá?

– Envolveu-se com uma gangue de traficantes de armas – explicou Herb. – Já faz pelo menos uns quinze anos. De lá para cá, parecia ter tomado juízo e não se envolveu em mais nenhum negócio escuso. Já era músico de blues há pelo menos quinze anos. Antes disso, realmente foi parceiro musical de Craig Methers numa empresa, uma editora musical, chamada Kalthers Music, que registrava as composições dos dois. Na época, Kalfatin compunha e Methers tocava sozinho, com uma divulgação boa, o que dava certa fama e dinheiro para a dupla. Tanto que eram procurados por grandes nomes do blues interessados em comprar suas canções. Parece que nem tudo acabou bem: Methers adulterou o contrato e passou a administrar os direitos de todas as canções, as dele e as de Kalfatin, que foi preso e acusado de esconder os lucros do Imposto de Renda. Foram a julgamento, mas Methers saiu vitorioso. Kalfatin se viu sem um único tostão, o que pode ter facilitado o seu envolvimento com os traficantes de armas tempos depois. Depois disso separaram-se, em 1967. Methers ficou com uma situação financeira boa, porém Kalfatin estava quase na miséria. Há, ainda, um boato de que Kalfatin teria pegado sua esposa na cama com Methers e que ela teria continuado o caso mesmo depois de seu marido desfazer a sociedade. Pouco tempo depois, em 1969, nasceu o filho deles, Eric Kalfatin, provavelmente o nosso *roadie*. O divórcio dos Kalfatin saiu em 1978 e desde então Lars tentou recuperar sua fama tornando-se ele próprio um músico.

– E é até hoje cultuado – explicou Kimberly. – Pesquisei e falei com apreciadores e colecionadores do gênero. Lars Kalfatin é considerado uma versão moderna do lendário Robert Johnson por vários motivos. Primeiro pelo fato de ter conseguido um período de relativa fama entre 1985 e 1990. Não foi nada grandioso, mas o suficiente para chamar a atenção de alguns selos menores, como a Blues Records. Mas parece que até mesmo a grande Atlantic Records se interessou por ele. Diziam que Lars passava por uma fase em que ressurgia como a Fênix ou algo assim.

– E esse período coincidiu com seu envolvimento com os traficantes? – perguntou Tony.

– Bem, é preciso sobreviver, não é? – comentou Ruth. – Com filho para criar e tudo o mais, ele não deve ter esperado o contrato da Atlantic e se envolveu com isso para ganhar dinheiro mais rapidamente.

– Só que a gangue foi apanhada em flagrante, o que levou seus componentes a acharem que foram delatados – continuou Herb. – E adivinha só: o principal suspeito das atividades era Lars Kalfatin. Há suspeitas de que o verdadeiro delator tenha sido Methers, que tentou uma reconciliação com Kalfatin nessa mesma época.

– Curioso o fato de Methers ter conseguido um contrato com a mesma gravadora anos depois – comentou Tony.

– Seja como for, Kalfatin foi assassinado por membros da gangue em 1995 – explicou Herb. – A morte aconteceu no pior momento, quando Kalfatin entrava no estúdio para gravar seu primeiro álbum, hoje peça de colecionador. Foi morto na noite em que terminava de gravar sua última canção.

– Claro que alcançaria a fama apenas semanas depois, – continuou Kimberly, – e foi comparado a Robert Johnson nesse quesito.

– Nada sobrenatural – disse Tony. – Tinha uma teoria sobre a motivação do assassino ter algo que ver com as histórias que Kenny Wravel contou sobre alguém querer ser Robert Johnson.

– Claro que o uso do formaldeído ainda não está explicado – disse Herb. – Temos de conversar com algumas pessoas sobre isso ainda.

– Não é só isso – disse Ruth. – Vocês ainda têm de descobrir algo sobre a adulteração da arma de Jen.

– Adulteração? – perguntou Tony. – Como assim?

Herb apanhou uma reprodução em microscópio impressa e estendeu-a ao parceiro.

– Examinei a arma apreendida ontem no Mississippi. Vê esta ampliação? É do cano da arma, uma automática. Uma das pontas está com alguns cortes na diagonal, o que sugere que foi serrada e camuflada para que parecesse parte original da arma.

– Por que alguém faria isso? – perguntou Tony.

Os três CSAs deram de ombros.

– Motivos diferentes – explicou Ruth. – Pode ser que quisessem montar algo que realmente incriminasse Jen de maneira mais direta. Mas o principal não é isso, e sim a bala que ficou presa.

"Exatamente como num dos episódios de *CSI*", pensou Tony. Na história, um pizzaiolo esquentado mata um homem a tiros num posto de gasolina somente porque ele havia chegado até a bomba antes e não queria ceder sua vez. Quando um passante escuta os tiros e vai ver o que há, o criminoso aponta a arma para ele, mas, por ter um cano alterado, a bala fica presa, o que o obriga a executá-lo asfixiando-o com uma gravata.

– Nenhuma digital na arma? – perguntou, já sabendo a resposta.

– Nenhuma que não fosse da própria Jen – disse Herb.

– Mas se a bala travou no cano, que, pela lógica, seria junto ao disparador, o que isso pode significar?

Herb pareceu esperar a pergunta. Respondeu devagar:

– Que o assassino planejava matar outra pessoa junto a Werner Hopkins. Achamos que o alvo dele era Jen.

Tony sentiu o sangue gelar em suas veias.

– Jen? Por quê?

– Queima de arquivo também. Ele roubou a arma dela, talvez quisesse se livrar dela para que não descobríssemos o roubo.

Tony sacudiu a cabeça.

– Isso é impossível. Ele precisaria de tempo para roubar a arma, desmontá-la, trocar a peça e remontá-la. Depois, como saberia que Hopkins estaria lá para falar conosco?

– Não sabia. Talvez estivesse atrás de uma outra vítima.

– Isso modificaria seu *modus operandi* e sua assinatura.

– Por isso temos de correr atrás de mais evidências.

– A melhor chance que vocês têm, no momento, é localizar esse Eric Kalfatin – comentou Kimberly. – Jackson deve saber de algo que não está falando.

– Quer dizer que se a bala não tivesse ficado presa... – começou Tony.

– Ela estaria morta – concordou Herb. – Já apresentamos os resultados para o chefe Nelson. Ele acionou seu tio, que colocou guardas para vigiarem a casa de Jen.

– Precisamos saber se ela está bem – disse Tony, levantando-se da cadeira.

– Acalme-se, eu já chequei. Ela está bem, estava até com visitas em casa.

"Bert", pensou Tony, mas achou melhor não falar sobre seu encontro com o *nerd* dos insetos no ônibus.

– Bem, boa sorte para vocês – disse Kimberly, beijando Herb na boca. – Falamo-nos depois.

Ruth e Kimberly despediram-se e saíram.

– Não perdeu tempo, hein? – comentou Tony, em tom de brincadeira. – Essa Kimberly é simplesmente linda!

– É, parece que tenho queda por cientistas malucas – disse Herb, com ar sonhador. – Bem, voltemos à nossa caça. Temos muito o que fazer hoje. E tenho um pressentimento de que vai ser uma longa noite...

"Que não termine em tragédia", pensou Tony, ainda com o rosto de Jen da memória. "Se algo acontecer a ela, não vou me perdoar nunca."

# Capítulo 13
# Exame de armas

*Tenho certeza de que foi uma bênção não apenas ser amiga de alguns dos maiores nomes do blues que já viveram, mas também aprender como tocam, como cantam, como vivem suas vidas, tocam seus casamentos e conversam com seus filhos.*

Bonnie Raitt

O carro avançava em velocidade constante pela rodovia 91 que ligava a zona leste de Little Rock às cenas dos crimes que Tony e Herb investigavam. O tempo estava instável, com nuvens anunciando uma nova noite fria e úmida. "Pode ser um presságio", pensou Tony enquanto brincava com os CDs do parceiro:

– Todas as letras falam de desgraça, maridos traídos, pactos satânicos – comentou ele.

Herb deu um sorriso de lado e acrescentou:

– Bem se vê que você não conhece o gênero direito.

– Na verdade, prefiro mais o jazz.

– Que não fica muito longe em alguns aspectos. Mas, se você preferir, tenho outras opções aqui – disse Herb, jogando um porta-CDs retirado debaixo do assento do motorista – escolha o seu.

Tony revirou os CDs que iam do *heavy metal* do Black Sabbath ao jazz de Diana Krall ao vivo em Paris. Qual não foi sua surpresa quando deu de cara com o álbum clássico do The Who, *Who Are You*? É claro que não deixaria de aproveitar para colocar a música-tema de *CSI* enquanto conversavam e foi o que fez. Herb sorriu e comentou:

– Bem, para ser um *nerd* como seu amigo Grissom falta pouco!

– Para sermos! – corrigiu Tony. – Você não é diferente, meu caro, de um dos CSIs do turno de Las Vegas.

Os dois se calaram enquanto Roger Daltrey atacava:

*I woke up in a Soho doorway*
*A policeman knew my name*
*He said "You can go sleep at home tonight*
*If you can get up and walk away"*

*I staggered back to the underground*
*And the breeze blew back my hair*
*I remember throwin' punches around*
*And preachin' from my chair.*

– Esse é o nosso objetivo hoje – disse Herb, de olho no tráfego intenso. – Vamos atrás do passado de Lars Kalfatin nem que tenhamos de apelar para uma sessão espírita!

– E qual é nosso objetivo?

– Um clube na zona leste – comentou Herb, com ar vago. – O interessante, entretanto, é que há uma pessoa lá que afirma que a associação começou com a iniciativa de uma cria de Kalfatin.

– O filho, o tal do Eric? – perguntou Tony, curioso.

– Pior: uma filha!

A cabeça de Tony começou a girar.

– Uma... filha? Mas... como?

– Parece que Kimberly descobriu que Lars tinha uma filha de outro casamento. A garota nunca conheceu o pai e, apesar disso, de acordo com o que seu tio descobriu, nutria um sentimento de carinho pela memória dele. Acabou fundando um clube de preservação do blues americano.

– Mas... quem é ela?

Como em resposta, o coro da música repetia:

*Well, who are you? (Who are you? Who, who, who, who?)*
*I really wanna know (Who are you? Who, who, who, who?)*
*Tell me, who are you? (Who are you? Who, who, who, who?)*

*'Cause I really wanna know (Who are you? Who, who, who, who?)*

Herb riu da situação. No resto da viagem, prosseguiram em silêncio e com pensamentos individuais até chegarem ao local. O relógio marcava vinte horas e a escuridão já começava a cair quando o enorme casarão em estilo sulista da época escravocrata despontou no final de uma rua, quase ao pé de uma colina, cercada de um fantástico campo de trigo.

– Quase se pode esperar um OVNI por aqui – disse Tony.

– Alienígenas é o que esperamos encontrar aqui – respondeu Herb, com ar sério.

Os dois encaminharam-se para a enorme porta da frente e tocaram uma campainha que mais parecia uma sirene de tão estrondosa. Alguns segundos depois um velhote de terno e aparência frágil, uma espécie de mordomo, abriu a porta e espiou por uma fresta.

– Olá. Herbert Greenie e Anthony Draschko, Laboratório Criminal do Estado do Arkansas. – disse Herb, apresentando a credencial. – Temos hora marcada pelo Comissário Wojak.

– O sr. Campbell os espera – comentou o "mordomo", que nada mais era que um dos responsáveis pela administração do clube. – Por favor, sigam-me.

O velhote levou-os até uma sala no segundo andar do casarão e bateu numa porta de bronze. Uma voz no interior gritou "entre" e um luxuoso escritório em tons vermelhos e veludos de vários tamanhos e texturas apresentou-se diante deles. Tony conseguiu divisar vários livros, quadros com fotos de vários músicos negros e brancos, todos em ambientes ligados ao blues. O "mordomo" saiu e fechou a porta.

– Nosso bom e velho Jarbas está acostumado a servir de mordomo mesmo! – disse o sr. Campbell, sem levantar a cabeça de alguns documentos que analisava. – Por favor, sentem-se. Só preciso acabar algo rápido por aqui e já falo com os senhores.

Os dois sentaram-se em duas luxuosas cadeiras de madeira em veludo que pareciam saídas do Palácio de Buckingham. "Para um clube, isto é muito chique", pensou Tony de olho no homem atrás da mesa. Não parecia ter mais que 45, 50 anos. Devia ser o curador, o responsável ou o presidente, algo assim.

– Bem, terminei – disse ele, fechando a caneta-tinteiro que usava. – Warren Campbell, curador do Museu do Blues. Prazer em conhecê-los, senhores. Suponho que o senhor seja quem falou comigo ao telefone...

Herb mexeu-se na cadeira, desconfortável. Como todo CSA que se prezava, odiava que alguém soubesse de algo que ele mesmo não sabia.

– Sim, falei com o senhor depois do comissário Wojak. Eu sou Herb Greenie e este é Tony Draschko, meu parceiro. Estamos investigando as circunstâncias do assassinato de Craig Methers.

– Ouvi falar do caso. Uma pena. Um excelente guitarrista, comparável a um B.B. King moderno.

"Não foi bem isso que eu ouvi falar", pensou Tony lembrando das críticas que Kenny Wravel e Larry Agnaught fizeram ao falecido.

– Na verdade, o que nos trouxe aqui é algo ligado às investigações. Queremos saber mais sobre a filha de outro músico, Lars Kalfatin, que os ajudou a começar o museu.

– O que morreu assassinado por traficantes de armas? Um caso lamentável, mas que já faz parte do mistério que cerca os músicos do blues. Uma desgraça pessoal com Craig Methers que o levou para o mau caminho. E bem quando ia começar a gravar seu CD! Mas vocês querem saber sobre Linda Álvares? Uma menina de fibra! Nunca conheceu o pai, mas conseguiu estabelecer este museu para honrar sua memória. Foi a primeira de nossas nove benfeitoras. Ela conseguiu atrair mais gente para que o museu se tornasse o que é hoje.

– Álvares? – estranhou Herb.

– A mãe dela, Camila Álvares, era portuguesa. Era uma amante de Kalfatin, que a deixou antes mesmo que Linda nascesse. Apesar disso, quando ela descobriu a identidade do pai, amou-o intensamente.

– Como ela levantou o dinheiro? – perguntou Tony.

– Oh, pelo que eu sei ela é... ou era... uma advogada criminal excelente! Mandou muitos bandidos para a cadeia, inclusive metade da gangue que matou Kalfatin. Mas ouvi dizer que largou o trabalho para se juntar a um laboratório como o de vocês.

Os dois empalideceram. "Poderia ser ela a pessoa que atacou Jeremy e sumiu com a garrafa de formaldeído da geladeira de lá?", pensou Tony, sem dizer nada. "Mas quem seria ela?"

– Mas por que vocês estão remexendo em coisas tão antigas? – perguntou o sr. Campbell. – Afinal, já faz uns bons nove anos que não a vemos.

– Alguns detalhes não podem ser revelados, – disse Herb – mas queremos saber o máximo possível sobre ela. Há, por aqui, alguma foto dela e de Kalfatin que o senhor poderia nos ceder?

– Tenho uma perfeita! – disse o sr. Campbell, levantando-se e caminhando para uma sala contígua. Voltou pouco depois com um álbum datado de 1984, onde se via um garoto de uns sete anos de idade e um rapaz alto que Tony reconheceu como o rosto que recebera no e-mail de Herb. "Uau, é Kalfatin, como a reconstituição o deixou!"

– Esta foi tirada dois anos antes da morte de Kalfatin – explicou o curador. – Foi doada pela própria Linda, que a recebeu do irmão.

– Quem é o garoto? – perguntou Herb.

– O irmão, Eric Kalfatin. E aqui está uma dela, há pelo menos uns doze anos.

O rosto era ligeiramente familiar a Tony, embora ele não soubesse dizer com certeza de onde. Aqueles olhos pretos e o nariz junto ao rosto já tinham estado na sua frente. Mas onde?

– O senhor recebeu muitas visitas dos irmãos depois que eles se conheceram? – perguntou Herb.

– Linda me apresentou Eric pouco antes de desaparecerem. Mas deixou uma procuração passando a responsabilidade do museu para mim, e o administro desde então. Hoje estamos com uma posição financeira boa o suficiente para deixá-lo entre as dez maiores atrações turísticas do estado, com shows permanentes e uma butique com artigos próprios.

Tony levantou-se da cadeira e aproximou-se de uma janela próxima. Olhou uma parte do enorme campo de trigo e percebeu que havia buracos recém-cavados em alguns lugares.

– Sr. Campbell, sabe dizer por que há tantos buracos na propriedade? – perguntou.

– Uma desgraça! Quando Kalfatin morreu, foi enterrado num cemitério, mas, quando o museu abriu, uma das exigências de Linda foi que os restos fossem trasladados para cá, onde foi construído um monumento a ele. Mas alguém violou o túmulo e roubou-lhe os restos.

Tony sentiu o jorro da adrenalina no sangue. Estavam próximos de uma pista. Olhou para Herb, que pareceu compreender o que o parceiro pensava.

– O corpo, quando veio para cá, foi trazido por alguém em particular?

– Por Eric, o filho. Ele cuidava da sepultura todos os dias até que violaram o túmulo.

– A polícia nunca foi avisada disso – disse Herb.

– Roubo de restos mortais? – fez o sr. Campbell, com um muxoxo. – Não creio que teriam posto isto na lista de prioridades.

– Eric cuidava do túmulo? – perguntou Tony, com uma ideia na cabeça. – E como ele se vestia quando o fazia?

– O filho gostava muito do pai e se dava bem com a irmã... quase bem demais, se querem saber! Ele se identificava tanto com Kalfatin que procurou um lugar que duplicasse a roupa com que o pai foi enterrado e usava o mesmo terno cinza e camisa branca, com gravata preta e suspensórios.

– Sapatos de couro pretos? – acrescentou Tony.

– Sim, sim, exatamente como o pai. Claro que a roupa do cadáver já estava em decomposição quando o trouxeram para cá, mas nada que umas fotos e um bom alfaiate não resolvessem. E o mais estranho é que ele se deitava sobre o túmulo e ficava em contato direto com a terra, dizendo que estava "absorvendo a essência do pai". Sua roupa ficava cheia de uma terra artificial que trouxeram do cemitério onde o corpo ficara originalmente, o que provocava uma degradação do tecido e espalhava fibras por todo lugar que ia. Aqui, muitas vezes, ficava cheio dessas fibras. Até que eu dei uma bronca nele e nunca mais ele entrou aqui.

– A irmã não sabia disso? – perguntou Herb.

– Sim, mas dizia que não podia fazer muito pela obsessão de Eric. Dizia que ele queria tornar-se o pai de qualquer jeito, nem que fosse para seguir o caminho de Robert Johnson e fazer um pacto para alcançar o sucesso. Ele mantinha até a arma que, dizem, matou Kalfatin.

Tony olhou arregalado para Herb.

– O senhor sabe o que foi feito da arma? – perguntou.

– Bem, estava já enferrujada por ter sido colocada no caixão original, por isso a retiramos de lá. Está na sala ao lado, onde guardamos as fotos. Vou buscar.

Quando o curador saiu, Tony voltou para a cadeira:

– Qual o papel de Jackson e Wravel nesta história? – perguntou.

– Não sei, mas suspeito que o quadro que está se delineando seja ainda mais complexo do que pensamos.

O sr. Campbell voltou com um plástico com bolhas que continha a arma embrulhada e entregou-a a Herb.

– Podemos levá-la para análise? – perguntou.

– Claro. Só não se esqueçam de devolvê-la.

– Por fim, sr. Campbell, podemos dizer que Eric e Linda se davam bem mesmo?

– Inseparáveis. Parece até que ela ajudou-o a começar uma carreira científica para que pudessem trabalhar juntos no laboratório para onde ela foi. É tudo que posso dizer-lhes, cavalheiros. Não sei de mais nada a esse respeito.

Os CSAs levantaram-se satisfeitos.

– Perfeito, sr. Curador – disse Tony. – Levaremos as fotos também, se não se importa.

– Certo. Só peço cuidado e que as devolvam. Se tiverem uma pista sobre o paradeiro dos restos de Kalfatin, por favor, avisem-nos. Estamos mesmo preocupados.

"Não estão longe, mais precisamente numa das mesas de autópsia da dra. Stephens no nosso laboratório", pensou Tony, sem deixar transparecer que o sabia. Os dois se despediram do sr. Campbell e voltaram ao carro de Herb, que colocou um CD de Howlin' Wolf para tocar e voltou para o laboratório. Tony estava em silêncio, processando na cabeça o que sabiam do caso e essas novas evidências.

Quando chegaram, Tony pôs a mão no bolso e tirou o que parecia uma caneta, mas que Herb reconheceu como um gravador digital bem fino.

– Você gravou sem pedir permissão? – perguntou.

– Só para garantir – respondeu Tony e deu *play*. A voz do curador saiu perfeita.

Dirigiram-se imediatamente para a sala do chefe Nelson, que os esperava impaciente.

– E então?

– Confirmado o que suspeitávamos: nossos suspeitos principais são Eric Kalfatin e Linda Álvares, meia-irmã de Eric – explicou Herb. – Ou pelo menos no que diz respeito à ossada encontrada. Ainda falta encontrar o elo com Methers e Meyers.

– Duas pessoas ligadas ao morto trabalhando num laboratório? – perguntou Nelson. – Quais as chances de elas estarem aqui?

– Bem altas, eu creio – disse Tony. – Eles não sairiam do Arkansas depois de ajudarem na fundação de um museu daqueles.

– A ficha de Kalfatin mostra que ele era natural daqui – completou Herb.

Nelson olhou as fotos e deparou-se com a de Linda.

– Onde já vi esses olhos? – perguntou para si mesmo.

– Pensei a mesma coisa – respondeu Tony.

– Mande-as para a Fotografia. Eles a processarão com os *softwares* de envelhecimento.

Tony separou-as e acondicionou-as num saquinho de evidências. Herb estava num canto da sala, cortando cuidadosamente o plástico que envolvia a arma que teria matado Lars Kalfatin.

– Parece uma 38 automática – disse ele, sem muita convicção. – Está muito velha, mas dá para restaurar.

Foi quando seu olhar deparou com a peça, ou melhor, com a falta dela.

– Esta arma não tem cano!

– Como assim? – perguntou Nelson, levantando-se de sua cadeira e aproximando-se dele.

Herb mostrou a peça.

– Uma parte dele foi serrada! Aposto que estes cortes podem bater com os que foram encontrados na arma de Jen.

– Desnivelamento? – perguntou Tony.

Herb confirmou com a cabeça.

– As armas são semelhantes. Um exame da balística deve confirmar se a parte adulterada da arma de Jen veio daqui. Por isso a bala deve ter emperrado e você ou Jen foram salvos quando o suspeito matou Werner Hopkins.

– Mesmo que partamos do princípio que Eric Kalfatin esteja trabalhando aqui, como pode ter se apossado da arma de Jen? – perguntou Nelson. – Um CSA conhece todos que trabalham aqui, faz parte do trabalho. Por que ele escolheria Jen para incriminar com tal ato?

O celular de Herb tocou e ele atendeu. Falou por alguns momentos e desligou:

– Ruth confirmou um favor que pedi a ela com uma cutelaria que ela conhecia. As facas Pantera Negra são vendidas em apenas três pontos da cidade e um deles está a apenas dois quarteirões do Mississippi. Uma faca dessas foi comprada por Charles Dexter Jackson.

– Jackson faz taxidermia há anos – explicou Nelson. – Ele sempre se gabou desse *hobby* e já chegou a empalhar vários animais, até uma zebra!

– Alguma digital? – perguntou Tony.

– Três encontradas – disse Herb, com ar preocupado. – Uma de Jackson, a segunda de Larry Agnaught... e a terceira...

Tony e Nelson aguardaram em silêncio e ansiosos.

– De Jen! – completou ele.

– Não pode ser! – disse Tony. – Jen deu palestras sobre o assunto. Ela sempre foi específica sobre nunca tocar em nenhum objeto de uma cena de crime se não estiver com luvas! Isso seria um erro de novato, coisa que ela não é!

Nelson voltou para sua cadeira e girou-a contra a parede para que os CSAs não vissem o quanto estava preocupado.

– Chefe? – chamou Tony. Nelson não respondia. Estava em choque. – Algum problema?

Quando Nelson virou de novo, estava visivelmente preocupado.

– Ela estava lá muito antes de qualquer um aparecer! – disse ele. – Pelo menos, foi o que o policial Marv, um dos mais confiáveis da equipe de seu tio, me contou. Pensei sobre como aquilo podia acontecer e cheguei a perguntar-lhe. Ela respondeu que tinha adquirido recentemente um rádio da polícia e que passava o tempo em casa escutando-o.

"Síndrome de Sara Sidle", pensou Tony, lembrando que a personagem tinha o mesmo hábito, muitas vezes repreendido por Grissom.

– Se ficar provado que ela teve mesmo algo com o caso, terei de mandá-la embora! – disse Nelson, batendo os punhos na mesa. – Além de dar motivos à beça para o promotor querer minha cabeça por usar uma CSA que apresenta evidências comprometidas.

Tony olhou para Herb como se pedindo uma confirmação de que aquilo tudo seria um erro de processamento. Mas Herb acrescentou, de olhos abaixados:

– Havia um sangue diferente na lâmina. E era de Jen.

O silêncio invadiu a sala. Nenhum dos três homens ousava falar ou mexer-se. Herb pensava no casamento dele com Jen, que havia durado pouco mais do que três anos. Tony lembrava as palestras da amiga e os e-mails trocados por anos. E Nelson se sentia na corda bamba, com o emprego pendendo por um fio.

– Vocês me desculpem – disse Tony, dirigindo-se para a porta. – Preciso mesmo dar uma volta para pensar. Falamo-nos depois.

Ele começou a vagar a esmo pelos corredores do laboratório. Via as pessoas passarem e os setores em plena atividade. Se Jen tivesse algo com o caso, pensou, isso significava que ele próprio havia sido enganado, o que não contava muito para conseguir sua avaliação. Mas ela não tinha muito jeito de se envolver com criminosos.

– Ei, que cara é essa?

Tony voltou-se e viu Rose, a química que os alertara sobre o formaldeído.

– É o caso, está me deixando maluco! – respondeu.

– Eu falei que podiam ter-lhe dado um teste mais fácil! Mas venha cá, vamos relaxar um pouco na sala de recreação. Estava indo tomar um café.

Rose levou-o até a sala e sentaram-se. Ela estendeu um álbum de fotografias e disse:

– Para relaxar. Estas são fotos do passeio que uma turma de *nerds* do Laboratório, eu inclusa, fizemos à Disneylândia no último verão. Peguei hoje. Vê se pode um bando de marmanjos se divertindo num local desses?

Tony virou as fotos e observou vários rostos que havia encontrado desde que a investigação começara. Até Jen estava lá, de braços dados com dois outros CSAs.

– Estes são James e Albert, do turno da manhã. Os dois adoram a Jen.

Ela levantou-se para fazer café. Abriu os armários e começou a encher a cafeteira.

Tony olhava a foto sem parar.

– Mas eu já disse que quem consome devia também ajudar a fazer – disse ela para si mesma. – O pessoal daqui esquece que o café é comunitário!

O rosto de Jen feliz no meio dos dois CSAs...

– Droga! Acabou o adoçante! Acho que tenho na minha bolsa uns sachês que peguei de uma lanchonete. Vou buscar e já volto.

Rose saiu e Tony nem mesmo lhe respondeu. Sua mente funcionava a toda. Os olhos dela... Com um jeito de garotinha...

– Oh, meu Deus! É...

A pancada veio forte no crânio. Tony não viu mais nada a não ser o negrume.

# Capítulo 14
# Mente criminosa

*Não sou bom o suficiente ao tocar meu violão no palco. Quero dizer, os tons, o sentimento, o som. O violão do blues é pesado demais para meus dedos.*

Johnny Winter

Quando Tony voltou a si, estava deitado num sofá que ficava no setor administrativo sob a luz de um abajur solitário. Não havia ninguém na sala, o que o fez desconfiar a princípio que havia sido, na verdade, sequestrado. Viu seu erro assim que achou a porta que levava ao corredor e ao elevador. Entrou nele, cambaleante, com uma mão na cabeça, e apertou o térreo.

O elevador chegou ao andar, abriu a porta e fez que ele pensasse que estava numa cena de filme de ação. Milhares de pessoas correndo de um lado para outro, com seu tio Colin e o chefe Nelson gritando ordens.

Kimberly foi a primeira a notar sua presença:

– Tony! Não deveria ter se levantado!

As últimas cenas antes de apagar completamente ainda estavam nubladas em sua mente.

– O que aconteceu aqui?

– Rose e Bert o encontraram no chão da sala de recreação. Nelson chamou seu tio e estão dando uma batida geral no prédio para achar o agressor.

O nome de Bert despertou sua atenção.

– Bert? Ele não estava na sala!

– Rose disse que voltou para lá e encontrou-o desmaiado. Gritou e foi socorrida por Bert. Juntos, foram avisar Nelson e Herb. A dra. Stephens avaliou o calombo, aplicou um emplastro e o pessoal te levou para a sala de espera da administração.

Tony levou a mão à nuca e viu que ainda estava com um creme (ou algo parecido com isso, pois o cheiro era horrível). Verificou a consistência e a cor da substância e respirou aliviado quando viu que era marrom e não amarela.

– É uma mistura de ervas naturais – explicou Kimberly. – Receita do Bert.

Herb o viu e aproximou-se.

– Duro na queda, hein? – disse, dando-lhe um tapa no ombro. – Mas o que aconteceu?

– Não sei. Estava sentado na sala de recreação vendo algumas fotos da Rose quando alguém me atingiu sei lá por que por trás.

– Muito estranho! Sem mais nem menos?

Tony deu de ombros e concordou com a cabeça. Herb acrescentou:

– A dra. Stephens disse que o golpe não foi muito profundo e que logo você estaria inteiro. Pode pensar?

– Acho que sim.

Colin Wojak aproximou-se do sobrinho.

– Você está bem?

– Estou. Não foi tão forte assim. Estou mais confuso do que dolorido.

– Efeito da pancada. Seja quem for, soube o local exato para aplicá-la.

– Vou avisar Nelson de que você está bem – disse Kimberly, afastando-se com Herb.

– O que é que seus homens procuram, tio? – sussurrou, em português.

Colin olhou-os correndo e suspirou desolado.

– Não faço a mínima ideia. Pedi para procurarem alguém suspeito, mas não acharam ninguém.

– Nenhuma imagem nas câmeras de vigilância?

– Não, nada que dê uma pista. Mas já falei com o departamento de informática e eles vão instalar mais algumas câmeras, inclusive no corredor que leva à sala de recreação. Têm acontecido muitas coisas por lá.

Nelson aproximou-se com Herb e Kimberly.

– É melhor você e Herbert irem falar com o dr. Mendes. Ele veio ajudar a fazer o perfil do nosso homem... mulher... ou dupla, já não sei mais qual é a alternativa correta. Deixe que encontraremos quem atingiu sua cabeça a todo custo!

Tony olhou o relógio: meia-noite. "Psicologia na hora das bruxas", pensou. "Que conveniente!"

Ele e Herb dirigiram-se para a sala de Nelson. O dr. Mendes estava lá já há algum tempo e ouviu falarem do que aconteceu a Tony. Esperava num canto da sala, folheando uma revista de psicólogos. Tony pôde ler a manchete da capa: "Depressão e stress: a relação simbiótica dos males mentais da atualidade".

Tony começou de novo a sentir a hostilidade por Mendes. "Se pelo menos ele não fosse um psicólogo", pensou rapidamente. Herb já cumprimentava Hannibal, o Bom.

– Acho que deixei claro que queria conversar com você sobre sua história pessoal, não é?

– Com esses assassinatos ocorrendo? Sem condições, doutor. Não tenho tempo nem para mim. Minha namorada, se não estivesse em Quântico com o FBI, já teria me abandonado.

O dr. Mendes sorriu satisfeito.

Pois bem, cavalheiros, sou todo ouvidos. Vamos por partes bem lentamente e começaremos a construir o perfil do suspeito.

Os dois passaram uma hora inteira conversando sobre os detalhes da investigação. O psicólogo fazia anotações numa caderneta e prestava atenção a todos os detalhes, parando ocasionalmente para fazer uma observação ou outra. Depois olhou para o material que tinha e procurou pensar um pouco. Virou-se para o terminal de computador que havia na mesa de Nelson e conectou-se à Internet. Consultou alguns textos em francês e alemão, depois mais alguns em italiano. A pesquisa parecia que ia demorar.

Os dois CSAs esperavam quietos nas cadeiras em frente à mesa de Nelson. Tony levou a mão à cabeça de novo. Sentia uma dor no local onde recebera o impacto, na base do crânio.

– Está doendo? – perguntou Herb.

– Só latejando. Mas vou ficar bem.

O dr. Mendes ainda ficou olhando para a tela do computador por algum tempo sem dizer nada, apenas pensando. Quando parecia pronto para começar, bateram na porta e Kimberly entrou:

– Desculpem interromper, mas vim trazer os resultados de mais algumas evidências colhidas no caso Methers-Meyers.

– Eu fico com isso – disse Tony, pegando a pasta de cartolina marrom da mão dela. – Eu sei exatamente o que vou esperar daqui.

– Sabe mesmo? – perguntou o dr. Mendes, com um meio sorriso.

"Que vontade de fazer filé desse Hannibal babaca", pensou Tony, mas não falou nada. Abriu a pasta e leu os relatórios.

– Como eu esperava. Temos a nossa confirmação de que a pessoa que vestiu a camisa ensanguentada que achamos dentro do bumbo da bateria era mesmo o assassino. As células epiteliais retiradas das luvas de látex que o desgraçado roubou sei lá como de nossas coisas e que usou para sumir com a garrafa de formaldeído da geladeira da sala de recreação continham o mesmo DNA que o encontrado no suor da camisa, que, aliás, era de poliéster, ou seja, imitação de algodão.

– Era a veste ritual do suspeito – explicou o dr. Mendes. – Pelo que vocês explicaram, cada vez que ele veste essas roupas que imitam as que o pai vestia quando se apresentava como músico de blues, ele libera algo dentro de si que o torna capaz de cometer esses assassinatos.

– E do sêmen encontrado na terra em frente ao barracão dos fundos do clube Mississippi, próximo ao local onde Jackson diz que encontrou o crânio de Kalfatin também foi extraído um DNA que bateu – concluiu Tony. – O problema é que temos o perfil de DNA, mas não uma amostra do suspeito para comparação.

– A camisa o coloca na cena do crime – raciocinou Herb. – As epiteliais o colocam aqui dentro. E o sêmen prova que ele fazia... sei lá o que... em cima dos restos mortais do pai.

– Mas por quê? – indagou Kimberly.

– Minha opinião é que ele pode se masturbar pensando que deixou sua identidade fraca para trás e se transformou, foi possuído, ou algo assim, pela do pai – explicou o dr. Mendes. – Acho que vocês podem estar lidando com um indivíduo que desenvolveu dupla personalidade sem saber. E a nova personalidade o excitava sexualmente. Talvez se sentisse mais poderoso, mais homem, mais no controle de sua vida.

Tony lembrou-se imediatamente do episódio de *CSI* com o caso de Tammy Felton, garota raptada quando criança e que, anos mais tarde, criada pelo sequestrador, descobriu a verdade e matou o pai. Quando foi capturada por Grissom, Catherine e Nick, alegou que tinha dupla personalidade: a da garota raptada e a da filha do sequestrador.

– Mas a dupla personalidade tem uma dominante, não é? – perguntou Tony, ainda lembrando do seriado.

– Era o que eu consultava na Internet – explicou o dr. Mendes. – O problema é que há alguns graus de domínio, uns mais profundos que os outros. No caso do seu homem, acredito que funcione como se fosse manipulado por um fator externo. Um efeito Super-Homem, entende? Com uma roupa, você é Clark Kent, com outra, o Super-Homem.

– Esse fator externo poderia ser uma manipulação por meio de outra pessoa? – perguntou Herb e Tony sorriu. "Estamos em sintonia, ele já entendeu o que quero dizer", pensou.

– O meio do blues é marcado por dor e sofrimento – explicou o psicólogo. – O blues nasceu como um meio de dar voz ao sofrimento dos negros escravos no sul dos Estados Unidos. Foi a partir de 1860 que os chamados *spirituals* (canções religiosas dos africanos), que eram constantemente entoados, sofreram uma mutação: além de chorar com os rostos voltados para o céu, à espera de uma intervenção de Deus, as dores de amor começaram a fazer parte dos repertórios. O blues, pelo que pude verificar num site que consulto muito – pois sou, eu mesmo, um músico de jazz e blues –, teve uma primeira forma muito crua. A maioria das canções tinha apenas três acordes, construídos segundo a escala pentatônica, numa sequência de apenas cinco notas musicais.

– Sim, durante o século XIX, o blues era uma tradição oral que passava de geração em geração nos campos – completou Herb. – Os fazendeiros viam essas *worksongs* como um meio de imprimir um ritmo ao trabalho no campo e deixar os escravos mais alegres.

Tony olhava para Herb com uma cara estranha.

– Que foi? Eu te disse que fiz uma pesquisa, quando coloquei aquele monte de *post-its* no meu carro – explicou.

– Mas o que realmente importa para o nosso trabalho, – retomou o dr. Mendes – é que precisamos arredondar mais esse perfil. Há quase 1.200 funcionários neste laboratório se somarmos todos os períodos. Pelo que eu saiba, o assassino pode ser qualquer um deles.

– Uma pessoa pode falsificar tão bem assim uma nova identidade de modo que ninguém a identifique? – perguntou Kimberly.

– As epiteliais na luva de látex provam que sim – acrescentou Tony.

Os quatro permaneceram quietos enquanto avaliavam o peso das palavras. Todas as evidências apontavam para a presença do suspeito no meio deles.

– Não podemos sair pelos departamentos achando que qualquer um é o nosso homem – disse Herb, socando a própria perna. – O que vamos fazer? Colocar um cartaz de "Procura-se Eric Kalfatin vivo ou morto"?

Então se conscientizou do que sua indagação havia implicado.

– Se Eric está aqui... A irmã... Linda...

Tony confirmou vagarosamente com a cabeça.

– Não nos apressemos – acrescentou o dr. Mendes. – Tudo a seu tempo. Deixem-me fazer meu trabalho antes de tudo e podemos capturá-lo mais facilmente, mesmo ele e a irmã estando entre nós.

– As evidências apontam apenas para a participação de Eric – lembrou Kimberly. – Ainda não há nada que implique o envolvimento da irmã.

Tony espantou-se com o fato de a CSA saber o nome do suspeito e a existência da irmã, que tinham levantado no Museu do Blues. Olhou reprovadoramente para Herb, que entendeu o recado. "Os protocolos do laboratório", pensou Tony, "não os quebre!"

– Kim, obrigado pelos relatórios, mas acho melhor você sair agora, meu bem – disse Herb, entendendo a deixa de Tony. – Falo com você mais tarde, tudo bem?

Kimberly sorriu, mandou um beijo para o namorado e fechou a porta ao sair.

– Está bem, já entendi, desculpe! – falou Herb para Tony. – *Mea culpa*! Podemos prosseguir?

O dr. Mendes divertia-se com a cena e Tony percebeu. "Mais dados contra mim", pensou com desgosto.

– Bem, pelo que temos na mão, – continuou o psicólogo – é um caso complicado. Um irmão, provavelmente traumatizado demais pela morte do pai, e uma meia-irmã que pode estar manipulando-o. Há mais algum fato que precisamos levar em conta?

– Num minuto, doutor – disse Herb, levantando-se e indo até o computador para consultar seu e-mail.– Pedi para um amigo levantar algumas informações para mim. Vou ver se já chegaram.

Sentou-se na mesa de Nelson enquanto o psicólogo aproximou-se. "Lá vem...", pensou Tony.

– Pare com essas reações infantis quanto à minha presença, Tony – disse o dr. Mendes. – Estou aqui para ajudá-los no caso. Você pode não gostar do que eu faço, mas meu trabalho é fundamental para o sucesso de vocês. É ciência pura e não tecnologia aplicada.

Tony espantou-se com a sinceridade do psicólogo.

– É a pura verdade – explicou o dr. Mendes. – Por exemplo, você sabia que um dos primeiros perfis oficiais feitos para a polícia foi feito em 1957, pelo psiquiatra James A. Brussell no famoso caso do *Mad Bomber* de Nova York, George Metesky?

– Não – respondeu Tony. – Já ouvi falar do *Mad Bomber*, mas não li nada a respeito. Quem foi ele?

– Por dezesseis anos ele explodiu cerca de trinta bombas em vários lugares ao redor da cidade e mandava notas nervosas para os jornais, as quais nunca foram publicadas. A polícia tinha poucas pistas e nenhuma ideia sobre como o parar. Assinava muitas de suas notas com as iniciais "FP". Brussell estudou várias fotos dos locais das bombas, analisou o conteúdo das cartas, a letra e tirou várias conclusões. O suspeito era masculino, de meia-idade, estrangeiro (provavelmente eslavo), paranoico, odiava o pai, era obcecado pela mãe, tinha trabalhado numa empresa chamada Consolidated Edson e cultivava um ressentimento contra ela, tinha problemas de coração, era autodidata, vivia em Connecticut com um irmão ou irmã. Além disso, tudo levava a crer que era solteiro, católico, sensível e meticuloso.

Tony sorriu malicioso.

– Ou seja, ditava tudo o que ele era em termos de estudos científicos e estereótipos classificados.

– Mas que funcionavam. A polícia também foi cética, no princípio, e não deu muita atenção. Porém, quando receberam ordens superiores de se aterem ao perfil e encontraram Metesky, que apresentava exatamente essas características, simplesmente se espantaram.

– Metesky vivia na cidade apontada com duas irmãs, estava desempregado e culpava seu empregador pela tuberculose da qual sofria – completou Herb. – O caso é famoso.

O dr. Mendes olhou para Tony com ar vitorioso. Tony, por sua vez, começava a achar o psicólogo divertido.

– E o que significava o FP? – perguntou para o dr. Mendes, desafiador.

– Jogo Limpo!! – respondeu ele, e Tony lembrou-se imediatamente do episódio de *CSI* em que o segurança de um prédio onde estourara uma bomba era suspeito de ser o fabricante da mesma. Uma das peças também foi gravada com as iniciais FP. Depois, quando descobriram que o verdadeiro culpado era o filho de um ex-empregado da locadora de carros que tinha o escritório no local da bomba, ele respondera que as iniciais eram Jogo Limpo, o que o pai, desempregado, vivia dizendo que merecia.

– Vocês têm lá seus méritos – admitiu Tony, meio a contragosto.

O dr. Mendes não se dava por vencido.

– Entre 14 de junho de 1962 e 04 de janeiro de 1964, treze mulheres solteiras foram vítimas de um *serial killer* apelidado de o Estrangulador de Boston. Em dez semanas, seis estavam mortas, sendo que as quatro primeiras morreram em 27 dias e as duas outras no mesmo mês. Todas eram de meia-idade. Uma segunda onda de assassinatos começou em dezembro, com duas mortas, e só recomeçou no mês de setembro seguinte, depois em novembro, depois em janeiro. Só que essas mulheres eram mais jovens que as seis primeiras, mas havia duas mais velhas na primavera de 1963. Todas foram mortas em seus apartamentos, foram molestadas sexualmente e estranguladas com artigos de roupas. Às vezes o assassino as amarrava com um arco. Não havia sinais de entrada forçada, o que indicava que elas conheciam a pessoa que as matara. Muitas delas levavam uma vida sossegada. Seu *modus operandi* era ganhar entrada não detectável pela porta da frente e sua assinatura era o modo como molestava as vítimas, com o uso de itens pessoais. Todos esses itens foram levados em conta quando o perfil foi traçado.

Novamente, Tony lembrou-se do episódio que encerrou a primeira temporada de *CSI*, quando estavam atrás de um estrangulador parecido com o relatado pelo dr. Mendes. A entrada dos agentes federais do FBI causou indisposição entre o agente especial encarregado do caso e Grissom, que foi afastado do trabalho no laboratório. Se não fosse pela fidelidade dos outros CSIs, a coisa teria acabado mal.

– Vocês acham que os federais podem assumir nosso caso? – perguntou Tony, receoso.

– Não se trabalharmos direito – completou Herb, que estava próximo à impressora, esperando o relatório que recebera por e-mail ser impresso. Tony respirou aliviado: nessas coisas era mesmo como Grissom.

Herb sentou-se na mesa de Nelson e começou:

– Tony, um amigo meu da equipe de seu tio me fez um levantamento sobre Methers. Ao que estou lendo no relatório que ele me enviou, a história de que ele teria passado a perna em Kalfatin procede. Curiosamente, embora tenha ficado com um bom dinheiro, mas não necessariamente rico, Methers não conseguiu alcançar sucesso em suas façanhas-solo. Somente anos depois de amargar fracasso atrás de fracasso é que conseguiu tomar coragem e entrar para a Phoenix Missouri. Ora, vejam só... Aqui diz que quem o apresentou foi Werner Hopkins, nossa terceira vítima, que sabia que Methers tinha dinheiro e queria atraí-lo para investir na banda. Ao que parece, ele foi bem-sucedido: quase toda a grana de Methers estava investida na banda, o que desagradava muito a Kenny Wravel, o suposto líder.

– Que mandou um homem ameaçá-lo de morte se saísse da banda, pois isso significaria a falência financeira.

O psicólogo olhou para Tony com admiração.

– Aprendendo a ser psicólogo, Tony?

– Algo se aprende, nem que seja por osmose, doutor!

– O relatório de seu tio no dia da morte de Methers confirma sua suposição, Tony. Eles conseguiram localizar o homem descrito por Jackson como o autor da ameaça a Methers. Um brutamontes que foi mesmo contratado por Wravel para dar um susto no nosso guitarrista.

– Talvez tenha sido por isso que ele chegou mais cedo ao Mississippi – comentou Tony. – Para conversar com esse homem antes que alguém da banda o visse.

O dr. Mendes confirmou com a cabeça.

– Isso também explicaria a antipatia de Kenny por Methers – completou.

– Mas qual seria o interesse de Jackson na história? – perguntou Tony.

– Apenas conseguir que Larry Agnaught fosse apadrinhado por Methers agora que ele garantira um contrato com a mesma Atlantic Records que queria Lars Kalfatin. Por isso não acredito que nem Kenny Wravel nem Charles Dexter Jackson sejam culpados. A menos que ser aproveitador agora seja também crime.

"O que não seria má ideia", pensou Tony.

– Sua hipótese de que Eric Kalfatin e sua meia-irmã, Linda Álvares, sejam culpados me parece mais promissora, Herb. A falta de evidências contra os músicos os exclui como suspeitos viáveis. E esse *roadie* que vocês citaram, já conseguiram alguma pista de quem seja? É mesmo Eric Kalfatin?

Como se fosse uma deixa de teatro, a pergunta do dr. Mendes foi interrompida pela abertura da porta de vidro da sala. Kimberly apareceu de novo, acompanhada de um negro de seus 36 anos, vestido com um terno que o deixava com cara de uma versão mais jovem de B.B. King.

– Este senhor quer vê-los – anunciou Kimberly e saiu, deixando-os a sós. O negro analisou a sala e encarou os três homens sentados.

– Qual de vocês é o CSA encarregado do caso Methers?

Herb se levantou e apresentou todos na sala.

– Meu nome é Walter Allman e sou o baterista do Phoenix Missouri. Conversei muito com Kenny Wravel e ele me liberou para vir aqui. Soube que vocês procuram pelo *roadie* de Craig, o rapaz que ele fazia de escravo branco.

– Foi no seu bumbo que encontramos a camisa com sangue e a garrafa de uísque – lembrou Tony.

– Sim, mas não tenho nada a ver com isso. Sempre usei o bumbo para guardar minhas baquetas e até meu pandeiro. Aquele branco safado deve ter visto isso e usado para matá-lo. Ele até estava com roupas iguais às nossas quando saiu da sala do sr. Jackson com a faca que roubou de lá.

Todos empalideceram com o discurso. Walter Allman observou suas reações e disse:

– Sim, eu vi alguma coisa. Não foi completa, pois estava escondido. No princípio, pensei que ele queria era me matar, pois nunca gostei dele. Porém, sempre me pareceu ser um rapaz sensato. Eu o repreendia por se deixar dominar por Craig, mas ele dizia que só estava fazendo o que havia sido pedido.

– Ele era da Mississippi Cover? – perguntou Herb.

– Não, nada a ver. Ele bem que havia tentado entrar para a banda, mas não era lá muito bom com os instrumentos. Acho que puxar o saco do Methers era mais fácil...

– Seu depoimento foi pego pela polícia? – perguntou Tony.

– Não – respondeu, com um suspiro. – Queríamos logo ir embora daqui depois do que aconteceu. Quando soubemos que o pobre Jeremy Meyers também foi assassinado, vimos que a coisa era maior. E agora foi Werner Hopkins, meu único amigo no grupo. Acho que meus dias como músico de blues acabaram.

Tony pegou o celular e ligou para o de seu tio Colin, que ainda estava procurando seu agressor nos corredores do laboratório. Poucos minutos depois, o comissário e o chefe Nelson entravam na sala e conduziam Allman para a delegacia onde, numa sala de interrogatório, iriam analisar seu depoimento. No carro de Herb, que ia logo atrás do de Colin, estavam um quieto dr. Mendes, um pensativo Herb e um soturno Tony.

# Capítulo 15
# Ciência *versus* intuição

*Tenho feito as mesmas coisas que fazia quando mais jovem, quando estava crescendo, e agora aqui estou, um velho, nas paradas. E eu digo, bem, o que aconteceu? Será que imaginaram o verdadeiro John Lee Hooker, foi isso? E eu penso, bem, não vou contar para ninguém! Não deixo de pensar no que foi que aconteceu.*

John Lee Hooker

A sala de interrogatório para onde Walter Allman foi levado era a típica que aparece em qualquer seriado policial: um recinto que media dez por doze metros, mobiliado apenas com uma mesa, algumas cadeiras e uma cômoda num canto para apoiar uma jarra com água e copos de papel. Allman foi levado para lá pelo comissário Wojak e pelo chefe Nelson, enquanto Tony, Herb e o dr. Mendes ficaram na sala contígua observando o andamento do interrogatório e vendo tudo pela janela de vidro espelhado.

– Hoje completam exatos dez anos que entrei para a Phoenix Missouri – começou Allman. – Fui levado para lá pelo Werner Hopkins. Ambos queríamos desenvolver nossas habilidades como músicos e foi num clube parecido com o Mississippi que conhecemos Kenny Wravel. Na época, já circulava o boato de que a banda era um investimento de Craig Methers, que não falava muito de seu passado com o parceiro Lars Kalfatin. Sabíamos apenas que, se eles não tivessem rompido a parceria, poderiam ter chegado a um estrelato comparável ao de B.B. King. Wravel dividiu as responsabilidades com Methers e logo a banda começou a decolar. Com um nome que juntava a cidade natal de um e o estado natal de outro, logo o circuito do blues começou a nos procurar.

– Methers era casado? Tinha filhos? Família? – perguntou Nelson.

– Não que eu soubesse. Falaram-me uma vez que a esposa dele o tinha abandonado por questões financeiras, mas nunca mais soubemos de algo assim. Diziam também que Methers sentia muito a falta de Kalfatin e que formavam uma boa dupla. Kenny sempre tentou ser seu braço direito, embora suspeite de que nunca tenha conseguido. Acho que entre 80% e 90% do dinheiro que rola na banda é de Methers.

– Ele nunca ficou preocupado com o que aconteceria com a banda se um dia faltasse? – perguntou o comissário.

– Werner me disse uma vez que Methers havia feito uma espécie de testamento, deixando a banda e os direitos autorais do trabalho dela para Wravel. Porém, foi um documento que nunca ninguém viu e que pode, muito bem, ser apenas uma história inventada por Kenny. E por uns bons oito anos a coisa seguiu bem, com nossos três álbuns gravados pela Blues Records, uma gravadora pequena mas conceituada no blues. Até a primeira vez em que nos apresentamos no Mississsippi, há dois anos, quando Charles Dexter Jackson apresentou um conhecido da Atlantic Records para Methers. Os dois conversaram longamente, e Methers simplesmente não contou a nenhum de nós o que havia acertado com esse cara. No ano seguinte, começou a espalhar que estava sendo sondado pela Atlantic para uma carreira-solo e que levaria consigo os direitos das músicas do Phoenix Missouri.

– Uma repetição do golpe que dera em Kalfatin – observou Herb, de trás do espelho, para Tony.

– Acho que a vítima de vocês não é lá tão vítima – complementou o dr. Mendes. – Há uma repetição de padrão comportamental que sugere impulsividade e premeditação.

– Ou seja, ele deu mesmo muitos motivos para ser odiado – resumiu Tony.

– A situação entre Methers e Wravel ficou muito tensa e marcou nossas duas últimas turnês. Porém, quando ainda estávamos para vir para cá, Wravel recebeu um telefonema de Jackson, que se ofereceu para assumir o comando da banda. O problema é que Kenny não queria uma pessoa de fora. Passamos uns bons cinco meses discutindo para onde iríamos levar nossa situação. Afinal, com o passar do tempo, a banda tornou-se nosso ganha-pão e, sem Methers, corríamos o risco de não ter nem dinheiro para decolar outras carreiras, fosse na música ou fora dela.

– E como foi resolvida a situação? – perguntou Nelson.

– Não foi! Methers parecia resoluto a sair de cena e Jackson queria o lugar de qualquer jeito. Na noite da primeira morte eu cheguei ao clube pouco depois das oito da noite e a polícia já estava por lá. Na confusão e no corre-corre das pessoas eu ouvi perfeitamente uma conversa entre Wravel e Jackson. Este último criticava Wravel por ter contratado um homem para amedrontar Methers à tarde, o que não teria servido muito bem aos propósitos. E foi então que os dois começaram a bolar a história de que havia alguém querendo ser Robert Johnson, que era para criar algo que camuflasse a transação que os dois faziam para assumir o controle da banda.

– A descoberta dos ossos de Kalfatin no terreno da parte de trás do clube, sabe como aconteceu? – perguntou Nelson.

– Quando chegamos a Little Rock, Jackson já falava disso. Suponho que a ossada tivesse ficado por lá algum tempo, pois a história já era antiga. Parece que foi mesmo o cachorro de Jackson que a descobriu, tanto que ele usou a história para passar para vocês o elemento sobrenatural e aperfeiçoar a história do culto a Robert Johnson.

– Acha que pode mesmo ser verdade, doutor? – perguntou Tony.

O dr. Mendes abanava afirmativamente a cabeça.

– Cada vez mais acho que suas evidências apontam mesmo para alguém mais perturbado como o assassino – acrescentou. – É uma questão de lógica: às vezes, nem mesmo precisamos de provas para afirmar um perfil como sendo o ideal psicologicamente falando. Nem Jackson nem esse Wravel têm culpa, nenhum dos dois mataria.

– E o que foi que chamou tanto a sua atenção a ponto de procurarnos? – perguntou o comissário para Allman.

– Hopkins e eu fomos checar nossos instrumentos com medo de que teriam sido adulterados, quebrados ou algo pior. Foi quando ele notou alguns fios de cabelo caídos perto do baixo dele. Ele os levou no dia seguinte, quando morreu, para entregá-los aos seus CSAs.

Tony lembrou do que o falecido havia entregado para eles pouco antes de ser atingido pelo tiro da pistola de Jen. Afastou-se para usar o celular e ver se haviam descoberto alguma coisa com aquela evidência, que ainda não fora reportada.

– Foi quando o tal *roadie*, o Eric, apareceu. Não sabia que ele era o filho de Kalfatin, mas notei que ele estava trajando roupas que pareciam ter saído recentemente do armário, pois ainda tinham vincos. Vestia uma camisa branca de algodão como as minhas e uma calça de terno azul-escuro.

– Nosso suspeito tem mesmo roupas iguais às usadas pelo pai – confirmou Herb, lembrando-se das fotos do Museu do Blues.

– Mas ele já tinha se livrado das roupas usadas para matar Methers – lembrou o dr. Mendes.

– Particularmente, nunca gostei do Eric, mas vi que, na verdade, estava sendo empurrado para Methers por obra e graça de Jackson. Ele tentara, pouco antes, um teste para ver se entrava para a Mississippi Cover, a primeira banda patrocinada pelo Jackson, mas havia sido recusado. Ele queria o tempo todo tocar guitarra, mas só conseguia arranhar o instrumento e era extremamente antipático com todos. Seu pai era músico de blues, dizia todo imponente. É claro que mesmo o pessoal da banda menor ria da afirmação dele. Jeremy Meyers era de compleição anglicana, como outros componentes, mas isso não fazia muita diferença. Mas as feições de Eric Kalfatin eram nórdicas, ele era loiro, era algo que realmente destoava do espírito do blues, e por isso foi recusado. Jackson ficou com pena do rapaz e ofereceu-lhe o cargo de *roadie* de Methers, o que ele aceitou de bom grado.

– Uma tentativa de colocar alguém por perto que o ajudasse a controlar o músico – comentou o dr. Mendes.

– Não temos nenhuma evidência que comprove isso – comentou Herb.

– Não é necessário, Herbert. É aí que entra o campo da intuição na investigação criminal. Encher os espaços em branco nessa história. Numa investigação nem tudo é ciência pura. O elemento humano é algo que não pode ser comprovado a não ser por intuição dentro do contexto.

– Tenho de admitir que nosso Hannibal, o Bom está correto.

O dr. Mendes olhou com ar espantado e divertido para Tony.

– Está tendo segundas considerações sobre o que eu faço, Tony? – perguntou, numa mistura de português e espanhol.

Tony sorriu das tentativas do psicólogo em falar sua língua.

– Pode ser... – respondeu em português.

Os três voltaram a se concentrar no depoimento de Allman, que contava como conheceu o suspeito Eric Kalfatin:

– Na vez anterior em que estivemos aqui em Little Rock, fomos todos apresentados aos componentes da Mississippi Cover. Jeremy Meyers estava lá e tocou muita guitarra, parecia até mesmo o bom e velho John Mayall. Foi simplesmente arrasador! Mas o grande problema com ele é que era ótimo em *covers*, mas não conseguia se dar tão bem com material próprio, o que era uma pena. O que fiquei sabendo do próprio Kenny Wravel era que Jackson estaria empurrando Eric para intensificar um controle que poderia ter dos atos de Methers. Ele realmente estava todo prosa desde o contato com a Atlantic, dizendo que seria finalmente um astro e coisa e tal. E ter controle sobre Methers não era difícil...

– Era só apelar para a vaidade dele – disseram, ao mesmo tempo, o dr. Mendes e o comissário Wojak, cada um numa sala.

– Quer dizer que Methers queria manipular, mas era, na verdade, manipulável? – perguntou Herb.

– Muito provavelmente – completou o psicólogo.

O chefe Nelson saiu da sala de interrogatório e foi ter com os agentes e com o psicólogo.

– Alguma novidade no caso? – perguntou a Tony.

– A amostra de cabelo a que ele se referiu foi entregue para Jen e para mim na noite em que Werner Hopkins foi morto. O laboratório confirmou a similaridade de DNA entre as amostras de sêmen, de sangue e, agora, da raiz dos cabelos. Parece que Eric está perdendo cabelo, pois o material estava fraco e fino, podendo sair com facilidade.

– Pela intuição, eu diria que é produto do formaldeído que ele ingeriu – completou o dr. Mendes – Todas as substâncias que ingerimos são facilmente detectadas pelos nossos fios de cabelo e pelas nossas unhas.

– O senhor está certo – completou Tony. – Realmente, a análise do cabelo revelou uma substância alcalina pouco comum ao corpo.

O que mais me intriga neste caso é como ele pode ingerir algo tóxico sem se fazer mal.

– Há tribos na África central, principalmente, que têm o costume de ingerir coisas como veneno de baiacu em pequenas doses que vão aumentando à medida que o corpo cria resistência natural – disse Nelson. – Vi um documentário no National Geographic Channel sobre isso.

– Outra pista para sabermos quem é Eric Kalfatin hoje? – perguntou Herb.

– Possivelmente. Já mandei um pessoal de confiança buscar se há alguma pista desse tipo nos arquivos dos funcionários do nosso laboratório. Rezo a Deus para que não encontrem nada, ou será meu fim.

– Como Eric pode mudar de aparência? – perguntou Tony. – Por mais que uma pessoa faça operação plástica, nada acontece como no filme *A Outra Face*, em que passam por um completo transplante de rosto.

O dr. Mendes abaixou momentaneamente os autofalantes.

– Nós citamos ciência *versus* intuição há pouco, não foi? Pois bem, eis uma oportunidade de usarmos nossa intuição um pouco mais. A pergunta de Tony é bem oportuna. Como alguém com fortes traços nórdicos como Kalfatin poderia passar despercebido?

– A operação plástica mudaria apenas parcialmente sua aparência... – comentou Herb. – E a única maneira de não se ter um parâmetro de comparação... É isso! Uma nova identidade!

Nelson e Tony estavam perdidos. O dr. Mendes sorriu:

– Muito bem, Herb. Concordo plenamente. Eu também creio que uma simples operação plástica não é o suficiente. Seu suspeito, pelo perfil psicológico, guarda bem suas intenções. Por isso usa dupla identidade. Provavelmente, fez uma operação para mudar a aparência e ter outra identidade, mas, ao penetrar no mundo do blues no Mississippi, ficou tão confiante de que ninguém o identificaria que arriscou usar sua identidade real.

– Como corroborar isso? – perguntou Tony.

– Eu diria que vocês devem buscar nos arquivos alguém que tenha entrado recentemente no laboratório, tenha estado recentemente na África, seja levado a gostos similares às coisas daquele continente, digamos, um cientista que goste de animais selvagens ou algo assim, e que seja conhecido dos outros frequentadores do Mississippi por outro nome.

O celular de Tony tocou e ele atendeu. Falou durante cinco minutos e os três homens notaram que ficava mais pálido a cada minuto. Desligou e encarou os outros:

– Era a dra. Stephens. Completaram o exame das evidências colhidas no cadáver de Jeremy. Havia células epiteliais ao redor do pescoço dele com DNA feminino. Passaram no CODIS e retornaram como sendo de Linda Álvares, a meia-irmã de Eric.

– Então são mesmo dois assassinos? – perguntou Herb. – Mas por que ela matou Jeremy?

Nelson olhava para Allman e, de repente, fez sinal para que os CSAs e o psicólogo o acompanhassem. Entraram na sala de interrogatório e ele disparou:

– Sr. Allman, gostaria de saber se vocês chegaram a ver Eric acompanhado de alguém.

– Estão falando daquela gostosa que acompanhava o infeliz? Claro, era a irmã dele, que tinha um caso com Jackson. Muito bonita, por sinal. Aliás, queria mesmo ter uma oportunidade para perguntar quando vocês passaram a contratar alguém daquela aparência para integrar seu time.

A surpresa do caso entre Linda e Jackson já era demais, mas nenhum dos presentes sabia o que diabos Allman queria dizer.

– Como assim, contratar alguém daquela aparência? – perguntou Herb.

– Alta, 1,78 m, cabelos loiros, pele branca, aparência de cientista. Ela entrou na noite da morte do Methers com uma maleta...

Todos os presentes sentiram o chão fugir de seus pés.

– Ela estava, inclusive, com você, eu acho – disse Allman, apontando para Tony.

– O... senhor tem certeza do que está falando? – perguntou o comissário, já sentindo para onde ia aquela conversa.

– Absoluta! Hopkins sabia disso também. Falamos com ela pouco antes de vocês chegarem ao clube. Ela havia acabado de sair do escritório de Jackson quando vocês chegaram.

O comissário olhou o relógio da sala, que marcava quatro horas da manhã.

– Precisamos fazer um rápido intervalo, sr. Allman. Pedi para que um oficial ficasse por aqui. O senhor precisa de algo? Um café, uma água, algo assim?

– Obrigado, mas estou gostando de me abrir com vocês. Preciso apenas de um tempo para fumar um cigarro.

– Tony, peça ao oficial Henessy para acompanhar o sr. Allman até a sala dos fumantes.

Tony saiu e logo voltou com o guarda, que saiu em seguida com Allman. Todos se sentaram ao redor da mesa de interrogatório. Um silêncio mortal havia caído sobre eles. Ninguém ousava falar o que as palavras do músico acusavam.

Herb falou primeiro:

– Não é possível, gente! É delírio desse homem! Eu fui casado com Jen por pelo menos cinco anos! Ela não tem nada que ver com esse músico nórdico!

– E ela tem o agravante da morte do pai que virou indigente por ser drogado – acrescentou Nelson.

Tony estava petrificado.

– Tudo bem que eu só conheço Jen por e-mails e correspondência à distância, mas não acham que esse Allman está confundindo? E se Linda Álvares e Jennifer Perez forem parecidas?

Todos olharam para o dr. Mendes, que só pensava e não dizia nada.

– E então, Hannibal? – perguntou o comissário. – Você sempre insistiu para que pensássemos no elemento humano. Como foram suas avaliações sobre Jennifer?

– Ela sempre teve trauma de figura paterna – começou a analisar o dr. Mendes em voz alta, mais para si que para os outros. – Fala pouco da mãe, mas, se não me engano, Perez era mesmo o nome do pai. Ou melhor, do padrasto.

Todos olharam novamente para o psicólogo.

– Vocês têm de entender que, a menos que esteja numa situação extrema como esta, tenho o pacto de privacidade entre paciente e médico para zelar. Ela não gosta de falar muito de Marcus Perez desde o problema com seu cadáver, coisa que ela nunca superou. Mas Perez era mesmo o padrasto dela. A mãe dela era portuguesa...

Tony olhou para Herb, que estava bestificado com as revelações do psicólogo.

– Eu havia escutado algo, mas ela sempre disse que sua mãe era Perez, o que achei estranho por não ser um sobrenome português.

– E ela nunca disse o verdadeiro nome da mãe? – perguntou Tony. – Ou o nome de solteira?

– Não, mas dona Camila...

E parou com sua própria frase.

– Oh, meu Deus! Eu não havia entendido... Camila Álvares...

– Suponhamos que Jen ou Linda tenha descoberto sobre seu padrasto quando da autópsia – disse o dr. Mendes. – Isso seria um incentivo para ela, por assim dizer, ir atrás do passado e descobrir a verdade sobre seu pai biológico. Ela pode ter adotado Eric para compensar ter falhado com o pai. Complexo de culpa e de Electra ao mesmo tempo. Linda Álvares foi uma advogada criminal brilhante, pode assim ter reunido o dinheiro necessário para cuidar de Eric. Senhores, este caso acaba de se tornar mais profundo ainda. Parece que vocês acharam uma suspeita valiosa com acesso irrestrito ao laboratório e que poderia ter feito tudo o que vocês suspeitam. O que é necessário, agora, é usar suas artimanhas tecnológicas para ligar Jennifer ou Linda, como quiserem, ao suspeito de ser o assassino de Methers.

– O que diz sua intuição? – perguntou Nelson.

O psicólogo levantou-se da cadeira e deu alguns passos na sala. Parecia a ponto de revelar o assassino no melhor estilo Agatha Christie. Porém, quando se aproximou de novo da mesa, encarou os presentes de maneira firme:

– Charles Dexter Jackson e Kenny Wravel querem tomar conta da Phoenix Missouri. Para isso, precisam se livrar de Craig Methers. Se Linda Álvares ou Jennifer Perez é realmente o caso de Jackson, precisamos provar. Isso daria a ela um meio para conseguir vingar a morte do pai biológico que ela, por motivos que desconheço, passou a idolatrar quando encontrou seu meio-irmão que, por sua vez, parece ser apenas um instrumento em suas mãos. Acredito que Eric Kalfatin tenha matado Methers, mas agora sabemos que foi Linda quem matou Jeremy Meyers. Provavelmente foi ela quem sumiu com a garrafa de formaldeído da geladeira. Suponho também que, como Jen está afastada, só pode ter sido Eric quem golpeou Tony na cabeça quando este estava vendo as fotos da Rose e de seus amigos. Não é?

A cena ainda estava meio nublada na memória de Tony, mas ele falou devagar:

– O rosto dela numa foto com dois CSAs da manhã... me lembrou a foto que foi dada para nós de Linda quando criança... e que está sendo envelhecida.

Herb parecia à beira do desespero.

– Meu Deus! Isso tudo tem de ser um pesadelo!

O dr. Mendes aproximou-se de Herb.

– Mas não é, Herbert. Mente analítica: nada deve ser descartado. Uma investigação criminal pode e deve usar todos os recursos tecnológicos à sua disposição, mas jamais podemos desconsiderar o elemento humano, que não é passível de ser catalogado.

O comissário levantou-se e assumiu o controle:

– Acho que estamos muito tensos pelo que podemos descobrir com o depoimento de Allman. Pedirei para que um destacamento monte guarda perto do local onde Kenny Wravel está e um outro para que vigie o hotel onde Allman e os outros componentes da banda estão. Quero garantir que esse Eric Kalfatin não ataque mais ninguém.

– E por que o senhor acha que ele vai atacar de novo? – perguntou Tony.

Todos olharam para o comissário.

– Intuição – respondeu. – Para mim, Eric está claramente pedindo para ser detido. Se Jen é mesmo Linda Álvares e o está controlando, não é para menos que ele está querendo ser descoberto.

– Mas como o senhor sabe que ele quer ser descoberto? – perguntou Nelson.

O comissário tirou do bolso uma folha de sulfite e a entregou para Nelson.

– Eu ia mesmo mostrar a vocês. Recebi este e-mail anônimo hoje de tarde.

Nelson leu em voz alta:

> *O cerco se fecha e não vou deixar que a banda vá em frente sem um Kalfatin. Quem quer que esteja no meu lugar, vai pagar com a vida até o fim de amanhã.*

Allman voltou com o oficial Henessy e os outros saíram da sala para voltar para a sala contígua. O resto do depoimento do músico foi apenas sobre amenidades e particularidades das vidas dos componentes da banda. O relógio marcava quase cinco da manhã quando uma viatura da polícia levou Allman embora.

– No momento, é melhor que todos nos recolhamos – falou o comissário. – Amanhã, temos de nos preparar para um possível conflito. Ele vai tentar matar alguém que ainda não sabemos quem é.

– A opção é óbvia – falou o dr. Mendes. – Minha intuição diz que, pela lógica da mente de Kalfatin, a vítima seria um guitarrista como Jeremy e Methers. Se partirmos do pressuposto de que ele terá o mesmo *modus operandi* dos outros dois, nosso homem estará com uma seringa cheia de formaldeído pronto para atacar Larry Agnaught, que, segundo nossos CSAs aqui, já foi visto em público na companhia de Kenny Wravel, que já admitiu ser ele o escolhido para substituir Methers.

– Precisamos nos separar – disse Herb. – Assim poderemos cobrir melhor o terreno. Chefe Nelson, gostaria que você e o comissário fossem até o Delta Lounge, onde haverá um festival de *jams* para escolha de músicos que representarão a cidade no Eric Clapton's Crossroads Guitar Festival, que começa daqui a dois meses e que será sediado, neste ano, em Little Rock. Kenny deverá ir com Larry, pelo que ele mesmo me disse em conversa hoje no começo da tarde. Tony e eu vamos verificar a casa de Jen em busca de evidências que provem ser ela Linda Álvares. Doutor, gostaria que o senhor ficasse à disposição amanhã também.

– Claro, sem problemas. Onde eu espero?

– No laboratório. Mais precisamente, no setor de RH. Temos de achar quem é Eric Kalfatin antes que seja tarde demais...

– E quanto a Jen? – perguntou Tony.

Herb encarou-o com um rosto de pedra.

– Isso é comigo. E com o promotor.

# Capítulo 16
# Lógica forense

*Você fala sobre sua mulher, eu queria que visse a minha*
*Toda vez que começa a amar, ela traz a visão para os cegos.*

Trecho de "Eyesight to The Blind", de Sonny Boy Williamson

O relógio de cabeceira tocou pontualmente às onze e meia da manhã. Tony, que sempre foi madrugador, não conseguia se adaptar ao mal-estar provocado por dormir tarde e acordar nesse horário. Demorava, pelo menos, meia hora até que o corpo funcionasse como devia e ele se acostumasse de novo com o mundo dos despertos. Depois de uns bons quinze minutos no banheiro com muita água no rosto, a sensação de areia nos olhos começou finalmente a desaparecer e sua mente recordou os fatos da noite anterior.

Havia se passado apenas um dia desde que Herb e ele descobriram a identidade da caveira encontrada, foram ao museu do blues, Tony havia levado uma pancada na cabeça por causa das fotos de Rose e, para coroar a noite, recebera as revelações de mais um componente da Phoenix Missouri, o baterista Walter Alltman. "O caso transcorre mais depressa do que corrida de Fórmula 1", pensou, enquanto se vestia e esperava o rompante de sua tia Donna, preparando-se para ir à faculdade onde lecionava.

Desta vez, encontrou-a na sala de jantar, debruçada na enorme mesa de mogno, corrigindo o que parecia uma tonelada de papéis. Eram os projetos de conclusão do curso de línguas latinas, que ela ministrava, e no qual ela cometera o erro de aceitar ser supervisora de pelo menos dez grupos. Agora tinha tanto papel para ler que não sabia bem por onde começar.

– Muito trabalho, tia? – perguntou ele em português.

– Demais! – respondeu ela, com sotaque lusitano cada vez mais acentuado, mas fluente. – Resolvi que era melhor corrigir os trabalhos em casa. A faculdade é muito agitada e preciso de paz e sossego. Como não tenho aulas muito importantes hoje, resolvi cancelar tudo para ver se me livro desses papéis!

Tony puxou uma cadeira e sentou-se ao lado dela. Pôs as mãos na cabeça e suspirou fundo.

– Tenso? – perguntou Donna.

– Demais. Esse caso está exigindo muito de nós todos.

– Eu sei, seu tio me contou os detalhes. E posso adiantar que ele está muito contente tanto com o seu desempenho quanto com o do seu parceiro.

– Mas isso não significa muito. Suspeitamos que uma CSA tenha dupla identidade e que seja, na verdade, irmã do assassino.

– Jennifer Perez? Não me surpreenderia. Ela sempre me passou uma impressão ruim. O trauma pela morte do pai, o ar melindroso que ela passa...

– Mas ela sempre foi bem respeitada no meio. Até quando nos conhecemos na Academia, numa de suas palestras.

Donna olhou o sobrinho com atenção, tirou os óculos de leitura e disse:

– E se eu lhe dissesse que ela passou um tempo como suspeita do sumiço do pai?

Tony sentiu o chão sumir debaixo de sua cadeira.

– Não duvido. Fofocas existem sempre. Mas houve alguma evidência sobre isso?

– Não, nada que justificasse uma investigação. Porém, todos falavam sobre isso. O sumiço de Marcus Perez sempre foi estranho.

– O homem era um viciado...

– Pode ser. Mas desde aquela época imaginava-se que Perez fosse mesmo um pai adotivo. Camila ficou pouco tempo na cidade antes de voltar para a Europa, mas sempre deixou claro que queria que a filha vivesse a vida dela como quisesse e que não se prendesse a ela.

– Então a mãe de Jen era mesmo Camila Álvares?

– Não sei o nome verdadeiro dela. Só a conhecia porque frequentávamos o mesmo clube esportivo, quando eu ainda praticava natação. O pai, ou melhor, padrasto, frequentou muito nossa casa com ela. Mas eram mais próximos do chefe Nelson.

– Que a acolheu como CSA.

– Se for provada a culpa dela, com certeza isso significará a queda de Nelson do comando do Laboratório. O que será bem-feito, pois ele sempre cobiçou mesmo o cargo de seu tio.

Tony suspirou e olhou para o vazio.

– Temos uma coisa na investigação forense que é importante nessas horas – explicou, – tão importante que apareceu em vários episódios de *CSI.* Gil Grissom falava sempre: "temos de provar a teoria com as evidências apresentadas, mas não podemos fazer que as evidências se encaixem na teoria". Uma questão de lógica, eu diria. Temos muitas circunstâncias suspeitas que nos levam a crer na culpa de Jennifer, Linda, sei lá qual o verdadeiro nome dela. Mas, até agora, não temos nenhuma prova concreta de que ela é mesmo a criminosa.

– E a foto que vocês trouxeram do Museu?

– Está em processo de envelhecimento no Laboratório. Verei os resultados hoje.

A campainha do apartamento tocou e Donna levantou-se para atender a porta. Tony dirigiu-se para a cozinha a fim de preparar algo para comer. Estava começando a espremer algumas laranjas para fazer suco quando Herb surgiu na porta, seguido por sua tia.

– Olá, parceiro! – disse em inglês. – Pronto para a bomba do dia?

– Mas eu ainda nem tomei meu café!

Donna retirou as laranjas das mãos de Tony.

– É melhor você ir – disse, em português. – Pode deixar que eu preparo.

Tony olhou para Herb e viu seu nervosismo com uma nitidez assustadora. Deixou as coisas com a tia e os dois dirigiram-se para a sala de estar. Sentaram-se no luxuoso sofá de couro de seu tio Colin, com os olhos de Tony fixos na pasta de papelão que Herb tinha embaixo do braço.

– Acho que temos uma evidência forte contra Jen... Linda – disse Herb, puxando a foto envelhecida de Linda Álvares.

Os traços batiam quase fielmente com os de Jen.

– Linda Álvares foi advogada criminal por cinco anos – explicou Herb. – O relatório foi entregue na minha casa hoje às nove da manhã. Fiquei tão agitado que não consegui dormir mais e fiquei só lendo.

Tony retirou o relatório e começou a lê-lo. Linda foi incentivada pela mãe a seguir uma carreira universitária. Quando se formou com destaque em Princeton, exerceu papel de advogada promotora em pelo menos três cidades diferentes. Era considerada a "dama de ferro" da advocacia. Em quinze casos, perdeu apenas um. Sua mãe casara-se com Marcus Perez havia doze anos e foi quando ele desapareceu de casa e deixou-a na pior que Linda, já independente financeiramente, resolveu bancar a vida da mãe, que não aceitou a situação por muito tempo e logo voltou para Figueira da Foz, região leste de Portugal. Até então, ela ainda exercia a carreira. Foi somente quando a mãe foi embora, há seis anos, que ela resolveu se retirar do meio da advocacia. Mãe e filha não se falaram mais até a morte de Camila, há dois anos, vítima de úlcera nervosa. E desde então ninguém mais ouviu falar de Linda.

– O casamento de Camila Álvares com Marcus Perez prova que Jen e Linda são a mesma pessoa – explicou Herb. – Ela simplesmente escondeu isso de todo mundo, inclusive de mim!

Donna voltou com alguns ovos e fatias de presunto para Tony e sucos de laranja para ele e Herb. Resolveu deixá-los discutindo o caso e voltou para a sala de jantar e para seus trabalhos.

– Não se deixe levar nessa hora – disse Tony, enquanto comia. – Precisamos ver tudo com detalhes. Temos uma ideia de por que Linda quis mudar de nome?

– O dr. Mendes acha que foi para se desvencilhar da associação antiga com uma mãe que não dizia quem foi seu pai. Seu prontuário médico sobre Jen tem anotações a esse respeito. Não sobre a troca de nome, mas sobre a vontade dela de conhecer o pai que nunca soube quem era. Parece que ela contratou detetives para localizá-lo.

– Mas Kalfatin já estava morto, não é?

– Aparentemente sim. Tinha acabado de morrer. Seu tio conseguiu localizar um dos detetives particulares dela. Ela se tornou obcecada pelo pai desde que descobriu que Perez e ela não eram parentes, depois de um exame que ela mesma fez de DNA, quando trabalhou com o cadáver dele. E então foi conhecer a família do pai biológico.

– Deixe-me adivinhar: pela lógica ela deve ter encontrado Eric num momento vulnerável...

– Exatamente! Ele também perdera a mãe recentemente, quase na mesma época que ela. Isso aproximou os dois. O detetive confessou que achou Eric meio... como dizer...

– Pinel? – perguntou Tony.

– O rapaz não sabia o que fazer da vida. Eric viu o pai ser assassinado pela gangue.

– O que deve tê-lo perturbado.

– Pior: Eric estava mesmo sem rumo na vida. Parece que ela resolveu compensar a dor por não ter conhecido Kalfatin cuidando de Eric. Usou parte do dinheiro ganho como advogada para dar uma instrução ao rapaz. Mas o tempo passou e ela viu que Eric mantinha sua obsessão pelo pai. Foi quando soube do envolvimento dele com Methers e do golpe que este aplicara para ficar com as canções da primeira parceria deles. Os dois passaram a culpar Methers pela desgraça de Kalfatin.

Tony acabou de comer e ficou quieto por algum tempo.

– Hum... Parece mais a história do assassinato de Agamêmnon. Linda seria Elektra e Eric, Orestes.

– Só que a vingança foi contra Methers e não contra as mães.

– Temos apenas que descobrir quem é Eric.

– Seu tio está levantando as despesas de Jennifer para saber.

– Mas onde entra o formaldeído nessa história?

Herb mostrou-se indefeso com a pergunta.

– Confesso que não faço a mínima ideia.

– Ninguém ainda foi até a casa de Jen, não é?

Herb confirmou com a cabeça. Tony levantou-se e disse:

– Estamos um pouco adiantados em relação ao horário de ontem. Preciso confirmar uma suspeita. Você está de carro?

– Claro!

– Então deixe-o aqui. Vamos pegar o ônibus para o laboratório.

Herb estranhou a lógica das ações de Tony.

– O ônibus passa perto da casa de Jennifer. Acho que devemos fazer uma visita a ela.

– Extraoficial? Seu tio não gostaria que fizéssemos nada assim com implicações legais.

– E não vamos. Até agora não falamos com ela. Vamos fazer uma visita e ficar um tempo de tocaia. Creio que veremos coisas interessantes por lá.

Herb guardou de novo a foto e olhou para Tony.

– Não vai me dizer o que é?

– Não tenho certeza. Mas pode ser uma pista. Lógica forense pode ser mais útil em algumas circunstâncias do que as próprias evidências.

– Você está parecendo o nosso Hannibal, o Bom falando...

Tony foi até seu quarto e se trocou. Ambos despediram-se de Donna e saí-ram para o ponto do ônibus. Quinze minutos depois, estavam a caminho da casa de Jen. O dia estava claro, mas já se fazia nublado. Um vento frequente agitava as folhas das árvores e enchia as ruas com folhas secas.

– Quem você espera encontrar por lá? – perguntou Herb, curioso.

Tony sorriu misterioso.

– Lógica, meu caro, lógica. Ele pode estar bem debaixo de nossos narizes e não nos convencemos disso até agora.

O ônibus parou próximo do local onde, no dia anterior, Tony encontrara-se com o "*nerd* dos insetos". Ele e Herb desceram e caminharam três quarteirões até a moradia de Jennifer, uma casa pré-fabricada rodeada de um jardim com muitas flores e uma macieira. Herb abriu o portão de madeira e ambos atravessaram o gramado em direção à porta da frente. Tocaram a campainha e aguardaram.

Passos apressados corriam para longe. Tony olhou para a porta e depois para Herb. O trinco girou e Jen apareceu na fresta aberta:

– Ora, se não são meus parceiros... ou melhor, ex-parceiros. Entrem. Vieram finalmente me visitar ou vieram me reintegrar?

– Uma coisa de cada vez – respondeu Tony com o ar mais despreocupado possível. Beijou Jen e ficou de lado, observando o ambiente. Herb entrou, mas não conseguiu beijar a ex-esposa.

– Ora, vamos, eu não mordo! – disse Jen, divertida. E beijou Herb na testa. – Venham, vamos para a sala.

O cheiro de madeira era forte e Tony procurava nos móveis em estilo colonial qualquer sinal de que ela estava com visitas. "Aqueles passos eram de alguém indo se esconder", pensou, mas não disse nada. Na sala, o primeiro choque: pôsteres e quadros de vários nomes do blues, como Muddy Waters e Willie Dixon.

– Não sabia de seu interesse pelo blues – disse Tony, sem tirar os olhos dos móveis.

– Ah, sempre gostei. Tenho fortes relações com o ritmo. E sua tristeza é algo que me atinge em cheio.

Herb encarou a parede e, de repente, cortou a respiração, na surpresa. Lá estava um pôster da Phoenix Missouri com o retrato de Craig Methers bem visível.

– Você já ouviu o trabalho de nossa vítima? – perguntou Herb.

– Na verdade, tenho um CD de MP3 com faixas da banda – explicou Jen. – Querem ouvir?

Tony achou a oportunidade interessante, pois não ouvira nada de Methers até aquele momento. Jen ligou o som e inseriu o CD. Os acordes da primeira canção, "I Don't Belong To You", começaram fortes e diretos.

– Essa é a minha preferida. É uma composição de Methers de 1959. Bastante sensível...

A letra dizia:

*When you're at my side*
*I don't fear anybody*
*But if I could tell you this*
*I would say I love you even more*

– Você parece conhecer bem a canção – comentou Tony.

– É uma das que Methers fez anos antes com um parceiro europeu.

Herb levantou-se e aproximou-se de uma estante onde havia vários livros. A maioria dos títulos era de direito criminal.

– É realmente muito bonita – disse Tony.

– Composta com a alma – comentou Jen. – Isso é o que mais me atrai no blues.

– Jen, como foi que você foi parar no Mississippi na noite da morte de Methers?

Jen olhou intrigada para Tony.

– Recebi a missão do chefe Nelson, como sempre.

Herb virou-se para ela.

– Ele diz que havia requisitado para o laboratório que alguém fosse se encontrar com ele no clube, mas não especificou bem quem.

– Nelson sempre foi atrapalhado. Mas nunca organizado. Estava por perto e resolvi ir até lá.

Tony aproximou-se de Jen e olhou-a bem nos olhos.

– Jen, sabemos que você tem um caso com Charles Dexter Jackson. Ele contou tudo.

Herb sabia que Tony estava blefando, mas uma confissão de Jackson era coisa fácil de conseguir. Jen não reagiu violentamente, em vez disso continuou olhando para o tocador de CD, sem encarar Tony.

– Bem, se vocês sabem...

– Você estava com ele naquela noite. Provavelmente namorando às escondidas, em algum lugar próximo aos alçapões usados pelos antigos escravos que encontramos no terreno próximo do clube. O que é que vocês esperavam?

– Nada. Apenas não queríamos que nos vissem.

– Por quê? Por serem de cores diferentes?

– Nada disso...

– Ou para dar acesso ao local para outra pessoa? Para esconder de Jackson o que estava acontecendo dentro do Mississippi?

Jen aproximou-se de Tony e encarou-o nervosa.

– Está me acusando de algo?

– Apenas sondando.

– Se não quiser que eu chame meu advogado para processá-lo por difamação, é melhor se conter. Você ainda está no seu primeiro caso e não tem evidências contra mim.

Herb sentiu uma comichão na boca e a vontade de falar sobre as células epiteliais encontradas em Jeremy Meyers estava quase o dominando. Mas se conteve e deixou a cena prosseguir.

– Então você admite que tinha mesmo um caso com Jackson? – conti-nuou Tony.

– Sim, admito. Tenho um rádio no meu carro e escutei por ele o que tinha acontecido. Eu já estava nas redondezas e foi só uma questão de me apresentar por lá.

– Jackson queria apenas se certificar de que Methers saísse mesmo da banda para que ele pudesse se apossar dela, não é? Mas Wravel quase estragou tudo quando contratou alguém para assustar Methers.

– Uma reação idiota. Sim, eu sabia disso e fui a primeira a dizer a ele o quanto havia sido imbecil. E depois, para encobrir esse fato, inventou a história de que alguém queria se tornar Robert Johnson. Que idiota sem imaginação...

– Você escondeu fatos! – acusou Herb, já impaciente. – Começou uma investigação com Tony sem dizer claramente o que sabia! Isso é quebra de protocolo de confiança!

Jen deu de ombros.

– Tinha meus motivos...

– Ah, aposto que sim! – disse Herb, mais acusador ainda.

Tony aproximou-se de Jen e a encarou.

– Você estava protegendo alguém. Já sabemos muito mais do que você pensa. É apenas uma questão de tempo para que consigamos pegá-lo. E você devia ser esperta, pois pode perder seu cargo de CSA.

Jen deu de ombros.

– Uma vida pode ser reconstruída.

Herb estava espantado com a ousadia daquela mulher. Observava Tony, que usava de lógica para tentar preencher os buracos, como disse o dr. Mendes. “O que a psicologia não explica, a lógica pode completar”, disse o psicólogo.

– Uma vida em constante mutação perde seu senso de identidade – disse Tony. – E, se você sabe o que é melhor para você, deveria pensar em dizer tudo o que sabe antes que o peguemos pelos meios legais. E então ninguém poderá salvá-lo, nem mesmos seus conhecimentos de direito criminal.

Jen não encarava nenhum dos dois. Olhava para o chão e estava parada enquanto o CD com a voz de Craig Methers continuava.

– Meu destino sou eu quem decide – falou. – Agora, se me derem licença, eu tenho o que fazer.

Herb fez um sinal para Tony, que o seguiu até que ambos fecharam a porta da casa de Jen e foram para o outro lado da rua, onde se esconderam atrás de uma enorme cerca viva, em uma casa vazia.

– Aquilo foi uma conversa? – perguntou Herb. – Parecia mais um confronto.

– O confronto ainda está por vir. Eric Kalfatin está muito mais próximo de nós do que imaginamos. Você ouviu os passos que corriam quando tocamos a campainha?

– Desvantagem de uma casa pré-fabricada. Qualquer barulho interior é ouvido do lado de fora.

– Aposto o que você quiser como Jen não estava sozinha. O pôster da Phoenix Missouri na parede e o CD de MP3 são evidências de que ela conhecia a banda. E ela confessou seu envolvimento com Jackson.

– Você acha mesmo que ela queria distrair Jackson na noite da morte de Methers?

– Lógica forense, meu caro. Na noite da morte de Werner Hopkins, quando persegui o suspeito, tropecei num antigo alçapão de escravos. Voltei lá pouco depois e encontrei marcas de sapatos. Tirei moldes rápidos e os guardei, embora não tenha listado como evidência colhida. Era apenas um palpite que queria seguir e guardei para acrescentar como evidência mais tarde. Os moldes retornaram dois pares de pegadas, um masculino e um feminino. Meu tio levantou que o sapato de Jackson batia com o molde. Suponho que o outro seja de Jen. Isso é fácil de ser corroborado mais tarde, quando tivermos um mandado para revistar a casa dela.

– Você é mesmo maluco. Onde já se viu colher evidências e não listá-las oficialmente?

– Na hora não me pareceu terem muita pertinência. Quando meu tio me retornou o resultado e contou sobre o par de mocassins que Jackson usava como "sapatos da sorte" toda vez que um grupo de blues importante se apresentava no Mississippi é que liguei as coisas. Foi um ás na manga, um trunfo secreto. Pela lógica forense podiam pertencer a alguém relacionado, não necessariamente ao assassino.

– Então me diga, sr. Spock, o que é que os dois faziam lá?

– Provavelmente ele mostrava o esconderijo para ela por curiosidade. Não havia evidências de esconderijos de nada mais importante. Mas suponho que a ossada de Lars Kalfatin tenha ficado lá por algum tempo.

– Ou ele poderia fazer algum tipo de chantagem com ela por ter descoberto a ossada. Essa história do cão que descobriu o fêmur e o crânio não me convenceu muito.

– Pode ser...

Herb olhou no relógio. Eram duas e meia da tarde e o tempo fechara perigosamente.

– Lá vem mais água...

Tony olhou para cima. "É, faz sentido. Começamos com água, terminamos com água..."

De repente, a porta da casa de Jen se abriu e os dois CSAs ficaram pasmos ao ver quem saía de lá.

– Mas... é... – gaguejou Herb.

– Sim, acredito que é ele mesmo. Exatamente quem eu imaginava. Eis que surge nosso homem, Eric Kalfatin.

Os dois observaram o suspeito espiando para os lados com cuidado até que se dirigiu para o ponto de ônibus. O caso mudava de figura. Agora sabiam quem era Eric dentro do laboratório. Só precisavam provar a ligação entre ele e Jen. E isso era um caso para o DNA. Mas como conseguir uma amostra do suspeito sem despertar a curiosidade dele?

# Capítulo 17
# Banco de dados

*Sou o homem da porta dos fundos*
*Os homens não sabem*
*Mas a garotinha entende.*

Trecho de "Back Door Man", de Willie Dixon

O Delta Lounge estava ainda mais lotado do que nos outros dias. Isso porque, com o Mississippi ainda interditado pela polícia, algumas apresentações de músicos que concorrem à oportunidade de integrar a banda local para representar Little Rock no Eric Clapton's Crossroads Guitar Festival foram transferidas para o clube, que transbordava de pessoas.

– Essa multidão pode provocar algum acidente – comentou o comissário Wojak, que estava acompanhado do chefe Nelson.

– Desde que não morra mais alguém... – completou Nelson, já se sentindo derrotado e expulso do cargo de administrador do Laboratório. Mas esse era um assunto sobre o qual nenhum dos dois queria ou iria falar a respeito.

Estavam esquematizadas pelo menos doze apresentações de quinze minutos cada no palco do Delta Lounge. Cada um iria acompanhar uma música fazendo um solo de guitarra que deveria ter características de blues. Um grupo de sete jurados, escolhidos entre os músicos mais proeminentes da cidade, estava atento aos detalhes de execução de cada candidato. Nelson e Colin estavam perto do palco, na entrada dos camarins, e observavam a multidão com atenção.

– Conseguiu localizar Kenny Wravel? – perguntou Nelson.

– Sim, está com Larry Agnaught no camarim. Ele deve ser o candidato número sete, pela ordem.

Tony e Herb chegaram espremidos até onde o comissário e o policial cientista estavam. Herb falava ao celular e trazia um envelope do laboratório consigo.

– Está tudo bem por aqui? – perguntou Tony.

– Sim, calmo na medida do possível – confirmou seu tio.

– E então, descobriram algo? – perguntou Nelson, ansioso.

Tony confirmou com a cabeça.

– Ela admitiu ter mesmo um caso com Charles Dexter Jackson e que escondeu fatos na hora da investigação. Tinha um pôster da banda de Methers na parede e um CD de MP3 com as gravações.

– O que vocês conseguiram? – perguntou o comissário.

– Eu a distraí tempo o suficiente para Herb apanhar o CD sem que ela visse. A caminho daqui o deixamos na Vestígios para análise. Eles iriam procurar as impressões nos principais bancos existentes, do ViCAP ao CODIS. Acho que devem ser eles falando com Herb.

Herb desligou o celular e encarou os chefes.

– Senhores, temos uma confirmação positiva das digitais do CD. O AFIS nos enviou a resposta definitiva. O dr. Mendes já está no RH do Laboratório com os dados para encontrar a ficha de Eric Kalfatin.

– E quem é ele? – perguntou Nelson.

Herb ia responder quando uma das apresentações terminou e uma chuva de aplausos abafou qualquer ruído que pudessem produzir. O próximo candidato foi anunciado e o comissário checou a lista que possuía, de uso dos jurados:

– Larry Agnaught é o próximo. Não temos muito tempo. Venham, vamos até o camarim onde ele está.

Os quatro percorreram alguns corredores e chegaram até a porta entreaberta. Lá dentro Kenny Wravel e Larry Agnaught assustaram-se com a chegada deles, que mais parecia uma batida policial.

– Ei, não sabem bater? – reclamou Kenny.

– Não, não sabemos – começou Herb, aproximando-se dele. – E é bom esquecer sua pretensão de entrar no palco com seu protegido. Agora você vai conversar conosco e terminar esse jogo sujo que você e Jackson começaram.

Todos olharam para Herb, que parecia mais o chefe do laboratório do que um CSA. Ele estendeu o envelope e disse, bem sério:

– Há algo aqui que prova seu envolvimento.

Kenny encarou o CSA com cuidado e, sem tirar os olhos dele, falou:

– Larry, é melhor você aguardar lá fora junto ao palco. Avise que não vou fazer os vocais. Peça para alguém entrar em meu lugar.

Larry pegou sua guitarra e saiu sem entender nada. O comissário foi com ele para garantir que não seria prejudicado com a ação dos policiais. Tony fechou a porta e Kenny sentou-se na cadeira em que estava ajudando o protegido a se preparar.

– Pois bem, senhores, sou todo ouvidos.

Herb abriu o envelope e mostrou o CD de Jen.

– Reconhece?

Kenny empalideceu.

– Não me venha com desculpas – continuou Herb. – Este é o CD com as músicas de Craig Methers que você deu para Jennifer Perez no dia em que ela apareceu no Mississippi da outra vez em que vocês estiveram na cidade. O problema é que este CD não deveria ser dado, pois continha o material no qual Methers estava trabalhando e que seria a base do álbum que ele lançaria pela Atlantic Records. As digitais no CD, aliás um péssimo hábito, pois prejudica e muito a qualidade das gravações, retornaram como sendo de Methers, de Jen e suas. Confirmamos com seu amigo Walter Allman e ele reconheceu que você, Jackson e ela começaram tramando a derrocada de Methers. Deviam tomar cuidado antes de discutir assassinato na frente de gente que não tem nada que ver com o plano. Cada um com seu próprio interesse: Jackson queria a banda, ela, um acesso ao futuro morto e você, alguém que o apoiasse para assumir o controle da banda. Pensou que, caso se livrasse do CD, ninguém notaria que o material solo de Methers havia sumido e você poderia lançá-lo como material próprio após a morte do músico e o fim das investigações.

Tony encarava o confronto. Continuou a explicação.

– Mas isso não era o suficiente. Você teve de entrar na banda porque Methers o acolhera após alguns deslizes anteriores como desvio de dinheiro em empresas onde você tentou trabalhar. Mas o sangue falou mais alto, não é?

Kenny olhava cada vez mais apavorado para os agentes. Nelson estava bestificado com a rapidez da eficiência dos dois em encarar um suspeito, ou melhor, um cúmplice.

– O CODIS retornou um dado interessante sobre alguns dos fios de cabelo que estavam na amostra colhida por Werner Hopkins – continuou Tony. – Era você quem encobria os atos de Eric Kalfatin na noite da morte de Methers. Foi você quem veio com a ideia de distraí-lo com comida e bebida. O toque dos comprimidos antidepressão, para deixá-lo grogue e lembrar-se de Lars Kalfatin ao mesmo tempo, provavelmente foi ideia de Eric. Alguns dos fios de cabelo apanhados por Hopkins no palco eram seus. Por isso, o CODIS já tinha seu DNA cadastrado. Foi você quem ajudou ele a levantar o corpo de Methers e conduziu-o para escondê-lo no camarim após a falsa chegada do pessoal da limpeza. Como não era ninguém, o tempo até a chegada real dos limpadores foi o suficiente para ajudá-lo na limpeza do palco. Eric tomou o cuidado de usar luvas, mas você não teve o mesmo cuidado. Suas digitais estavam até na guitarra de Methers.

Kenny suspirou e fechou os olhos. Não conseguia encarar os três homens.

– Mas qual o motivo? – perguntou Nelson.

– Nosso amigo Wravel, aqui, queria a banda a todo custo. Era sua herança, não é? – perguntou Tony; Kenny balançou a cabeça afirmativamente. – Os cabelos dele foram comparados no CODIS e em alguns microscópios com cabelos do corpo de Methers. Nove alelos em comum. São pai e filho.

Kenny pareceu o mais sereno possível. Depois uma sombra de ressentimento passou por seu semblante.

– Filho bastardo, você quer dizer. Ele me acolheu quando minha mãe, que havia sido sua secretária, morreu de pneumonia no final da década de 1960. Tinha quinze anos e ele me tirou de um retiro para adolescentes do estado do Mississippi. Mesmo quando tive os problemas que vocês descobriram, ele me protegeu. Não deixou que faltasse grana – explicou Kenny. – Eu sabia de seu passado de trapaceiro e vigarista e do golpe que ele havia dado em Kalfatin. Mas só interessava a ele provar que podia ser famoso como o ex-parceiro, senão mais. Se ele queria partir para a carreira solo e levar consigo as músicas e o dinheiro, tudo bem, mas que pelo menos me deixasse com a banda. Mas nem isso ele queria. Jackson se ofereceu para me ajudar financeiramente, desde que a banda passasse a ser patrocinada e agenciada por ele. Eu aceitei. Quando a tal Jennifer me deu os detalhes do que iria acontecer, eu achei bem natural. Não tinha mesmo nada a perder. A banda seria minha, as músicas dariam *royalties* para mim e teria minha vida feita. Naquela altura, ele nem mesmo se importava mais com o meu destino. E eu cansei de ser o filho bastardo de Craig Methers.

– O problema maior é que vocês não imaginavam qual seria o verdadeiro interesse de Linda Álvares/Jennifer Perez no assunto, não é? – perguntou Herb. – Apenas aceitaram por questões pessoais. Ela sempre foi charmosa e convincente com vocês e usou todo o seu poder de persuasão como ex-promotora e advogada criminalista. Usou vocês da mesma maneira como usou Eric Kalfatin para fazer seu jogo sujo.

O comissário voltou acompanhado de um policial e de Jackson, que já estava com algemas.

– Não bastou ameaçá-lo ou inventar a ridícula história sobre Robert Johnson para nos despistar – continuou Tony. – Vocês tinham mesmo de envolver uma bela e sedutora mulher na história. Só que ela os transformou em cúmplices de assassinato!

Jackson não levantava a cabeça. Kenny o olhou e disse:

– Eu disse para ele muitas vezes que ela e o irmão pareciam tomados de desejo de vingança ou algo assim. Uma advogada criminal que agora era CSA não podia mesmo fazer nada de errado com a lei, não é? Mas a coisa era mais sinistra. O tal Eric até veio mostrar um dia em que ela não estava por perto o fêmur do pai. Achei de mau gosto. Mas Jackson não me ouviu. Estava tomado de paixão cega por ela.

– Você concordou em matar seu próprio pai, seu cínico! – acusou Jackson. – Depois que soube do envolvimento dele com Kalfatin até comprei o Prozac para vocês usarem.

– E separou um pouco de seu uísque predileto, que era também o de Methers, numa garrafa de prata que era, na verdade, sua – completou Herb. – Mas se esqueceu de tirar suas digitais, que constavam do AFIS e do ViCAP. Foi fácil rastrear a compra da garrafa com cartão de crédito. O ViCAP, aliás, acusou que você era procurado por um assassinato anterior em Oklahoma e o FBI tem até o seu retrato falado.

– Isso foi há mais de quinze anos! – disse Jackson. – E foi um acidente!

– Acidente? Diga isso à família da mulher que você matou a facadas e de quem conseguiu o dinheiro para comprar os dois clubes aqui em Little Rock! – disse Tony. – Assim, você será julgado pela morte da socialite Agnes Mildred, sua namorada morta, cujo caso já foi reaberto e as evidências serão analisadas pelos laboratórios daqui e de lá.

– E agora soma-se a isso uma acusação de conspiração para assassinato – completou o comissário. – Não é bem o que eu chamo de um belo cenário!

– A apresentação do crânio e do fêmur nada mais foi que uma jogada de vocês dois para chamar a atenção para o verdadeiro assassino, Eric Kalfatin – continuou Tony. – A pedido de Linda/Jennifer, vocês promoveram a aproximação de Eric e Methers. Ele, com seu ar de grande astro, nem mesmo desconfiou estar com o assassino ao lado.

Kenny encarava os CSAs com ar sarcástico.

– Foi tudo culpa daquela garota! – disse ele. – E depois bastou pegar sua maleta de pozinhos e fingir que estava nas redondezas quando a chamada da polícia ecoou.

– E como vocês eram conhecidos do pessoal da limpeza, ninguém desconfiou que o assassino e seus cúmplices ainda estavam nas redondezas quando a polícia chegou – completou Herb. – Como fomos tolos!

O comissário fez um gesto para o policial, que prendeu Kenny Wravel e levou-o, com Jackson, pelos fundos até uma viatura policial. Quando partiram, Nelson finalmente falou:

– Eu estou acabado!

Colin Wojak estava com genuína pena dele, mas não falou nada. Herb abriu o envelope e entregou-lhe a foto de Linda Álvares, envelhecida por computador. Era a própria Jennifer, o que confirmava seu envolvimento.

– E a de Eric? – perguntou.

– Também está aqui. E foi ele que vimos sair da casa de Jennifer hoje à tarde, já vestido para a ocasião – e mostrou a foto.

Nelson estava completamente petrificado e surpreso.

– Ele... é Eric Kalfatin?

O comissário aproximou-se e também se surpreendeu:

– Ele esteve na delegacia várias vezes! Nós o consultamos em vários casos!

– Nunca disse que ele não é bom no que faz – explicou Herb. – Mas é ele o nosso homem! E Jennifer sabia disso o tempo todo!

– Metade do grupo já foi pego – explicou Tony. – O promotor vai adorar enquadrar esses dois com penas proporcionais. Jackson pegará no mínimo perpétua por aqui e por Oklahoma. Kenny deve pegar de oito a dez anos apenas por conspirar.

Nelson suava frio e não dizia nada.

– Vou pedir para Hennessy acompanhá-lo até sua casa – explicou o comissário. – É melhor você não estar por perto quando a coisa acabar por aqui.

– Eu estou acabado! – sussurrou Nelson. – Eram dois dos meus melhores operativos!

– Sinto muito, companheiro. Isso acontece.

O comissário chamou o policial pelo rádio, que veio e levou Nelson para a casa dele.

– Dificilmente ele continuará no comando do Laboratório – explicou Colin Wojak quando Nelson saiu. – O que deverá contentar muita gente que não gostava dele.

– Ele não terá mais a confiança do Estado para chefiar CSAs – completou Herb. – Não digo que adoro o cara, mas também nunca tive nada contra. Kimberly sempre reclamou dele, dizendo que era machista, coisa e tal, que nunca prestava atenção às necessidades do trabalho, mas nunca o encarei dessa forma.

Tony observava a cena calado. Sabia que Nelson iria cair, mas não conseguia sentir pena dele. "Pelo menos esse Conrad Ecklie teve o que estava reservado para ele", pensou.

– Pois bem, CSAs, o que faremos agora? – perguntou o comissário.

– É melhor o senhor espalhar seus homens por todo o salão próximo ao palco – explicou Tony. – Eric já deve estar aqui preparado para entrar em ação. Falta saber se fará isso aqui nos bastidores ou no palco, na frente dessa multidão.

– O dr. Mendes confirmou agora há pouco, comigo, que a ficha do nosso homem contém uma viagem feita à África central há dois anos e um convívio com os *khunlêle* – completou Herb.

– Com quem? – perguntou o comissário.

– Os *khunlêle*. Uma tribo de uma região montanhosa próxima do Congo que ainda pratica o canibalismo. Usam uma substância amarela viscosa natural para preservar órgãos internos, "os únicos dignos de serem apreciados", seguindo as tradições locais.

– O formaldeído? Aquele encontrado por Tony em Methers e em Jeremy?

– Na verdade, o formaldeído foi uma tentativa de reprodução em laboratório de uma substância trazida por Eric de lá. Como a tradição dessa tribo afirma que quem comer uma determinada parte do corpo adquire as propriedades dela, o nosso Hannibal, o Bom acha que Eric queria fazer um ritual para absorver a criatividade de sua vítima. No caso, ele queria absorver a criatividade de Methers por vingança por ser o responsável pela miséria em que Lars Kalfatin se viu envolvido.

– Formaldeídos são tóxicos – explicou Tony. – Mas há várias tribos na África que desenvolvem resistência natural do corpo a um determinado veneno ou substância tóxica com sua ingestão em pequenas quantidades. Suponho que Eric deva ter experimentado isso por lá e desenvolveu assim uma resistência que o permitiu bancar o canibal de cérebros em Methers. A presença da substância foi detectada nas amostras de cabelo colhidas por Hopkins.

O comissário checou o relógio.

– Ainda temos uns minutos antes de Larry entrar no palco. Vocês podem me explicar como foi que conseguiram esses resultados tão rápidos?

– Obra e graça de Tony – explicou Herb. – Tínhamos as evidências analisadas, mas não interpretadas. Ele e Kimberly cuidaram disso e foram incrivelmente eficientes para localizar os resultados de nossas evidências junto aos bancos de dados.

– Mas qual banco foi usado?

Tony sorriu porque sabia que, por mais que seu tio tentasse ser atualizado, ele ainda se atrapalhava com os vários bancos de dados utilizados nas investigações criminais.

– Todos eles, tio. O problema era saber qual usar. O AFIS (*Automated Fingerprint Identification System*) foi instalado pela primeira vez em 1989 pela Missouri State Highway Patrol, que o usava para aprimorar a eficiência da identificação criminal do processamento de digitais. O sistema havia sido adquirido em 1988 da empresa Sagem Morpho, Inc., localizada na cidade de Tacoma, Washington, especializada em sistemas de comparação digital. O sistema nada mais é do que um comparador visual de imagens e armazenador de padrões de digitais. Começou com um banco de dados inicial de 400 mil digitais e hoje contém cerca de um milhão e meio delas, mais umas 50 mil latentes, ou seja, incompletas e sem identificação. Depois que as imagens em alta definição são escaneadas e passam por uma pesquisa no sistema, os cartões que contêm as impressões originais são armazenados na Divisão de Registros Criminais de cada estado. Todos, juntos, formam o sistema.

Herb continuou a explicação:

– O CODIS (*Combined DNA Index System*) foi criado pelo FBI para conter exclusivamente material genético. Começou como um projeto piloto em 1990, servindo cartoze estados e laboratórios locais de DNA. O *software* é fornecido pelo Bureau, junto à instalação, suporte e treinamento para operação. Kimberly o fez e já se prontificou a treinar Tony em sua operação. Até dezembro de 1997, 47 estados já haviam aprovado leis que requeriam que presos condenados fornecessem amostras de DNA para o banco de dados. Esses estados, reunidos, colheram aproximadamente 450 mil amostras de DNA e analisaram cerca de 150 mil. Cerca de 90% da população norte-americana é coberta pelo estatuto de DNA. O sistema usa dois índices para gerar pistas investigativas em crimes nos quais haja alguma evidência forense de crimes violentos. O Convicted Offender Index contém perfis de DNA de pessoas condenadas por crimes violentos. O Forensic Index contém o DNA colhido em cenas de crime, como os recuperados de sêmen e de manchas de sangue. O CODIS usa um software que busca automaticamente nesses índices para comparar os DNAs investigados.

– O ViCAP (*Violent Crime Apprehension Program*) foi inspirado num policial de Los Angeles chamado Pierce Brooks – continuou Tony. – Ele foi designado para alguns casos de homicídio que indicavam que eram obra de alguém com um histórico de violência, então ele passou horas numa biblioteca procurando históricos antigos. E percebeu que, se a polícia fosse prender criminosos que atravessavam as fronteiras dos estados, um sistema com estas informações seria necessário. Em 1983, ele testemunhou perante o Congresso e como resultado foi estabelecido o Centro Nacional de Análises de Casos Violentos em Quântico, na Virgínia. O ViCAP tornou-se disponível no ano seguinte e Brooks tornou-se gerente de programação. O sistema coleta e analisa informações de departamentos de polícia sobre tentativas de homicídio e casos resolvidos e não resolvidos de todas as partes dos Estados Unidos. Ele também mantém dados sobre corpos não identificados nos quais infrações são suspeitas.

– O FBI oferece, na verdade, vários bancos de dados – concluiu Herb. – Mas o CODIS e o AFIS são os mais conhecidos. E há vários outros tão úteis quanto esses, como os de referências de armas, padrões de munição, explosivos, materiais e fibras, cigarros (usados para identificar pontas encontradas), padrões de máquinas de escrever, de copiadoras de escritório, de tintas de carros, de tipos de cabelos animais e humanos e de rastros de pneus.

O comissário Wojak sorriu. Sentia tanto orgulho do sobrinho que parecia que iria explodir, mas conteve seu entusiasmo em razão da presença de Herb na sala. Bem na hora, pois a apresentação estava terminando e, pouco depois, o apresentador chamava ao palco Larry Agnaught.

– É agora! – exclamou Tony. – Os outros estão posicionados?

O comissário consultou o rádio de contato e recebeu uma resposta afirmativa. Confirmou com a cabeça e Herb assumiu a dianteira:

– Então vamos em frente!

Os três saíram do camarim e dirigiram-se para a entrada do palco, mas não deixaram a região dos bastidores. Larry estava nervoso e olhava indagadoramente para o comissário:

– Cadê o Kenny?

– Ele não estará por perto, Larry – tranqüilizou-o o comissário. – Mas pode ir em frente, estaremos aqui te dando cobertura.

– Mas...

– Tudo em seu tempo, Larry – disse Tony. – Vá!

Larry respirou fundo e pisou no palco, sendo tremendamente ovacionado. Herb esticou a cabeça para frente em busca de onde Eric atacaria, mas havia holofotes demais sobre o palco.

– Droga! – exclamou. – Luz demais! Não consigo ver nada!

A música começou e Larry executou seus melhores solos sobre "Traveling Riverside Blues", de Robert Johnson. Quando estava para começar a cantar viu uma seringa com um líquido amarelo na mão de uma pessoa à beira do palco, na plateia.

– É ele! – gritou o comissário pelo rádio. – Ataquem! Agarrem-no!!

O comissário avançou pelo palco de arma em punho. Tony e Herb também já haviam sacado suas armas e Larry encolhia-se no palco enquanto Eric Kalfatin, vestido com réplicas de roupas de seu pai, subia no palco com grande agilidade e pulava em cima de Larry, derrubando-o no chão.

– Pare!! – gritou Tony, de arma em punho. – Você está preso, Eric Kalfatin, também conhecido como Bertrand Applegate!

– Acabou, Bert! – gritou Herb. – Fique parado ou eu atiro para matar!!

O *nerd* dos insetos dominou Larry com facilidade, ajoelhando-se em cima da vítima. Enquanto o segurava com os joelhos no peito dele, retirou um chapéu de aba branca que cobria seu rosto e olhou para o agente com interesse.

– Você deve ter mesmo muita imaginação! – gritou, tirando outra seringa do bolso. – Será que vale a pena me apropriar dela? Que tal vermos por nós mesmos?

Larry tentou dar um golpe com o braço da guitarra, mas Eric, ou melhor, Bert golpeou-lhe o rosto com o cotovelo e espetou-lhe a seringa na jugular com precisão cirúrgica. Na mesma hora um tiro ouviu-se no palco e o braço de Bert jorrou sangue ao mesmo tempo em que uma dor lacerante dominava-lhe o braço. Herb havia sacado sua 33 e disparado justamente numa junção do braço com o antebraço, na dobra do cotovelo.

Os paramédicos chegaram alguns minutos depois. Os policiais afastaram o mais que puderam a multidão tentando diminiur o pânico pelos tiros e o espetáculo macabro que se desenrolava no palco. O comissário Wojak coordenou rapidamente as retiradas de Larry e Bert, ambos inconscientes, um pela injeção recebida, o outro pela perda de sangue em virtude do tiro recebido. Tony e Herb seguiram com o comissário para o hospital, onde esperavam pelo pior para Larry.

# Capítulo 18
# DNA

*Quando você me ouvir gemer e suspirar,*
*você sabe que me dói por dentro.*
*Quando você me ouvir uivar, você sabe*
*que meu amor nunca morrerá.*

Trecho de "I Can't Quit You Baby", de Willie Dixon

A chuva começou pouco depois da meia-noite, quando a ambulância com os paramédicos parou em frente ao Hospital Central de Little Rock. O vai-e-vem dos médicos foi intenso e os ocupantes da ambulância hesitaram um pouco com medo de molhar os pacientes. Era uma chuva tão intensa quanto a que caíra na noite em que tudo começou e Tony teve a nítida sensação de ter voltado no tempo.

A maca com Larry Agnaught disparou a toda velocidade pelos corredores. O comissário Wojak comentara que não tinha muita certeza do que os médicos poderiam fazer com o paciente, já que o formaldeído já havia sido injetado. Tony pensou em várias alternativas para tentar salvar a vida de Larry, mas não se satisfez com nenhuma.

Já a maca com Bert, cujo braço estava enrolado em bandagens ensanguentadas, dirigiu-se para a sala de operações. O tiro de Herb tinha pegado em cheio a articulação e a perspectiva, pelo que o médico encarregado explicou, não era muito agradável. O tendão se rompera, explicava ele, mas havia uma chance de quase 100% de ele conseguir uma boa recuperação. Herb parecia extremamente despreocupado e não mostrava nenhum sinal de culpa. Tony não podia imaginar se era pela sensação do serviço cumprido ou por vingança contra ele e Jen por suas maquinações.

O tempo começou a demorar a passar à medida que o comissário e os CSAs esperavam por notícias dos pacientes.

– A coisa não pode acabar aqui! – repetia Herb, que andava de um lado para o outro. – Não pode!

– Acalme-se! – disse Colin Wojak. – Não vai. O pessoal desse hospital é muito competente e já trabalhou conosco em outras ocasiões. Além disso, se Larry morrer, será apenas mais um agravante para condenarmos Bert e a irmã dele.

Herb deu uma vacilada no passo quando ouviu a referência a Jen. Sentou-se numa das poltronas de couro da sala de espera e pôs as mãos na cabeça, em estado de desespero.

– Quer falar a respeito? – perguntou Tony, aproximando-se.

Herb estava com os olhos vermelhos e lágrimas começavam a despontar.

– Acho que nunca superei o que sinto por ela. Sempre tivemos problemas de relacionamento, ela sempre foi do tipo liberal e nunca cumpriu com sua parte no casamento. Mas foram cinco ano, entre namoro, noivado e casamento. E descubro que ela teve a coragem de tramar contra a vida de alguém...

– Alguém que me devia, acima de tudo!

Todos se voltaram assustados para a porta. Jen estava com uma camiseta preta, calça jeans, botas marrons e uma jaqueta preta. Parecia sem graça perto dos companheiros de trabalho. O comissário aproximou-se dela:

– Talvez não seja a hora...

Herb levantou-se agitado e aproximou-se do rosto dela com o dedo estendido em acusação:

– Você manipulou todos! Tudo para sua vingança pessoal!

– Não, não foi por vingança! – falou em tom bem calmo para não despertar atenção no silêncio do hospital. – Meu pai adotivo nunca esteve por perto. Minha mãe me escondeu a vida toda a verdade sobre Kalfatin. Por que não a descobri por mim mesma? Afinal, ele foi um compositor brilhante e, se teve direito a qualquer tipo de fama, não seria aquele canalha do Methers que ficaria com ela. "Ah, claro, a Atlantic está de olho em mim, agora sim terei a fama que sempre mereci." Não agüentava mais o modo como ele se colocava acima da própria banda! De todas as três vezes que ele esteve em visita a Jackson e das vezes em que ele se apresentou por aqui, foi arrogante ao extremo. Ele colocou o filho bastardo para salvá-lo! Teve consideração pela sua prole, por mais ilegal que fosse, mas nunca levantou um dedo para ajudar o pobre Eric! Tornei-me assim a guardiã dele depois que a mãe se foi. Qual é o problema?

– Você era uma advogada criminal! – explicou Tony. – Podia, pelo menos, ter tentado resolver isso num tribunal!

Jen sorriu para Tony.

– Eis o que sempre me atraiu em você, Tony. Esse seu otimismo com o nosso sistema judicial só encontra paralelos em filmes de Hollywood. A verdade é que demoraria muitos anos para que as pessoas envolvidas na vida de Craig Methers tivessem algum tipo de compensação. Ele desgraçou muita gente, não passava de um imbecil que só olhava para o próprio umbigo!

– Você quis, apenas, fazer justiça com suas próprias mãos? – perguntou Herb, sem acreditar no que ouvia.

– Por que não? Acha que esse tipo de coisa só funciona para quadrinhos da Marvel e seus personagens masculinos? As mulheres também podem ser cruéis quando querem.

– É o que o dr. Mendes chama de Complexo de Clitemnestra – explicou o comissário. – Da mesma forma que a personagem da tragédia grega queria vingar-se do marido que havia sacrificado uma de suas filhas para conseguir chegar a Troia.

– Ela é que sabia das coisas! Mas acho que é isto que queriam de mim – disse, entregando uma haste usada para recolhimento de DNA.

O comissário negou com a cabeça.

– Jennifer, se não se importa, eu gostaria que Tony recolhesse a amostra na minha frente.

Ela esboçou um sorriso triste.

– Claro, por que não? Afinal, agora que sou a vilã, tenho de fazer o jogo dos mocinhos.

Tony foi até o carro do tio e voltou com uma haste nova. Jen abriu a boca, ele recolheu a amostra e fechou a cápsula protetora.

– Mas não será necessário que o laboratório analise isto – completou ela. – Já estou fazendo a confissão formal.

– Os protocolos devem ser seguidos, não importa em que situação – disse Herb, sem olhar para ela.

– Como soube do que aconteceu? – perguntou Tony.

– Nem tudo que eu lhes contei era mentira. Eu realmente tenho um rádio da polícia no meu carro. Pensei em ir ter com vocês no laboratório para uma conversa quando soube da confusão no Delta Lounge e logo concluí que seria obra da intervenção de vocês, por isso esperei para ver o resultado.

– Você está mesmo de parabéns! – disse Herb. – Você tinha sua vida, nunca teve necessidades. Sua mãe me falou várias vezes que você parecia tomada por um complexo de Elektra por nutrir uma adoração sobrenatural por Marcus Perez. Depois que descobriu que ele era apenas um padrasto, essa fixação se concentrou em encontrar seu pai biológico.

Jen olhou com intensidade para Herb e disparou:

– Queria ter o que você nunca me deu: amor incondicional de um homem bom...

Herb aproximou-se dela com intenção de lhe atingia com o braço, mas foi detido pelo comissário e por Tony.

– Aqui não é lugar de confrontos! – disse Colin Wojak, separando os dois. – Vou requisitar que o policial Hennessy leve-a para sua casa, Jen. Você ficará lá até que possamos fazer uma entrevista formal na delegacia. Aconselho que chame seu advogado, de preferência um que entenda de acusações forenses.

Jennifer arrumou-se e disse:

– Requisite, então. Só garanta que eu saiba o que foi que este animal fez com meu irmão. E digo mais: se você tirá-lo de mim, eu transformarei a sua vida num verdadeiro inferno!

Tony levou Jen para outro ponto do hospital enquanto o comissário chamava Hennessy e levava um copo de água para Herb, que parecia uma fera, disposto a espancar Jen até a morte.

– É muita ousadia dessa mulher! Quem ela pensa que é? Queria que eu deixasse que o irmão pinel matasse mais um?

– Acalme-se! – disse o comissário. – Não precisamos de mais complicações!

Alguns minutos depois, Tony voltou para a sala de espera. O policial Hennessy já havia levado Jen para casa e as coisas pareciam fadadas ao silêncio tumular. A chuva lá fora não dava sinais de que iria parar e a noite prometia ser bem comprida. Tony fingiu abrir um antigo exemplar de Scientific American e folheá-lo.

– Oras, vejam só! – comentou em voz alta. – É um artigo de autoria de Keith Inman, do departamento de Justiça da Califórnia. Eles têm um laboratório de DNA por lá, não é?

– Li um trabalho que ele publicou – comentou Herb, ainda emburrado. – Foi quando discutiam sobre métodos de identificar o DNA em impressões digitais de gêmeos idênticos.

– Como é? – perguntou Colin, em tom de brincadeira. – Esse povo não tem mais o que fazer?

Tio e sobrinho faziam um jogo interessante para levantar o ânimo do agente, famoso por adorar uma discussão acadêmica. E deu certo: Herb se empertigou todo na cadeira e começou uma palestra sobre o assunto:

– Isso é interessante. Quero dizer, pelo menos é útil. Se pensarmos que o DNA é a planta genética que dá nossas características específicas, sabemos que todo o nosso trabalho de identificação de criminosos não seria possível, e sistemas como CODIS não existiriam. Quer dizer, vejam só de quantas maneiras diferentes podemos obter o DNA de uma pessoa: pela saliva, por células epiteliais, por sêmen, pelo cabelo (ou melhor, pela raiz do cabelo) etc. E a cada dia aparecem meios de conseguir mais material genético das pessoas.

– Você soa como se fosse um incentivador da tecnologia do DNA – comentou Tony.

– Não bem um incentivador. Mas seu advento foi um grande avanço para a investigação de cenas de crimes. O DNA é a matéria encontrada no núcleo da célula. Sabiam, por exemplo, que se desenrolarmos uma célula de DNA, ela terá o comprimento equivalente a 1,82 m? Embora certas partes do nosso DNA sejam universalmente humanas (como ter dois braços, dez dedos, duas pernas, entre outros) certas sessões contêm os códigos que nos dão nossas características exclusivas. Assim, se olharmos para essas partes únicas, chamadas de polimorfismos, os especialistas podem determinar se uma sequência encontrada numa espécie é distinguível do DNA de uma pessoa em particular.

– Acho que alguém se cansou de ser CSA e quer passar para o time dos ratos de laboratório – comentou Colin Wojak, rindo.

– Mais ou menos. Na verdade sempre achei interessante o trabalho interior do laboratório. Afinal, nós colhemos as evidências e tudo o mais.

– Já ouviu falar na escritora Patricia Cornwell? – perguntou Tony.

– Claro! Li muitos de seus romances. A legista dela, a dra. Kay Scarpetta, lembra muito a nossa Nancy Stephens.

– Soube da pesquisa que ela fez do próprio bolso para analisar o caso de Jack, o Estripador com técnicas modernas forenses?

Herb sorriu da menção de Tony ao livro mais polêmico da ex-repórter investigativa americana.

– Eu li o livro. Quer dizer, sou ripperologista de Internet nas horas vagas. Dois casos que sempre me interessaram são o do assassino do Zodíaco e o de Jack, o Estripador.

– Muito tempo separa os dois – comentou o comissário. – E ambos não possuem solução, embora já tenham aparecido muitas teorias diferentes sobre quem seriam esses famosos assassinos.

– Mas Cornwell optou por tentar o caminho do DNA mitocondrial, existente, como o nome diz, nas mitocôndrias – explicou Herb. – Com a quantidade de documentos ainda à disposição do público na Inglaterra, foi fácil conseguir que se extraísse algo das cartas e dos selos ligados ao caso do Estripador. Uma sequência de DNA mitocondrial encontrada no verso do selo da carta enviada ao dr. Openshaw, que trabalhava no London Hospital, em Whitechappel, a região onde Jack atacou, é um componente de sequências encontrado em outro envelope supostamente vindo dele e de dois envelopes pertencentes ao artista conhecido como Walter Sickert. Pelo que consta do livro, foi o DNA mais antigo já usado num inquérito criminal.

– Mas a maioria das pesquisas concentra-se mesmo no DNA nuclear, não é? – perguntou Tony.

– Sim, claro. Afinal, o mitocondrial possui características que são transmitidas apenas pelo lado feminino dos pais da pessoa, ou seja, mesmo que seja homem, suas mitocôndrias só podem ser rastreadas se houver material genético feminino. Louco, não acham?

– Ouvi falar de um caso onde o mitocondrial foi bem útil – comentou Tony. – Foi na identificação de um grupo de esqueletos escavados na Rússia em 1979, que acreditavam ser do Czar Nicolau II e da família Romanov, executados em 1918. Os crânios estavam em péssimo estado e além de qualquer tentativa bem-sucedida de uma reconstituição decente. Foi em 1992 que um grupo de especialistas forenses americanos se reuniu para ajudar na identificação. Havia nove esqueletos, em vez dos onze esperados, e catorze balas foram recuperadas das sepulturas. Testes foram feitos nos ossos da czarina e amostras de sangue foram obtidas de um parente conhecido que pertencia à linha materna da rainha Elizabeth II da Inglaterra.

– Ah sim, lembro-me de ter lido algo a respeito – disse Herb, entusiasmado por prender a atenção de alguém num assunto de que gostava. – O resultado do teste foi positivo, haviam encontrado um par, não é?

– Isso mesmo! O mesmo tipo de teste foi feito depois numa mulher que dizia ser a princesa Anastásia, chamada Anna Anderson. Mas o teste foi negativo desta vez. A princesa era falsa.

– Alguém ainda cai nessa conversa? – perguntou o comissário. – Não há nenhum dos Romanov vivo, isso é um verdadeiro conto-do-vigário, como dizemos lá no Brasil.

– O DNA nuclear, como chamam, existe apenas em células que contêm núcleos, por isso não está em células vermelhas do sangue, no fio do cabelo ou na camada mais externa da pele – completou Tony. – Mas, em compensação, pode ser encontrada em células misturadas em fluidos corpóreos, em raízes de cabelo, na polpa dos dentes, no tutano dos ossos e em tecidos de órgãos.

– E desde que o DNA se repita em cada célula com núcleo, também os polimorfismos se repetem. Essas repetições são conhecidas como VNTR ou Número de Repetições Variável em Sequência, porque o exato número de seqüências que se repetem varia de pessoa para pessoa. E são os VNTRs que oferecem a identificação da pessoa.

– Como é que eles fazem para achar os polimorfismos nos códigos?

– Simples, basta separar (ou extrair, usando o termo que preferem) o DNA da célula ambiente. O primeiro método desenvolvido para este fim é conhecido como Fragmento Restrito de Largura de Polimorfismo, ou RFPL. O DNA extraído é misturado com outras substâncias chamadas enzimas de restrição que "reconhecem" uma sequência particular da base de DNA e "digere" ou corta-o em fragmentos que são aplicados num contêiner com gel e é aplicada uma corrente alternada.

– O processo da eletroforese.

– Exatamente. A corrente faz que os fragmentos se movam em diferentes velocidades e alinhem-se no polo positivo de acordo com o tamanho. Então são tratadas de maneira que a dupla hélice possa ser esticada em linhas retas.

– Zzzzzzzzzzzzzzzzzz!!!! – fez o comissário, fingindo estar dormindo.

– Ei! – gritou Herb, rindo.

– Deixe para lá, ele costuma roncar quando dorme de verdade. – disse Tony, cutucando a perna do tio, que se aprumou na poltrona onde estava sentado.

Tony sorriu e teria voltado a conversar com Herb quando notou a presença na sala de um dos médicos que atendeu Larry.

– Vocês são da polícia? – perguntou.

– Eu sou o comissário Wojak. Estes são Herbert Greenie e Anthony Draschko, do laboratório de criminalística. Alguma notícia sobre o paciente?

– Vocês possuem uma amostra do que foi injetado nele?

Eles se olharam. Isso não podia ser bom.

– Aparentemente não – respondeu Tony. – Por quê?

– Seja lá o que for é altamente tóxica e teve uma rápida difusão no organismo dele. Conseguimos estabilizar por enquanto, mas se tivéssemos uma amostra teríamos condições de conseguir um resultado melhor.

– Quanto tempo temos? – perguntou Herb.

– Não sei responder isso. Não sei ao certo com o que estamos lidando.

O comissário sacou seu celular e discou um número no *speed dial*. Aguardou alguns segundos e começou a falar:

– Alô, juiz Grant? É o comissário Wojak. Desculpe incomodá-lo, mas preciso muito de sua ajuda. Estamos com o caso Methers-Meyers quase resolvido e precisamos de um mandado seu para entrarmos na residência dos suspeitos. Temos pouco tempo e é um caso de vida ou morte.

Tony entendeu o propósito do tio e respondeu para Herb, que o interrogava com o olhar:

– Meu tio deve achar que nosso amigo Bert tem mais do formaldeído na casa dele ou na de Jen. Assim, basta pegar um mandado e procurar nos dois locais.

O comissário agradeceu o juiz e desligou o celular. Acionou o rádio portátil e chamou novamente o policial Hennessy, que apareceu na sala de espera passados cinco minutos.

– Vocês dois ficam aqui com Hennessy enquanto eu vou com mais dois homens até a casa do juiz Grant. Vou pegar os mandados e entrar no apartamento de Bert e na casa de Jen. Se qualquer coisa acontecer por aqui, quero que me liguem imediatamente!

O comissário saiu e Hennessy ficou a postos na saída da sala. O médico acrescentou:

– Vou acionar nosso laboratório de emergência para que fiquem prontos por lá. Se o comissário conseguir a amostra, levem-na para lá. Ele fica no terceiro andar do prédio. Estarei por lá também.

– E como está Larry agora? – perguntou Tony.

– Ainda inconsciente. Está ligado a aparelhos para garantir que sobreviva caso algum órgão entre em colapso, mas, como disse, não sei por quanto tempo conseguirei mantê-lo assim.

O médico saiu da sala e Tony aproximou-se da pequena janela que dava para o estacionamento do hospital. Herb olhava nervoso para o relógio, que marcava uma e meia da manhã. A chuva continuava a cair sem parar e tudo indicava que seria uma noite sombria.

O silêncio preenchia a sala. Herb acomodou-se num sofá que ficava no outro extremo da sala e tentou relaxar um pouco. Tony começou a pensar em tudo o que vira naquele dia e chegou à conclusão de que realmente era pesado o clima que enfrentavam. Como ele próprio observara em conversas com conhecidos de seu tio e em artigos que leu, a vida de um CSA era bem complexa. Primeiro, por ter de se manter sempre a par do que presencia; segundo, por não deixar que qualquer emoção ou empatia pelos suspeitos ou acusados o contamine. Ele temia que, se Larry não sobrevivesse, seu trabalho todo para identificar a culpa de Kenny Wravel, de Charles Dexter Jackson, de Bert Applegate ou de Jennifer Perez teria sido em vão e sua oportunidade de começar a carreira de CSA teria ido por água abaixo.

O tempo passou mais lentamente do que Tony previra. Já eram três e meia da manhã e ele próprio sentia-se cansado, mas ao mesmo tempo com curiosidade o suficiente para indagar, a cada meia hora, sobre o estado de saúde de Larry e de Bert. A resposta era sempre a mesma: estão inconscientes, um quase em coma, o outro em choque pela possível perda do braço com o ligamento rompido.

Tony já pensava em ligar para o tio quando o viu surgir na porta principal do hospital. Vinha com uma pequena caixa em formato de cubo na mão e carregava-a com cuidado. Entrou na sala de espera e encontrou Herb em sono profundo.

– Sucesso? – perguntou Tony, em português, quando viu que estavam sozinhos.

– Sim, estava na casa de Jennifer. Provavelmente Bert o deixou lá quando foi se arrumar para o show no Delta Lounge, – abriu a caixa e tirou a mesma garrafa que Tony vira na geladeira do laboratório. – Por um acaso foi isto que você viu por lá?

Tony confirmou com a cabeça.

– Não preciso dizer que a umidade da geladeira pode ter acabado com nossas chances de conseguir boas impressões digitais.

– Deixe que eu levo a amostra para o médico – disse Tony, de olho na garrafa. – E quanto às impressões, acho que consigo o suficiente para condenar Bert... Eric... Bem, ele!

Porém, bem nessa hora, o médico voltou para a sala. Sua entrada pegou tio e sobrinho de sopetão e ambos se assustaram com a entrada dele. Herb acordou com o movimento.

– Sinto informar-lhes que o paciente que recebeu o tiro acabou de falecer – comunicou, em inglês.

Herb levantou-se do sofá e aproximou-se deles. Não acreditava no que ouvia.

– O sangramento foi muito profuso. Não havia como pará-lo. Análises indicam que o sangue dele sofreu ação de alguma substância que alterou consideravelmente sua capacidade de coagulação. O ferimento não cicatrizava. Parecia mais um hemofílico! Nunca vi coisa igual em mais de dez anos em que exerço a profissão.

– Ele... sangrou até a morte? – perguntou Tony.

– Sim.

– Isso confirma que ele era quase um viciado neste formaldeído – comentou o comissário. – O que afetou seu sistema imunológico e facilitou sua morte.

Tony olhou para a garrafa sem saber como reagir. Herb estava imóvel e não conseguia pronunciar nada. O comissário Wojak respirou fundo e pegou novamente seu rádio para comunicar-se com os responsáveis pelo transporte de corpos até a dra. Nancy Stephens.

– E quanto a Larry? – perguntou Tony.

– Condição estável. Foi essa é a substância injetada nele?

– Sim – confirmou o comissário, estendendo uma pasta com um relatório do laboratório. – Havia uma amostra disto numa das vítimas do caso. Esta é a análise da toxicologia feita pelo laboratório. Trouxe porque achei que seria útil para vocês.

– Obrigado, com certeza ajudará. Com licença.

Tony sabia que Herb iria se culpar pela morte de Eric Kalfatin e aproximou-se dele.

– Você fez o que deveria! Não se culpe!

– Sim – concordou o comissário. – Não se preocupe, se houver alguma investigação por parte da promotoria, Tony e eu seremos testemunhas.

O rosto de Herb estava vermelho. Via-se que estava com muita raiva.

– Ela me transformou num assassino – disse, devagar. – E me ameaçou na frente de vocês.

– Ela vai arcar com essa morte – completou Tony. – Temos evidências suficientes para condená-la pela morte de Jeremy Meyers. Não estrague sua vida como Wravel e Jackson fizeram.

O relógio marcava exatamente cinco da manhã quando o médico voltou para a sala de espera para avisar que conseguiram identificar o principal componente do formaldeído e já estavam aplicando soluções intravenosas em Larry para reverter o efeito. Esperavam que, nas próximas oito horas, ele pudesse voltar à consciência. O comissário levou os CSAs para suas casas e os três deram aquela estranha noite por encerrada. Tony deitou-se pensando sobre o que aconteceria no dia seguinte: o confronto final com Linda Álvares. "Jennifer estará solícita ou irá dificultar?", pensou, enquanto mergulhava no sono.

# Capítulo 19
# Confronto com acusados

*Fui até a encruzilhada*
*Ajoelhei-me*
*Pedi ao Senhor: tenha misericórdia agora*
*Salve o pobre Bob, por favor.*

Trecho de "Crossroads Blues", de Robert Johnson

– Tony? Você está acordado?

Tony abriu os olhos e conseguiu distinguir a silhueta de sua tia Donna num canto do quarto. Não sabia dizer se estava adormecido ou não, mas o fato é que nunca reparara em quanto ela era parecida com sua falecida mãe. Mais de dez anos se passaram desde que aceitara mudar de país e viver com seu tio e esperava que qualquer coisa que o fizesse se lembrar de seus pais também tivesse ficado para trás, junto aos problemas e os traumas que sentira no Brasil. "É quando estamos para adormecer que o consciente e o subconsciente mais digladiam entre si", disse seu primeiro psicólogo, um tal de Hermes Castro, um homem de seus 38 anos com uma aparência de Velho do Mar e um cheiro de sal que invadia suas lembranças de tempos em tempos.

Tony tentou esfregar os olhos, mas sentia o corpo pesado. Conseguiu mexer-se na cama e olhou o relógio. Era apenas meio-dia e meia, mas seu organismo já reagia à luz do sol que entrava pelas venezianas fechadas. Sentou-se na cama, ainda zonzo, e encarou sua tia.

– Acho que... agora estou! – disse, em português. – O que aconteceu?

– Você tem visitas. Seu tio trouxe a tropa inteira do laboratório para vir te acordar.

Tony franziu a testa e não entendeu nada.

– Como assim, a tropa inteira?

– Estão aí seu tio, o chefe Nelson, Herb e Jennifer. Ao que parece, ela está pronta para o confronto.

– E por que vieram até aqui? Por que não seguiram para a delegacia?

Donna deu de ombros de maneira divertida.

– Talvez por não quererem que você perca o melhor da festa!

Tony sorriu amarelo para ela e levantou-se. Foi até o banheiro a fim de se refrescar e acordar. Tomou um rápido banho, vestiu-se e fez menção de ligar o computador e checar rapidamente seus e-mails mas, com quatro pessoas esperando na sala de estar, o tempo era curto. Donna já havia avisado todos de que ele logo iria juntar-se ao grupo e procurou ficar na sala de jantar, de onde poderia ouvir o que acontecia. Colin Wojak divertia-se com esse hábito da esposa, que sempre observava as pessoas e depois emitia "seu parecer sobre as personalidades dos envolvidos", como ela mesma chamava.

Tony entrou na sala e encarou os quatro que estavam em cantos diferentes da sala, um procurando evitar o olhar do outro.

– Será que sou o único que tenta dormir as oito horas que o protocolo manda para uma pessoa sã? – perguntou em inglês, divertido. O silêncio dos quatro deixou-o sem graça, o que o fez ir direto ao assunto: – Muito bem, o que está acontecendo?

Jen, a única que estava sentada no elegante sofá de couro, levantou-se e encarou-o:

– Eu pedi para que o chefe e seu tio me trouxessem aqui. Quero confessar tudo o que aconteceu e acho que, pelo pouco de intimidade que já temos, podemos fazer isso sem passar pelo circo do interrogatório que sempre acontece na delegacia, não acha?

Tony encarou Herb, que abaixou a cabeça.

– Ela já sabe? – perguntou para o parceiro.

– Sim, fiz questão de dizer a ela – confirmou Herb.

– Claro, sempre achei que o cérebro dele não estava mesmo na cabeça – comentou Jen, de maneira desafiadora. – Mas tudo bem, eu já estou cheia disso. Vocês já prenderam Kenny e Jackson baseados em evidências menores, então acho que chegou a hora dos filés maiores. Já que Eric não está mais entre nós, eu fiz um trato com seu tio e com o chefe Nelson: ele seria enterrado como Eric Kalfatin enquanto Bertrand Applegate sumiria do mapa sem deixar vestígios. A identidade era falsa, mesmo.

Todos se sentaram e o silêncio continuou. Nelson sentia que não havia retorno: depois desse escândalo, só restava a ele renunciar ao cargo de comando do laboratório, mas jurara encerrar o caso antes de fazê-lo.

Colin Wojak sentia-se culpado por finalmente não ter mais o peso de Nelson nos ombros, ameaçando tomar seu lugar. No fundo sentia pena do policial-cientista, mas não tirava da cabeça que ele havia feito por merecer.

Herb sentia-se entre a cruz e a espada. Não só matara o principal acusado do caso como também privara Jen de seu meio-irmão. O amor que ele ainda sentia por ela o atormentava a ponto de ele ter aceitado irem para a casa do comissário só para não ter de encarar Kimberly.

E Jen queria acabar com tudo. Já havia perdido gente demais nessa história e não aceitava mais uma perda. Ela própria havia se deixado levar por seus sentimentos e muito havia acontecido desde então.

Tony olhava para cada um dos personagens daquela cena tragicômica com um misto de pena e compaixão. Gostava de certa maneira de todos e nunca se sentira tão empático quanto naquele dia. Olhou de soslaio para a entrada da sala de jantar, mas só conseguiu discernir o barulho de papéis e cadernos que sua tia Donna não parava de manusear.

Jen olhou para seus companheiros e começou:

– Vamos lá? Ou terei de ligar o gravador eu mesma?

O comissário trouxe seu próprio gravador e ligou-o, colocando-o perto de Jen. Ela respirou fundo e começou:

– Meu nome verdadeiro é mesmo Linda Álvares. Se bem que meu nome completo é Linda Jennifer Álvares, eu apenas não usava meu segundo nome quando era advogada criminal. Depois que minha mãe se casou com Marcus Perez, assumi seu segundo sobrenome. Mas aí já havia se passado um bom tempo desde que havia estabelecido uma carreira paralela como advogada. Muitas pessoas me olhavam com raiva, porque tive de corrigir muitos erros de crimes cometidos contra a honra e o patrimônio. Era jovem, tinha 26 anos quando decidi que era hora de me afastar um pouco disso antes que alguém cismasse em me colocar numa cova. O pior de ser advogada é mesmo saber que seus atos podem e vão acabar com uma vida, seja a do acusado, seja a da família deste, que, na maioria das vezes, não tem culpa pelas burradas dos outros. Tinha na verdade uns 27 anos quando me iniciei na Academia de Polícia e foi lá que, como Tony, decidi que queria ser CSA. Houve certa relutância por parte dos superiores envolvidos, pois muitos pensavam que eu já havia passado da idade, – olhou para Tony e sorriu – mas da mesma maneira que sua querida Catherine Willows conseguiu deixar de ser dançarina exótica, eu os convenci de que era capaz. Foi quando estava no meu terceiro ano de Academia que aconteceu o incidente da autópsia. Aquilo me perturbou tanto que não consigo chegar perto de um cadáver até hoje. Mas mais traumatizante ainda foi a noite em que, logo após o enterro de meu pai adotivo, minha mãe me contou sobre meu pai biológico. Nunca havia pensado muito sobre isso, mas a falta de Marcus na minha vida me afetou muito. Pode ser uma espécie de complexo de Elektra, mas a verdade é que no ano seguinte vi a mim mesma cada vez mais com um impulso irresistível de juntar o meu dinheiro e ir atrás de meu verdadeiro pai. Pelo menos para que ele soubesse que eu o conhecia.

– E foi então que você descobriu sobre Lars Kalfatin? – perguntou o comissário.

– Demorou um pouco, quase sete meses, mas eu usei o dinheiro que tinha ganhado para esse fim. Podia me dar ao luxo de me afastar um pouco do trabalho e descobrir. Sempre fui ligada a mistérios e queria muito saber o que tinha sido feito de meu pai. Quando o achei, ele tinha acabado de ser assassinado pela quadrilha de traficantes. Usei todo o meu conhecimento para ganhar a confiança do comissário do estado de Iowa, onde aconteceu o crime, e convencê-lo a me entregar o caso. Eu consegui que os assassinos fossem para a cadeia. Porém, muitas das fontes que consultei, incluindo uma tia da mãe de Eric, contaram-me sobre o infortúnio dele. Todo o passado com Craig Methers e como tinha ficado na pobreza. As canções de Kalfatin sempre foram bem sensíveis e diziam muito sobre a natureza humana. Convenci alguns parentes distantes de Eric, que haviam ficado com sua custódia, a deixá-lo comigo por uns tempos. Ele foi o único que viu quem matou Kalfatin e, graças a sua memória, conseguimos fazer justiça aos quatro elementos que mataram nosso pai. Mas sentia que ele estava seriamente afetado emocionalmente.

– O que sua mãe dizia na ocasião? – perguntou Tony.

– Que eu só queria chamar desgraças sobre minha cabeça. Não ficou ao meu lado um único minuto. Eu me ressentia por isso. Só queria fazer o que achava certo. Gostava de ter alguém que dependesse de mim e Eric estava sozinho. A mãe morrera pouco antes e, sem o pai, parecia não haver futuro em sua vida. Por isso eu o trouxe de volta comigo para cá e convenci-o a entrar na Universidade de Little Rock. Seu envolvimento com insetos foi apenas um lado que eu o incentivara a mostrar. Foi ele mesmo quem criou a identidade de Bertrand Applegate, arranjou os documentos e fez a plástica para mudar um pouco a aparência. Os parentes de Eric concordaram que ele ficasse comigo e liberaram uma parcela do dinheiro da herança. Era pouco, mas dava para ele se virar com os *royalties* das músicas compostas por Kalfatin pouco antes de ele morrer e vendidas para outros músicos de blues.

– Foi assim que você conseguiu o dinheiro para estabelecer o Museu do Blues – completou o comissário.

– Sim, uma maneira que achei de homenagear Kalfatin. Seus parentes todos adoraram a ideia e contribuíram. Coloquei muito do meu próprio dinheiro nessa empreitada. Mas aí comecei a ver as coisas caminharem para um lado estranho. Eric me apareceu um dia com as réplicas em poliéster das roupas do pai, que havia conseguido levando uma foto antiga para um alfaiate. E disse que queria ser um músico de blues. Não achei que isso fosse afetar sua mente, pois pouco antes eu financiara uma viagem para a África, onde ele queria estudar alguns insetos raros e ter contato com ciência. Quando ele voltou falando de suas duas semanas em território *khunlêle* e o que ele aprendera por lá, juntei as coisas e vi que ele sabia mais do que admitia. Foi quando soube que ele havia conhecido Larry Agnaught e Jeremy Meyers no Delta Lounge e que os dois tocavam na Mississippi Cover, que se apresentava em outro bar. Mas nenhum dos componentes da banda queria deixá-lo tocar e isso o frustrava demais. Uma noite apareci lá em companhia dele, em roupas normais, e conheci Charles Dexter Jackson. Mulherengo como ele só, logo caiu sob meus encantos e foi fácil convencê-lo a deixar Eric se tornar *roadie* da primeira banda grande que fosse tocar por lá. Foi muito fácil seduzi-lo. Afinal, só queria o que o nosso dr. Mendes chama de "uma terapia ocupacional" para o Eric.

– Onde entra Methers na história? – perguntou Herb.

– Já vai chegar. Pouco antes da penúltima turnê da Phoenix Missouri começar eu estava no Mississippi, onde só iam músicos mais velhos como Jackson, quando Kenny Wravel apareceu. Eles estavam numa cidade vizinha e logo viriam para cá tocar pela primeira vez. Wravel reclamava muito de Methers, que ameaçava largar a banda por causa do contrato com a Atlantic. Quis saber mais e só depois me toquei de que era o músico que havia deixado meu pai na miséria. Sentia que foi por causa dele que Kalfatin largou a mim e minha mãe. Wravel já estava de cabeça cheia de um uísque importado da Alemanha que Jackson tinha o hábito de beber e soltou que faria tudo para ter a banda para si.

– O mesmo uísque que ele usara para embebedar Methers no dia de sua morte? – perguntou Tony.

– Sim, o mesmo, forte e completamente sem gosto, coisa de que só homem consegue gostar. Mas então começou a surgir na minha mente uma ideia perfeita. Se nós conseguíssemos aproximar Eric e Methers para depois revelar a Eric a verdade sobre o músico, ele iria matá-lo. Todos ficariam contentes: Wravel teria a banda, Jackson seria seu investidor, o que já queria ser há tempos, mas que Methers não aceitava por puro orgulho, e Eric vingaria Kalfatin. Quanto a mim, só queria mesmo que ele pagasse pelo que fez ao meu pai. Toda a minha raiva, frustração e solidão por não o ter conhecido vieram à tona e me fizeram mais astuta do que nunca.

– Você... acabou com as vidas deles todos! – replicou Herb.

Jen deu de ombros.

– Não fiz nada disso. Só dei voz ao que não era nominável. Todos queriam isso e todos tiveram. Bem, como dizia, bastou armar a arapuca para a próxima turnê da Phoenix Missouri, que seria dali a seis meses e que acabaria aqui em Little Rock. Eric adorou a ideia de se tornar um *roadie* de alguém como Methers e foi até mesmo encontrar a banda em dois outros lugares onde tocavam fora do estado. Porém, quando voltou, me contou que viu Methers tocar pelo menos quatro músicas de Kalfatin como sendo dele. Então abri o jogo com ele e contei quem ele realmente era.

– Um jogo psicológico para atiçar a fera! – comentou Nelson, que estava quieto até então. – Você é mesmo fria, Jen!

– Uma qualidade necessária em certas ocasiões – comentou ela. – Sem isso, nada de conseguir que o rato caia na ratoeira. Até então, Eric parecia ter melhorado, nem mesmo usava mais as roupas de poliéster. Mas então tudo voltou. Um dia ele desapareceu por uma semana. Foi quando descobri que ele havia invadido o túmulo de nosso pai, no Museu do Blues, e roubado seu esqueleto para deixá-lo escondido num dos esconderijos antigos que Charles Dexter Jackson havia mostrado para ele. Havia alguns no Delta Lounge e no Mississippi. Eric deixou a ossada no Delta e levou a caveira e o fêmur para o Mississippi. Escondeu-os num dos alçapões, mas Jackson viu e retirou-os do lugar para colocá-los naquele buraco de terra estúpido perto do barracão somente para que os agentes descobrissem as ferramentas do assassinato que estavam por lá. O ódio voltou ao rosto de Eric por muito tempo. Pensei que era apenas por Methers, mas depois vi que ele também queria pegar Larry e Jeremy por terem-no recusado na banda. Ele chegou a me mostrar o formaldeído, mas alegava que era remédio para suas mudanças de humor e terminei acreditando. Mal sabia eu que ele tentara fazer isso pela primeira vez com o cadáver de nosso pai, quando este foi transplantado para o Museu do Blues. Ele me disse que o formaldeído o tinha ajudado a comer tecido mumificado do cérebro, onde estava a criatividade de Kalfatin, que passaria assim a integrar a sua própria.

– O problema maior é que essa mistura não era como a que foi encontrada na tribo da África – disse Herb, olhando um formulário de computador. – Segundo a Vestígios, era tóxica e dependente. O que ele ingeriu o atingiu também como uma droga. Algo que ele tinha de consumir de qualquer jeito.

Uma lágrima começou a rolar pelo rosto de Jennifer.

– Ele só estava perdido! Ele era bom, mas deixou se levar pelo ódio. Queria apenas que ele matasse aquele desgraçado do Methers e mais nada. Se soubesse o que o formaldeído tinha feito com ele, teria tomado alguma providência.

– Mas tomou tarde demais! – disse Herb, em tom acusador. – Ele já era um viciado que achava que teria de matar pessoas para satisfazer seu vício. Porém, ele não fazia ideia de que o formaldeído é que era a causa de sua dependência.

– As vítimas de Eric somam seis, ao todo – falou o comissário. – Ele era procurado em vários estados. Mas aqui mesmo ele só atacou o Methers.

– E foi essa mesma droga que afetou as propriedades coagulantes do sangue dele quando do ferimento causado pelo tiro que Herb disparou – completou Tony.

Jen olhou acusadoramente para o ex-marido.

– Estava tudo certo: Wravel fez a cena de mandar um cara ameaçar Methers no clube quando ele estava afiando o instrumento. Quando Eric chegou, fez papel de que o salvava, fazendo a "ameaça" ir embora. Methers, embora fosse um canalha, gostou da atitude dele.

– E então foi conquistar-lhe ainda mais a confiança com o lanche e com o uísque – disse Nelson.

– Tudo foi adquirido por Jackson e montado por Wravel. O toque dos Prozacs foi apenas algo de cunho romântico, a vingança contra a depressão que assolara Kalfatin. Mas Methers era difícil mesmo de cair. Jackson e Wravel estavam o tempo todo do lado de fora do clube comigo. Quando vimos um carro se aproximar do clube, Jackson ficou apavorado e gritou que alguém se aproximava. Methers percebeu que tinha mais alguém e quis se levantar. Foi quando Eric se zangou e começou a golpeá-lo para cair mais rápido. Quando ele caiu na cadeira, já tonto pelo efeito dos remédios, ele cortou a garganta de Methers com a faca que Wravel tinha adquirido.

– Sim, de acordo com o cartão de crédito dele – disse o comissário, mostrando o recibo enviado por fax.

– Eric tentou levantar o corpo, mas era pesado demais para ele. Mesmo assim ele recusou a ajuda de Wravel, que tomou cuidado para não deixar nada que denunciasse sua presença na cena do crime. Deixaram o corpo no camarim, limparam o sangue enquanto Jackson e eu ficamos de guarda o tempo todo. Quando a turma da limpeza chegou, nunca desconfiariam do dono e de sua namorada. Wravel e Eric já tinham limpado o local, escondido as coisas no bumbo da bateria e trocado as roupas. Como eram conhecidos de Jackson, ninguém ousou olhar para eles como suspeitos. Eu entrei em cena, avisei a central pelo rádio de que estava nas redondezas e comecei a "processar" a cena do crime, esperando para ver quem Nelson designaria como meu parceiro. Quando Tony chegou, pareceu uma resposta às minhas preces: um CSA sem experiência pode deixar passar muita coisa.

Tony sentiu seu orgulho ofendido por saber que Jen contava com sua falta de experiência.

– Mas todo o seu blá-blá-blá sobre o seriado *CSI* me fez lembrar de que muita coisa era óbvia mesmo para quem o assistia e comecei a ficar com medo. Quando voltamos para o laboratório e Tony e Nelson foram para a autópsia de Methers, Eric apareceu por lá. Com a coletiva que acontecia no andar de cima ele entrou facilmente e foi até sua sala. Era perfeito: o *nerd* dos insetos, como Tony o chamava, era tudo menos um suspeito. Ele foi até a sala onde eu processava as evidências, totalmente amarelo. Passou muito mal e começou a falar, entre tosses e ânsias de vômito, que o próximo era Jeremy, que o havia recusado na Mississippi Cover. Fiquei transtornada. Havia visto o que ele fizera em Methers e sabia que aquilo precisava acabar logo ou teria que levá-lo a um hospital. Nem imaginava que aquilo pudesse ser uma crise de abstinência! "Eu cuido disso", falei para ele. Fui até sua sala, peguei uma injeção com formaldeído, aguardei até que vocês saíssem, a dra. Stephens estava junto, entrei e ataquei Jeremy. Depois de abrir a cabeça dele com o picador de gelo, passar a injeção e esconder o corpo no freezer, levei tudo para Eric, que injetou a solução na veia. O que ele havia retirado de Methers não fora o suficiente e ele tinha de ter mais antes que ficasse pior. Admito que fiz uma loucura, mas no momento era Eric quem realmente me importava. E aquela droga já estava em seu sistema, que poderia eu fazer?

– Pedir socorro? – perguntou Herb, irônico.

– Você nem mesmo notou as semelhanças que ele tinha comigo! – Jen estava alterada. – Só pensava que ele poderia ser meu namorado, um disfarce proposto por ele mesmo, aliás. E que ninguém percebeu!

– Você sabe que temos suas células epiteliais para comprovar que você matou Jeremy e abriu aquele buraco na cabeça dele! – disse Herb, mais nervoso ainda.

Jen suspirou e virou-se para Tony.

– Eu não contava que você descobrisse vestígios do formaldeído! Eric fez muita besteira, como guardar a garrafa com a substância na geladeira da sala de recreação, ou golpeá-lo para roubar as fotos de Rose. Mas ele também só queria me proteger!

– E onde entra a arma usada para matar Werner Hopkins? – perguntou o comissário.

– Hopkins sempre gostou de histórias de detetive. Viu logo de longe a presença das evidências. Aquela roupa que Eric usava já estava tão gasta que começava a se desfazer, deixando vestígios de fibras e até da terra do túmulo onde nosso pai estava. Ele nos seguiu aquela noite até o Mississippi e viu quando Hopkins havia chegado. Todos já o conheciam por lá a ponto de ele não chamar a atenção com sua presença. Ele havia alterado minha arma com o cano da que matara Kalfatin como opção inicial para matar Methers, mas preferiu usar a faca Pantera Negra. Por isso ele tinha minha arma, que havia pegado no laboratório antes de sairmos. Ele queria matar Tony, que sempre achou que o atrapalharia, mas resolveu atirar em Hopkins e, quando quis atirar em Tony, a bala emperrou e ele largou-a no chão para correr e se esconder.

– Mas ele continuava querendo matar Larry? – perguntou Tony.

– Sim, ele queria vingança. Quando viu que Wravel e Jackson queriam que ele assumisse o lugar de Methers na Phoenix Missouri ficou ainda mais louco. Para Eric só havia lugar para si mesmo! Esperou a oportunidade certa, que surgiu ontem, quando anunciaram o Eric Clapton's Crossroads Guitar Festival. Assim que Larry subisse ao palco ele atacaria. Não contava que vocês fossem estragar tudo. Por mim, tudo teria acabado com a morte de Methers e Meyers, mas ele era tudo que me restava de família. Nossas histórias familiares não foram perfeitas, mas merecíamos mais...

O chefe Nelson levantou-se lentamente da poltrona onde estava. Caminhou devagar até ficar de frente à Jen e levantou a mão.

– Primeiro quero cumprimentá-la pelo plano.

Sacudiu a mão de Jen num cumprimento. De repente largou-a e esbofeteou-a com tanta força que ela praticamente voou para o outro lado do sofá.

– Isto é por ter acabado com a minha vida, sua prostituta! Você irá para a cadeia por levar a minha vida para o buraco e a de um amigo de anos como Jackson.

O rosto de Jen estava vermelho e marcado com a mão que a havia golpeado. Herb ficou tentado a protegê-la, mas se segurou. Colin e Tony estavam paralisados. Donna entrou na sala, socorreu Jen e disse para o marido:

– Tire-o daqui antes que seja acusado de agressão. Não há advogado presente e as cosias podem se complicar.

Jen olhou para Nelson e disse:

– Eu me representarei. Posso muito bem fazer isso. Quanto à sua carreira, meu caro, quero mais que vá para o esgoto a que pertence! Você sempre foi uma droga de chefe e jamais prestou atenção a algo além de seu próprio umbigo!

Nelson fez menção de esbofeteá-la de novo, mas Colin já estava segurando-o. Herb abriu a porta do apartamento e dois policiais entraram. Jen foi presa com algemas e, quando estava para sair, parou em frente a Tony e disse:

– Não se atormente por não ter me descoberto. Você é um bom CSA e vai se dar bem. Se tiver um tempo venha me visitar...

Os policiais levaram Jen embora. Herb desligou o gravador e caiu pesado na poltrona. O comissário levou Nelson embora e Donna tentou, com Tony, alegrar o CSA. Lágrimas caíam sem parar.

– Não sei se sinto pena por ela ou pelas vítimas...

Donna Wojak aproximou-se dele e agarrou seu ombro:

– Se não sentisse não seria um bom ser humano. E se não fosse um bom ser humano, não seria um bom agentes.

Tony não prestava atenção. Levantou-se e viu pela janela de seu quarto andar o carro da polícia ir embora com Jennifer ainda procurando por um olhar amigo.

# Capítulo 20
# A prisão

*Eu e o diabo*
*Estávamos andando lado a lado*
*E vou derrotar minha mulher*
*Até estar satisfeito.*

Trecho de "Me and The Devil Blues", de Robert Johnson

Oito meses haviam se passado desde a tarde em que Linda Jennifer Álvares Perez havia sido presa pelo assassinato de Jeremy Meyers e por conspiração pela morte do músico de blues Craig Methers. As coisas haviam tomado um rumo completamente imprevisível: não só Jeffrey Nelson havia renunciado ao cargo de chefe do Laboratório Criminal do Estado do Arkansas como também havia saído do país. As más línguas diziam que ele havia escolhido ir para a Inglaterra, onde estava se tornando íntimo do pessoal da Scotland Yard e que, em pouco tempo, estaria no comando de um laboratório como esse de novo. O boato geral era que, dessa vez, ele conseguiria descobrir o bisneto de Jack, o Estripador...

O laboratório americano, por sua vez, passara por um rigoroso processo de escolha de um sucessor para Nelson. Todos os superiores dele concordaram que era mesmo melhor que ele se afastasse, depois do julgamento de Jennifer no qual ela fez questão de ressaltar que tinha a total confiança de Nelson.

Era justamente para encontrar o novo chefe que Tony estava atravessando os corredores que, agora, eram tão familiares. Os mesmos que justificaram o afastamento de Nelson aprovaram a contratação de Tony como CSA-1. Era o máximo a que ele poderia chegar com a ajuda do tio, pensava. "Daqui para frente sou eu e eu mesmo." O que só ajudara a consolidar sua fama como um agente sério que não se deixa enganar em serviço. Aos poucos, os outros CSAs, que em sua maioria têm muito orgulho de ocupar tal posto, começaram a requerer Tony como parceiro. Foi assim que vários tipos de casos foram parar em suas mãos, de roubos a bancos a incêndios criminosos, de bombas a casos de falsificação de dinheiro. Claro que continuava com a mania de acompanhar o seriado *CSI* e anotar os detalhes dos casos fictícios para uso futuro. Como aprendera a duras penas, é preferível assumir um caso com alguma referência do que não ter nenhuma por perto. E embora tivesse se tornado uma versão real do temperamento de Sara Sidle, com direito à compra de um rádio de polícia para colocar em seu carro, apostilas, livros e jornais forenses que atulhavam em seu quarto e até mesmo um microscópio para treinar análises de fibras e cabelos desconhecidos em casa, Tony continuava sendo bem quisto. Sabia que ainda demoraria um pouco para ser um CSA-3, mas não tinha pressa. Já tinha provado que viera para ficar no clubinho do Sherlock Holmes, como chamava a roda social dos CSAs.

Tony encaminhava-se para a porta do novo supervisor, que não havia ainda se apresentado para a equipe. Ele caminhava imaginando quem seria quando viu a famosa porta de vidro da sala que fora de Nelson abrir-se e Kimberly sair.

– Ei, olá, gatinha! – cumprimentou Tony, que já se tornara amigo da agente. – O que você conta de novo?

– Depois te falo. Tenho uma novidade incrível! Mas agora é hora de você conhecer o supervisor. Entre e depois nos falamos.

Os dois se beijaram e ele bateu à porta. Um "entre" abafado pôde ser ouvido e, quando abriu a porta, parou incrédulo.

– E então, vai entrar ou não? – disse o novo supervisor, que estava ao telefone. – Entre logo, vamos!

Tony não sabia se ria ou não. Fechou a porta e aproximou-se de uma das confortáveis cadeiras em frente à mesa. Sentou-se nela e esperou.

– Não, não, de jeito nenhum! Meus CSAs são especiais demais! Não mandarei nenhum deles para acompanhar casos fora de minha jurisdição. Se você realmente quiser algo desse jeito, então pague as despesas de transporte!

O novo supervisor desligou o telefone e olhou para ele.

– Se você não disser algo, juro por Deus que enfio uma bala no meio dos seus olhos agora!

Tony sorriu e olhou para a placa de identificação da mesa. "*Herbert Greenie, supervisor.*"

– Isso é incrível! Extraordinário! Não há o que dizer, a não ser o de praxe: meus parabéns! Quando isso aconteceu?

– Há uma semana! Ainda são repercussões do caso Methers-Meyers. E devo isso à inestimável ajuda de seu tio.

– Você fez por merecer, Herb. Estou contente por minha efetivação e por sua promoção.

– Foi por isso que o chamei. Sei que você ainda está como CSA-1, mas gostaria de oferecer-lhe um cargo como meu assistente.

– Obrigado, mas não. Preciso de mais experiência em campo. Ou não sairei do CSA-1.

Herb sorriu e disse:

– Ora, vamos, sr. Draschko.

– Está bem, vou pensar. O que foi que Kimberly disse sobre uma novidade incrível?

– Vamos nos casar em duas semanas.

Tony mostrou-se surpreso com a rapidez da decisão.

– Você acha que já superou Jennifer?

Uma simples menção ao nome da ex-mulher era o suficiente para deixar Herb, ou melhor, o chefe Herb triste. Mas a reação foi melhor:

– Acho que sempre vou sentir algo por ela. Mas passado é passado e temos de seguir em frente. Quero reconstituir minha vida. Aliás, foi por isso que eu o chamei: estou de saída para a prisão feminina e quero que você venha comigo.

Tony ficou sério:

– Vai visitar Jennifer?

– Sim. Quero que ela saiba que vou me casar com Kimberly.

– Ela foi mesmo condenada? Estava tão envolvido com um caso que me esqueci de perguntar.

– O dos falsificadores de quadros? Terminou?

– Sim, chefe. Sophie e eu fizemos a prisão agora há pouco dos dois culpados.

Herb ficou sério e encostou-se à cadeira reclinável.

– Só quero dizer na cara dela que vou seguir com a minha vida custe o que custar. Depois quero pôr uma pedra final nisso. Quanto à sua pergunta, sim, ela foi condenada. O resultado só saiu três dias depois que você depós. Ela pegou pena de morte, enquanto Kenny Wravel e Charles Dexter Jackson foram condenados a 12 anos de prisão cada um.

– Notícias de Larry Agnaught?

– Já está totalmente recuperado, graças ao seu tio, que conseguiu achar a amostra do formaldeído a tempo para os químicos produzirem algo que anulasse seus efeitos. Não fosse isso, estaria mesmo morto.

– Ainda toca?

– Mais do que nunca. Dizem que ele fez um pacto com o demônio para voltar à vida. E está melhor na guitarra do que nunca! Já tocou com Buddy Guy e foi chamado para tocar com Eric Clapton. Chamam-no de o Robert Johnson Branco.

Tony riu do absurdo. "Mas é assim que as lendas nascem", pensou.

– Onde ele toca agora?

– Onde mais? Na nova Phoenix Missouri, com Walter Allman e o outro sobrevivente da matança.

– Não sabia que Larry tinha saído da cidade.

– Mês que vem ele estará de volta com a nova formação da banda em sua primeira turnê. Quem sabe você não seja chamado para mais um caso...

Tony não resistiu e fez o sinal-da-cruz. Sorriu azedo.

– Chega, um caso desses já foi mais que o suficiente! E os clubes de Jackson?

– Estão sendo administrados por seus principais credores até que as dívidas estejam pagas. Depois serão postos à venda.

Tony lembrou-se repentinamente do rosto suave e delicado da ex-colega e sentiu uma tristeza tomar conta de seu ser. Herb percebeu e aproximou-se da mesa:

– Eu sei bem o que passa pela sua cabeça. Eu, mais que ninguém, gostava dela. Mas ela errou e deve pagar sua dívida com a sociedade.

– Por ela e pelo doido do Bert? – perguntou Tony, espantado com sua própria franqueza. Herb também pareceu espantado, pois respondeu sem pestanejar:

– Sim, pelos dois. Ela foi, em parte, responsável pelo que ele se tornou.

O novo chefe do laboratório levantou-se e apanhou seu paletó, pois agora só usava terno.

– Vamos? – perguntou para Tony.

O agente levantou-se resoluto e acompanhou o chefe até seu carro. Os dois seguiram calados até a prisão feminina, que ficava a menos de vinte minutos do laboratório.

Ele nunca estivera numa prisão, fosse masculina ou feminina. A primeira impressão que veio à sua mente era de um mundo à parte do mundo, onde as pessoas que lá entravam eram esquecidas por um bom tempo. "Perdei as esperanças, ó vós que aqui adentrais", foi a primeira frase que lhe veio à mente, lembrando o *Inferno* de Dante Alighieri. O ambiente escuro e opressor oferecia pouco conforto para os visitantes, que dizer então para as internas.

Num pátio, chegou a ver um grupo de mulheres fazendo exercícios e tomando sol. Eram apenas nove da manhã e o turno da noite havia acabado. Como Tony tinha algumas horas extras, iria certamente faltar ao próximo turno à guisa de folga, ou não poderia acompanhar o novo chefe. Os dois foram conduzidos até uma sala de espera e, assim que as guardas saíram, a porta de ferro foi fechada. Tony, que já se habituara a prestar atenção em todos os detalhes, conseguiu ouvir uma comunicação do rádio de uma delas falando para que se dirigissem às pressas para um setor, onde alguma espécie de confusão estava acontecendo. "Não seria uma revolta ou nada assim, ou já teriam nos feito ir embora", pensou. Não falou nada para Herb com medo de onde seus pensamentos poderiam levá-lo. Sentou-se na cadeira próxima a uma mesa parecida com a de interrogatórios das delegacias e aguardou. Herb não falava nada, só observava os objetos da sala e também esperava.

Exatos vinte minutos depois, a diretora do presídio apareceu acompanhada das mesmas guardas de antes. Apresentou-se aos dois e apenas acrescentou:

– É melhor virem conosco. Aconteceu algo no bloco B, setor 2.

Herb ficou branco quando ouviu a diretora falar e Tony percebeu no ato que se tratava do setor onde Jen estava.

– Leve-nos para lá, diretora – pediu Herb.

Os cinco saíram da sala de espera e atravessaram pelo menos sete corredores para chegar até o setor desejado. Tony via algumas celas e seus interiores. Parecidos com cenários vistos em filmes de Hollywood, a diferença é que havia pessoas de verdade dentro das portas blindadas, cuja única comunicação com o exterior era uma janelinha na parte de cima e uma portinhola na parte de baixo da porta de entrada, por onde passava a bandeja com a comida. Na cela 23 do bloco B, setor 2, eles pararam. A diretora, uma mulher grande e gorda, de maneiras bem grosseiras, disse-lhes:

– Acabei de saber que a interna era quem vocês queriam ver. Não tivemos tempo de fazer absolutamente nada a respeito. Por favor, ajudem-nos.

Herb suava frio e Tony já esperava pelo pior. Uma das guardas abriu a porta com a chave e, quando Tony e Herb entraram, pararam na entrada, estáticos. No chão jazia Jennifer com uma das mangas do uniforme cor de laranja arregaçada e várias marcas de picadas na veia. Ao seu lado estava uma seringa com um líquido bem conhecido de Tony, a substância que seu meio-irmão Eric usara para matar Craig Methers e que ela própria injetara na jugular de Jeremy Meyers. Não havia mais nada por perto que indicasse qualquer tentativa de violência contra si mesma.

Tony pôs as mãos no bolso da calça. Habituara-se a levar um par de luvas de látex para onde quer que fosse, mesmo quando não estava a serviço. Aproximou-se de Jen e tomou seu pulso.

– Ela... – começou Herb.

Tony virou-se e confirmou com a cabeça.

– Um exame melhor dirá, mas acredito que tenha sido overdose do formaldeído.

– Mas... como...

– Ela era voluntária na enfermaria – explicou a diretora. – Atendia as chamadas de última hora das detentas.

Para Tony era óbvio o que acontecera. Ela usara seu acesso à enfermaria para produzir mais da fórmula de seu irmão. Mas com que fim? Levantou-se e olhou ao redor até que prestou atenção a uma mesinha próxima à janela com barras. Aproximou-se e viu um envelope aberto com um convite impresso. Virou-se para Herb:

– Acho que descobrimos o motivo. Diretora, quando a correspondência é entregue?

– Foi ontem no fim da tarde – respondeu ela.

Herb aproximou-se da mesa e viu o convite. Era endereçado a ela e falava do casamento dele com Kimberly. Logo reconheceu a letra da futura esposa no envelope e sentiu a cabeça doer.

– Ela recebeu o convite que veio de Kimberly e deve ter se sentido mal pela situação – arriscou Tony. – Talvez já estivesse deprimida...

– Sim, ela estava de fato – confirmou a diretora. – Isso logo chamou a atenção do pessoal da enfermaria, que tratou de limitar o acesso dela a certos medicamentos e substâncias.

Tony olhou embaixo do leito e puxou uma pequena caixa de madeira. Quando a abriu, constatou que havia vários frascos com vários medicamentos.

– Aparentemente, ela já tinha seu próprio estoque – comentou.

Herb aproximou-se do corpo e puxou para trás os cabelos cortados. Olhou para ela demoradamente e lágrimas começaram a cair de seus olhos.

– Tudo poderia ter sido muito diferente entre nós se tivéssemos deixado de ser tão atormentados por problemas de um passado não resolvido – murmurou ele mais para si do que para os outros.

Tony aproximou-se dele e tocou seu ombro. Ele se recompôs, entregou-lhe o celular e disse para o amigo:

– Tony, chame o laboratório e o pessoal do necrotério. Peça para mandarem uma viatura até aqui para recolher o corpo. Chame Kimberly e peça para que ela mesma escolha seu parceiro. Quero ela aqui, recolhendo o estrago que criou.

Levantou-se e saiu da cela. Tony fez as chamadas necessárias enquanto a diretora cuidava para que nada na cela fosse tocado ou alterado. Ao desligar, olhou para a cela em busca de indícios que pudessem lançar mais luz à situação. Achou logo abaixo do corpo um pedaço de papel, com a letra de Jen. Lá estava escrito:

> *Estraguei muitas vidas no meu processo de redenção. Quis compensar muita gente do sofrimento que vi e causei por toda a minha vida. Não posso deixar que Herbert estrague a dele, ainda mais agora que ele vai se casar. Que tenha uma boa vida e que, um dia, lembre-se de mim apenas com carinho. Por favor, cuide disso, Tony, como um último gesto de amizade.*

Ela ainda havia sido inteligente o bastante para prever que Tony achasse o bilhete. E os rostos de todos os envolvidos no caso Methers-Meyeres, de Craig Methers, Jeremy Meyers, Lars Kalfatin, Larry Agnaught, Werner Hopkins, Walter Allman, Kenny Wravel, Charles Dexter Jackson, Eric Kalfatin/Bertrand Applegate e agora, dela mesma, dançaram em sua lembrança. Ele dobrou o papel e enfiou-o no bolso sem que ninguém visse.

Junto do bilhete, Tony ainda encontrou uma espécie de testamento, onde todos os bens em nome de Linda Jennifer Álvares Perez passariam para o controle do Museu do Blues. Ele colocou-o em local bem visível para que Kimberly o recolhesse como evidência. Todos os outros já estavam do lado de fora da cela e não havia necessidade nenhuma de que Herb sofresse mais com o papel.

Quando Tony saiu da cela, viu Herb debruçado sobre um parapeito que levava para o andar de baixo da prisão. Ele aproximou-se com cuidado e disse:

– Já estão a caminho.

Herb, de cabeça baixa, sem nem mesmo olhar para Tony, respondeu:

– Ela ainda me amava, Tony. E acho que sempre a amarei. Por que será que, quanto mais se descobre sobre as naturezas sombrias das pessoas, mais se sente atraído por elas?

Tony deu de ombros.

– Talvez seja a vontade de termos alguém forte por perto e talvez confundamos maldade com força. Quem pode saber? O importante, agora, é colocar uma pedra sobre esse assunto. Foi ela mesma quem decidiu acabar com a própria vida. Ponto final. Kimberly não deve ter feito por mal, mas pode ter mesmo provocado a morte dela. Mas e daí? A decisão foi de Jennifer. Você tem de viver sua nova vida com o laboratório e com Kimberly.

Os dois saíram e não esperaram pelos companheiros do laboratório. Herb levou Tony até um bar, onde comeram e conversaram por pelo menos duas horas. Eram mais de duas da tarde quando o chefe, finalmente, se tocara de que Tony estava sem dormir até aquela ocasião e liberara o CSA para ir para casa dormir, com a condição de que ele mesmo também o faria.

Tony chegara em casa e conversara rapidamente com sua tia Donna, que estava atrapalhada com mais um evento de sua faculdade, e logo ele ficou sozinho. Após um breve tempo sentado no sofá e uma viagem nos mais de 150 canais a cabo de sua TV, terminou por deitar-se numa tentativa de dormir.

O tempo se passou e quando o relógio marcou quatro e meia da tarde, Tony, cansado de esperar pelo sono, levantou-se e pegou o telefone. Hesitou por alguns momentos até que, de repente, discou um número, falou alguns minutos, e desligou. Apanhou suas coisas, deixou um recado para os tios dizendo que não iria trabalhar naquele dia e saiu para apanhar um ônibus que o levaria à região central de Little Rock.

Lá desceu no mesmo lugar que estivera há precisos oito meses e caminhou para o mesmo prédio em que sua aventura havia começado. Tomou o elevador e subiu até o décimo andar. Caminhou à entrada de um consultório e falou com a recepcionista. Sentou-se e aguardou por meia hora até que a porta do consultório abriu e uma senhora gorda com um cãozinho poodle passara por ela. De repente, a figura freudiana do dr. Carlos Mendes surgiu à sua frente:

– Sabe, quando minha secretária me disse, quase não acreditei! Espero que não seja exclusivamente uma visita comercial, não é?

Tony olhou para a recepcionista, que parecia ocupada, mas mesmo assim não arriscou:

– Se o senhor não se importa, gostaria de falar-lhe lá dentro.

Os dois entraram no consultório e o dr. Mendes deu ordens para que não fosse interrompido pela próxima hora. Fechou a porta e aproximou-se da cadeira onde Tony se sentara.

– O que aconteceu?

Tony tirou do bolso o bilhete suicida de Jen e contou o que havia acontecido naquela manhã. O dr. Mendes o leu e encarou o paciente:

– Meu Deus! Você escondeu isso?

– Não foi uma decisão fácil. Mas acho que esse caso precisa ser enterrado de uma vez por todas.

– Entendo. Mas o que o fez querer vir aqui?

– Algo que Herb disse quando estava na cela de Jen. "Tudo poderia ter sido muito diferente entre nós se tivéssemos deixado de ser tão atormentados por problemas de um passado não resolvido." E o senhor mesmo me disse, naquela noite em que saí daqui para o caso: "Há muito em sua história pessoal que eu gostaria de discutir". Acho que chegou a hora de discuti-la. Não quero que isso me atrapalhe de maneira nenhuma num futuro distante ou próximo.

O psicólogo espantou-se com a determinação e a mudança de pensamento do CSA. Levantou-se, apanhou um gravador de microcassetes, aproximou-se dele, abriu o bloco de anotações e ligou o aparelho:

– Muito bem, sou todo ouvidos. Pode começar.

– Preciso estar sentado?

– Pode se deitar, se preferir.

– Deixo bem claro que só estou fazendo isso pensando no meu futuro profissional.

– Mas é claro! – disse o psicólogo, ajeitando os óculos. – É claro!

Tony deitou-se no sofá da sala e começou a contar:

– Bem, a primeira lembrança que tenho de minha mãe é...

HR Gráfica e Editora
Rua Serra de Paracaina, 716 – Moóca - São Paulo – SP – CEP 03107-020
Fone/Fax: (11) 3341-6444 - Email: vendas@hrgrafica.com.br
www.hrgrafica.com.br